女孩，女人，其他

[英] 伯娜丁 · 埃瓦里斯托 —— 著　　魏立红 —— 译

上海译文出版社

献给姐妹、姊妹、姐们、姐儿、

妇女、女人、女性、女子、

兄弟、手足、弟兄、小弟、

男人、哥们、女同/男同/双性恋/跨性别者/酷儿/双性人

以及人类家族全体成员

目　录

第一章

阿　玛

1

阿玛

走在滨河步道，河流横贯城市，将城区一分为二，几艘早班驳船缓缓驶过

左边是航海主题的人行桥，甲板式走道，桥塔似桅杆

她的右侧，河道打个弯，向东穿过滑铁卢桥，往圣保罗教堂而去

她感到太阳升起来，清风拂面，市里热气烟雾还没喧腾起来

步道前方有人拉小提琴，曲子挺有生气，不觉得过分

阿玛的剧作《达荷美最后一位女战士》今晚在国家剧院首演

她回想起自己戏剧生涯刚起步时

和伙伴多米尼克看到哪个剧不合她们政治敏感性的，就现场起哄，因此名声大作

两人在剧院后排吼几嗓子，专业训练过的演员大嗓门，吼完了麻利跑路

在她俩看来，抗议就得在大庭广众之下，把局搅乱，让那些家伙恼到不行

她记得有个导演写了部剧，让一堆黑人女性半裸身子傻不棱登舞台上瞎转，她冲这导演兜头浇下一斤啤酒

拔腿就跑，闪入汉默史密斯小巷

一路啸叫

随后几十年阿玛游离在边缘，当叛军，对把她排斥在外的主流势力扔手榴弹

后来，激进的开始被纳入主流的体系，而阿玛竟有望成为主流一分子

完全是由于三年前首任女艺术总监执掌国家剧院

多年来屡遭国家剧院历任艺术总监客气拒稿，终于，某个周一早上，早饭吃完，人生大把时光无从安放，唯有上网刷刷电视剧还算乐事，此时接到了电话

电话里说很喜欢您的剧本，这部戏一定要排，您能也给我们导这个戏吗？临时找您真不好意思，这周您有空出来喝杯咖啡吗？

阿玛手里照例是双份特浓提神美式咖啡，喝上一口，走近剧院野兽派灰色建筑群

碉堡式混凝土外立面如今倒是加了霓虹灯点缀，剧院也以前卫著称，并不是传统派

多年以前，她斗胆走进剧院大门也会立马被轰出去，那个年代去剧院的人穿戴光鲜体面

对没正装出席的观众嗤之以鼻

她希望观众就冲着看她的戏来，才不管观众穿什么，她自己穿衣是那种“一边儿去爱谁谁”风格，当然也进化了，从前不能免俗一身牛仔背带裤，切·格瓦拉贝雷帽，巴解式围巾，还有始终都在的徽章，上有相互连结的两个女性符号（多直白啊）

如今她冬天穿银色金色运动鞋，夏天穿勃肯橡胶凉鞋绝对不会出错

冬天，宽松黑裤子，垮裤还是紧身裤，单看那周她穿 12 码还是 14 码（上衣还要小一号）

夏天，六分哈伦花裤，裤长刚过膝盖

冬天，鲜亮扎眼的不对称衬衫，毛衣，外套，大衣

一年到头，漂过的脏辫打理得如同生日蛋糕上的蜡烛，立得笔直

大圈银耳环，非洲粗手镯，涂粉色唇膏

这些是她常年经典装扮

亚兹

前阵子说她“老妈，你这种是疯婆子老女人打扮”，央告她和正常人妈妈一样去玛莎百货买衣服，和她出门儿不愿意让人看见，不跟她并排走

亚兹十分清楚阿玛绝不会当个正常人，她才五十多岁，还没老，当然你跟个十九岁的姑娘说这个没用；但怎么着都没必要为上了年纪自惭形秽

再说这事儿全人类谁也逃不了

不过朋友圈里为了年岁增长而庆幸的似乎是独她一个儿

她在布里克斯顿的排屋不大，挺舒服，朋友围坐厨房餐桌边，夜色渐沉，她说起能不英年早逝已是万幸

大家埋头吃饭，每个人都带了菜：炖鹰嘴豆，烤鸡，希腊色拉，扁豆咖喱，烤蔬菜，摩洛哥羊肉，番红花饭，甜菜根甘蓝色拉，给特挑剔的人专备的西非五色饭藜麦面

自斟自饮红酒，伏特加（卡路里少），有的遵医嘱喝对肝损伤少的饮料

她以为她逆中年怨妇潮流会得到认可，然而大家茫然微笑问，那关节剧痛，记性奇差，盗汗呢？

阿玛走过年轻街头艺人

笑吟吟为姑娘打气，姑娘回以微笑

她摸出几枚硬币，放进小提琴琴盒

还没下定决心彻底戒烟，倚在河边墙上点了一根，心下不待见自己这样

她这代人看的香烟广告说抽烟看着成熟，迷人，强大，灵气，媚人，最主要显酷

没人跟她们说抽烟真的会死人

她眺望河面，烟气暖融融顺食管而下，神经松缓下来，抑制咖啡因带来的肾上腺素飙升

应对首演四十年了，她还是紧张

剧评出来把她一通痛批怎么办？清一色打个一星，国家剧院到底是怎么想的，她这么垃圾的骗子都给放进来了？

她当然知道自己不是骗子，她写过十五个剧本，导了四十多部戏，曾有剧评人写道，阿玛·邦苏靠得住，没有失手的时候

预演场观众起立鼓掌的，但人家会不会就是客气而已？

别瞎想了阿玛，咱是老将了不是吗？

想想看

演员阵容绝佳：六位资深女演员（老资格演员见多识广的），六位在职业中期（勉强算立住脚跟的），三个新面孔（一派天真满怀志向的），其中那个西蒙是个有灵气的，老是两眼惺忪晃进排练场，不是忘了拔掉电熨斗插头就是忘了关炉子或者卧室窗子，慌里慌张给室友打电话，浪费大好排练时光

两三个月前为争取这个活儿西蒙能把自己奶奶卖了做奴，现在呢她是娇纵女主，几个星期前排练室就她和她导演两个人，她支使导演

跑腿儿给她买焦糖拿铁

西蒙吐槽说累死了，意思是都怪阿玛害她这么拼

不消说，阿玛当下教训了西蒙·史蒂文森大小姐

史蒂文森大小姐，以为戏剧学院一出来就能进国家剧院，意味着离拿下好莱坞不远了

她会明白过来的

不用多久

这种时候阿玛想念跑去美国多年的多米尼克了

事业上这重大时刻应该和她一起的

她们相识是在八十年代为一部故事片试镜，影片场景设在女子监狱（还能在哪儿？）

两个人都被安排演奴隶、女仆、妓女、保姆、罪犯，都看透了不抱幻想

还是都没拿到角色

在苏豪区一家破餐馆，一边配着浓茶吞下软塌塌两厚片白面包夹着的煎鸡蛋和培根，一边气不过时运不济，周围吃饭的是街上拉客的妓女

那时候苏豪还远没成为最潮的同性恋聚集地

你瞧瞧我这样子？多米尼克说道，阿玛看看她，并没有低眉顺眼、母爱慈祥、违法乱纪的模样

她人特飒，美人儿一个，高挑身材胜过一大半女人，颧骨精致，烟熏眼妆，浓密黑睫毛在面颊投下暗影

一身皮衣，短头发，只有斜刘海长一些，骑一辆破旧货运自行车，正锁在餐馆外面

咱这女神范儿，这些人看不懂吗？多米尼克喊道，摆一个妖娆造

型，刘海一甩，媚态百生，众人纷纷注目

阿玛个子没多米尼克高，非洲人的臀部和大腿

有一次去一个解放黑奴的剧试镜，一进去导演就说你演女奴太合适了

她掉头就走

后来去试一个维多利亚时代背景的剧，选角导演说阿玛是浪费他时间，那个时代英国压根儿没有黑人

她说怎么没有，是他无知，然后也掉头走了

还摔了门

阿玛感到和多米尼克气味相投，两人结合那是不得了

也明白如果别人知道了那她们基本是找不到工作了

她俩又转战附近一家酒馆接着聊接着喝

多米尼克生在布里斯托圣保罗地区，妈妈塞西莉亚是非裔圭亚那人，祖上有奴隶血统，爸爸温特利印度裔圭亚那人，祖先是加尔各答出来的契约劳工

家里十个孩子长相都更接近黑人而不是亚洲人，自我认同也是黑人，因为爸爸更能理解和认同一起长大的圭亚那人，对刚从印度出来的没有这种认同

多米尼克青春期的时候捉摸出了自己的性取向，心里有数没告诉别人，吃不准朋友和家人会怎么想，也不想遭社会排斥

试过几次和男生在一起

男生是享受

她是挨过来的

十六岁立志当女演员，奔往伦敦，在伦敦人们可以戴上徽章大方宣告异类身份

先露宿伦敦堤岸桥洞下，河岸街商店门前也睡过，跟黑人住房协会面谈的时候谎称父亲家暴所以离家出走，还哭了

牙买加审查官无动于衷，嗯有家暴是吧？

多米尼克于是再往重里说，说被父亲性虐待，这才给她安排了青年旅社一个临时应急房间；每周打电话给房协哭诉，十八个月后，终于搬进了布卢姆斯伯里一个五十年代小街区的一居室福利房公寓

为了有个落脚的地方只能这样了，她跟阿玛说，是不太光彩，不过也不碍事儿，我爸爸反正不会知道

她自学了黑人历史，文化，政治，女权主义，发掘伦敦的特色书店

伊斯灵顿的姊妹书店所有的书都是女性写的，她在店里一泡就是几小时，买不起，每周都去硬是站着分批读完了《好姐妹：黑人女权主义文集》，奥德尔·洛德的书有一本读一本

卖书的像是并不在意

阿玛，我进那个正统戏剧学院的时候已经很政治化了，跟他们提出一堆质疑

全校就我一个有色人种

她要知道为什么莎士比亚剧的男性角色女性不能演，更别提让白人演其他人种角色的所谓跨种族选角，对课程主任喊话抨击，班上别人包括女生在内一声不吭

我发现我是单枪匹马啊

第二天校长把我找去了

多米尼克，你是来学表演的不是从政的

继续滋事只能请你走路

特此警告

可不是嘛，阿玛说道，不闭嘴就得走人，对吧？

我呢是继承爸爸夸贝纳的斗争精神，爸爸是记者，参与加纳独立运动

听到风声要以煽动叛乱罪抓他，逃到英国，找到铁路上的工作，在伦敦桥站认识了妈妈

他是检票员，她在大厅上面的办公室工作

他想法子她的票准保由他来检，她则一定最后一个下火车，好跟他说上几句话

妈妈海伦是混血儿，1935 年生于苏格兰

她父亲是尼日利亚学生，在阿伯丁大学一读完书就消失不见踪影全无

没道一声别

多年以后妈妈发现他是回尼日利亚妻子孩子身边了

她都不知道他有老婆孩子

三四十年代阿伯丁的混血儿虽说不止妈妈一个，但还是极少的，使得妈妈对此很有意识

提前退学读了秘书学校，毕业去了伦敦，那时候开始有非洲男性在伦敦读书工作

妈妈去他们的舞会和苏豪夜总会，他们喜欢她肤色浅头发散着

她说她本来一直觉得自己丑，这些男人跟她说她不丑

你没见过她以前那样子

莱娜 · 霍恩和多萝西 · 丹德里奇的混杂

所以，是很丑的

妈妈希望第一次约会先去看电影，再去她最喜欢的非洲夜总会，就在苏豪这儿的，她暗示了多次，喜欢伴着加纳西非爵士乐跳舞

结果他带她去了象堡一家酒馆密室参加他社会党人集会

一堆男人坐那儿猛灌啤酒大谈独立政治

她做出很感兴趣很欣赏他有头脑的样子

我看啊他是欣赏她默默配合的态度

他们结婚了，搬到佩卡姆

家里孩子我最小，就我一个女孩，阿玛说道，往已是浑浊憋闷的屋内空气吹出一口烟

我哥哥两个律师一个医生，都听话没让父亲的期望落空，所以对我没有这方面压力

爸爸操心我的只有成家生孩子

他认为我从事表演只是个爱好，等我成家生子了，表演才会成为正经事业

老爸是社会主义者，只盼来一场革命，改变全人类命运

真的，一点儿不夸张

我跟妈妈说她嫁了个男权家长

她说，阿玛你要这么看，你爸爸是男的，生在二十年代的加纳，你是女的，生在六十年代的伦敦

你的意思是？

你不可能要求他达到你说的“懂你”的

我跟她说她是为父权制辩护，她是这压迫女性的体制的同谋

她说人很复杂

我说你别当我傻

妈妈做着一天八小时的工作挣工资，养大四个孩子，照料家里，打理他生活，他每晚都有晚饭做好了在桌上，每早有熨烫齐整的衬衫穿

他呢，出门拯救世界去

他在家只负责一件活儿，打肉店买回周日午饭用的肉，类似郊区的采猎人

孩子们都已长大离家，我知道妈妈人生并不完满，因为她现在时间都花在打扫家，重新装修家

她从没抱怨过她命不好，也没跟爸爸吵过架，这当然说明她是被压制的

她跟我说，刚和爸爸交往的时候她想拉着他手，他甩开了，说感情外露是英国人做作，她没再去拉过

可是每年他都给妈妈买那种最肉麻夸张的情人节卡，喜欢听伤春悲秋的乡村音乐，周日晚上坐在厨房听吉姆·里夫斯和查理·普莱德

一手端一杯威士忌，一手擦眼泪

爸爸为了这些而活：为了各种运动开会，示威游行，在议会外抗议，在刘易舍姆市场卖《社会主义工人报》

我打小在吃晚饭的时候听他长篇大论宣讲资本主义殖民主义罪恶，社会主义可取

那是他的讲坛，我们是他治下的会众

那种感觉就是他把他的政治硬灌给我们

加纳独立后，他如果回了加纳的话很可能会是个大人物

然而他在我们家当了终身制总统

他不知道我是同性恋，怎么敢让他知道呢?！妈妈让我别告诉他，告诉妈妈就够难的了，妈妈说她在铅笔裙电烫卷发风靡一时我却穿男式李维斯牛仔的时候就有点儿猜到了

她觉得一阵子就会过去，我四十岁的时候会笑她当年这荒唐想法

爸爸完全不待见“基佬”，每周六晚电视上那些滑稽演员除了拿自己丈母娘或黑人开涮还会讲恐同的笑话，爸爸看了都是放声大笑

阿玛说起学校最后一年在图书馆看到一张传单，第一次去参加了布里克斯顿黑人女性小组聚会

开门的是伊莱恩，顶一轮非洲爆炸头光环，光滑四肢包在浅蓝牛仔裤紧身牛仔衬衫下

阿玛一见她就动了心思，跟她走进客厅，一屋子女人有坐在沙发上、椅子上、垫子上的，有盘腿坐在地上的，喝咖啡，喝苹果酒

阿玛坐在地上，靠着一个被猫抓得破破的粗花呢沙发，烟一轮轮传到她这里，她局促不安接过来，感受伊莱恩的腿暖暖地挨着她胳膊

听她们讨论作为黑人女性意味着什么

白人女权主义组织冷淡相待下，作为黑人女权主义者意味着什么

被人叫黑鬼，被种族主义暴徒毒打，是什么感受

白人男性给白人女性开门，或公交上给白人女性让座（这是性别歧视），但不给她们开门让座（这是种族主义），是什么样

以上种种，阿玛很有同感，开始和大家一起应和，姐妹，咱们懂你，也经历过

感觉找到归属，结束了流放

快结束的时候，其他女人道别走了，阿玛自己留下来陪伊莱恩洗杯子和烟缸

街灯的微弱亮光下，伴着不时呼啸而过的警笛声，她俩在高低不平的沙发上做爱

和跟自己做爱最接近的一次

又一次找到归属

下周她又去那儿聚会

伊莱恩搂着另一个女人亲热

完全无视她

她再也没去

阿玛和多米尼克一杯接一杯，喝了不知多少杯红酒，最后被赶出酒馆

两人决定，既然都不愿背弃政治立场换取演出工作机会，也不愿为了保住工作而噤声不语

那想当演员就得自己组剧团了

这条路能走下去，没说的

她们在洗手间偷出来的硬卫生纸上胡乱写下想出的剧团名字

原初女子剧团这名字最能反映她们初衷

剧院中那些从前无人作声的，她们会发声

黑人女性亚裔女性的故事会上演

按自己的主张做戏剧

这句话成为剧团座右铭

我们自有主张

绝不妥协让步。

2

客厅变身排练场，老破车运道具，戏服收自旧货店，废品场里发掘出舞台，都找了朋友来帮忙，临时召集，现学现用，拧成一股绳

缺了键的老打字机上打出经费申请，预算对阿玛是量子物理般天书，想到为此困在桌子后面她就发怵

逢到开管理会阿玛就到得迟，又借口头疼或要来例假早退，多米尼克很不开心

有次阿玛刚进文具店掉头就跑了出去，说这触发了她恐慌症发作，两人吵了一架

她答应写剧本，却半夜在外面泡夜店，交不出剧本，或者演戏半中间忘了台词，她都怪在多米尼克身上

剧团成立后六个月，两人总闹意见

做朋友是真投缘，却无法合作共事

阿玛叫多米尼克来家里谈谈，谈得成谈不成在此一举

叫了中餐外卖，配红酒，多米尼克承认，对她来说，为剧团安排巡演比上台面对观众更有乐趣，比起扮演别人，她更愿只做自己

阿玛承认她热爱写作，厌恶做管理，再一个，她做得来演员吗？饰演发怒光火她倒是出神入化——她的表演水平也就到这儿了

于是多米尼克当了剧团经理，阿玛任艺术总监

聘了女演员，导演，设计师，舞台工作人员，全国巡演数月

在社区中心、图书馆、艺穗剧场、女性艺术节和大会上演出她们的剧，《做女人要紧》、音乐剧《女阴残割》、《搅办婚姻》、《漂亮妞》

趁观众到场离场，在场外发放宣传册，夜深人静时把海报私自糊

到广告牌上

另类媒体上开始有了对她们的剧评，她们还出了份地下月刊《原初女性》

在一个夏夜于姊妹书店盛大发布，来了一帮女人，享用免费劣质酒，到店外路上抽烟闲聊

然而月刊销量太低，文章水平也实在是差，出版了两期即告停刊

阿玛在皮卡迪利广场一家汉堡店打工贴补收入

卖那些用纸板再造的，加上复水洋葱、橡胶般奶酪的汉堡

休息的时候她也免费吃，吃出一脸疙瘩

身上橙色制服和帽子，顾客一看就知道是一服务生，只管找她下单就是

看不到她绝妙、文艺、极具个性、反叛的自我

她认得车站附近做生意的一些街头男妓，把苹果味糖馅的免费硬馅饼带给他们

那时没有想到若干年后会参加他们的葬礼

那时他们不知道无保护性行为是与死神共舞

没人知道

阿玛先是住在德普特福德一个废厂房，混凝土墙，屋顶摇摇欲坠，老鼠成群怎么都灭不光

辗转多处破败不堪的废弃房后，住进了全伦敦最抢手的废屋，国王十字车站后面一座苏联式规模的旧办公楼

她运气不错，是最早听说这废屋的那批人，楼里很快住满了人

执行官在大门口拦上一台液压挖掘机

引发了暴力对抗，一群人对倒地的执行官连踹带踢，被判入狱，那天她一直在楼上

那次事件他们称之为国王十字战役

那座楼自此以自由共和国著称

他们也是有幸，大楼的业主杰克·斯塔尼福思，住在避税天堂蒙特卡洛，家族的谢菲尔德餐具生意赚了大钱，从他的地产公司得知此事后，对他们的原则很是同情

西班牙内战中他曾是国际纵队队员

在伦敦最乱地区之一的一处失败投资楼房，不过是他账目上可忽略的一个脚注

他写道，他们如果能照管好那儿

就可以免费住下去

他们不再偷电，在伦敦电力局开了户

煤气也是，原本是一枚五十便士硬币塞在煤气表内偷气

需要建立管理体系，大伙儿找了个周六上午聚在大堂讨论决定

马克思主义者要求成立工人自由共和国中央委员会，阿玛觉得这就有点儿不像话了，因为他们大部分人“对资本主义走狗采取坚决反对的立场”不过是找借口不工作罢了

嬉皮士则建议成立公社，一切共享，问题是他们太散淡，总说不过大家

环保主义者要禁气胶、塑料袋和除臭剂，惹得人人群起攻之，连个人卫生并不怎么样的朋克也不例外

素食主义者要求规定不吃肉，纯素食的人要求奶制品也不能吃，长寿饮食的则建议早饭都吃蒸白甘蓝

拉斯塔法里教的人要合法吸大麻，要在楼后专辟一块地用于宗教聚会

哈瑞奎师那派要集合大家当天下午就一路敲鼓去游牛津街

朋克要求让他们放闹哄哄的音乐，自然被大伙儿呼喝压制了下去

同性恋要求把反恐同法例写进大楼章程，众人反问，哪来的章程?

激进女权主义者要专设女子宿舍，由合作社自治

女同性恋激进女权主义者要求自己的宿舍与非女同性恋激进女权主义者的宿舍分开，也由合作社自治

黑人激进女同性恋女权主义者诉求相同，另要求任何性别白人均不得入内

无政府主义者退席，因为任何形式的治理都有悖他们的信仰

阿玛喜欢独来独往，她处得来的都是那些不强求别人的

最终成立了轮值管理委员会，制定各项规定，禁止贩毒、性骚扰，支持保守党

楼后面那块地辟为公共空间，摆放了一些废金属雕塑

艺术家捐献的作品

阿玛占了一大片办公间，大到能在里头跑步

有独立洗手间洗手池，她收拾得温馨洁净，一室花香

墙和天花板漆成扎眼的血红色，扒去暗灰色地毯，木地板上摆了几只草垫，装了二手厨灶，还有冰箱、大坐垫、床垫、回收场捡回的浴盆

她的房间很大，能开派对，供朋友借宿

黑胶唱片流出唐娜·莎曼、斯莱兹姐妹组合、蜜妮·莱普顿、夏卡·康的迪斯科节奏，舞动派对

罗贝塔、莎拉、伊迪丝、伊特、玛蒂尔德·桑挺的音乐，伴着午夜旖旎情色

在那扇十八世纪黑漆中国屏风后发生，屏风是从中国大使馆旧址外面大垃圾箱里拣的

她和自由共和国内很多女人有染

她要的是一夜情，她们多数要的不止于一夜情

到后来，走在过道都怕碰见曾经的手下猎物，比如来自瓜德罗普的玛丽斯

玛丽斯不是半夜敲阿玛的门求阿玛放她进去，就是守在门外纠缠那些能进阿玛房间的人

发展到后来她只要看到阿玛回楼就从窗口大骂，最离谱是有一天阿玛从她窗下走过，被她一桶菜皮倒在头上

惹火了环保主义者和管理委员会，出面写信给阿玛，警示她“兔子不吃窝边草”

阿玛回信道，人啊，手中才有点儿小权，不一会儿就变身极权法西斯，挺有意思

阿玛吸取了教训，仍然不乏仰慕者；阿玛和多米尼克作为原初女子剧团大咖，有大批的追随者跟着

从十几二十岁的同性恋女孩到这些女孩的妈妈辈的，应有尽有

阿玛不挑人，跟朋友吹起来，说她的口味才真是平等主义的，跨越文化、阶级、信仰、种族、宗教、年辈

猎艳范围有幸因此大于多数人

(她不提对大胸的嗜好，因为将身体部位性客体化是很不女权主义的)

多米尼克更挑一些，偏好单一伴侣关系，阶段性的，她喜欢女演员，一般是金发，才华微乎其微，被一眼可见的美貌所掩盖的那种

或是模特，长相即是才艺

她们常去女同志酒吧

堕落天使，壁球酒吧，钟酒吧，德瑞剧院酒吧周一有女同志在那里混，周五晚上去珀尔地下酒吧，店主珀尔把地下室家具清空，装上音响，门口售票

以阿玛的体会，确定了关系就是被拴住，她离家奔向自由冒险的生活，可不想最终为另一个人的欲求拴牢

女人和她睡过两三次以上的，经常会在短短一周内

从原本的独立动人，变得越来越黏人

阿玛成了她们唯一的快乐来源，阿玛的生活她们要做主支配，必要的手段都用上

撒娇生气，哭，指责阿玛自私无情

阿玛学会了把这些女人都防住，开诚布公说明自己本意，从不跟人睡第二次，或者再放宽点儿，三次

哪怕她真想

性很简单，无害，是人生一大乐趣，三十多四十岁前，她有了很多很多

有多少呢？一百个，一百五十个？不会还多吧？

有几个朋友劝她去做心理治疗，安定下来，她答道，那些摇滚男星，成天炫耀睡过数千人还受到仰慕艳羡，与他们相比，我简直就是个处女了

有人让他们去接受心理分析吗？

无奈她早年的一两个女人最近在社交媒体上持续骚扰她，旧事让她很没脸

有个女人发帖说三十五年前和阿玛上床是她的第一次，阿玛醉到吐了她一身

那次经历太痛苦，一直走不出来，她哭诉

还有个女人，差不多时间的，摄政街上追着她骂她当年不回电话

你个假模三道招摇过市的戏子，当自己是谁啊？你什么都不是，对，啥都不是

阿玛回骂，亲，你是药停了吧，随后逃进 Topshop 商店的人堆儿里去了

阿玛老早就对乱上床的生活厌了，随时间推移她开始向往感情亲昵的那种亲密关系，当然不见得是一对一的

阿玛喜好的是非单一伴侣关系，现在是叫多边恋了是吗？亚兹这么叫的，叫阿玛说啊，这除了名头不同，其实彻头彻尾就是非单一伴侣关系，到底是孩子

有个德洛丽丝，在布莱顿的平面设计师，还有杰姬，在海格特的职能治疗师

和阿玛在一起分别有七年和三年，都是独立女性，与阿玛的关系外有丰富的生活（和孩子）

不黏人，不会瞎猜疑或占有欲强，相互也挺喜欢的，所以，有时还会来点儿三人行

偶尔为之

（亚兹知道了不知要惊成什么样）

阿玛人到中年，回想年少时光不免感怀，忆起唯一一次和多米尼克去名噪一时的门户俱乐部

俱乐部藏在切尔西一个地下室，开了五十年，那是关门前最后几年

几乎没什么人，两个中年女人站在吧台边，男式发型和西服，仿

佛《寂寞之井》书中走出来的人

舞池灯光幽暗，两个年纪很大的小个子女人，一个穿着黑西服，一个穿着四十年代款式连衣裙，伴着达斯蒂·斯普林菲尔德的《爱的容颜》歌声贴脸曼舞

并没有天花板中央吊个亮闪闪迪斯科旋转灯球在她们身上撒下星云。

3

阿玛把咖啡丢进垃圾筒，穿过满墙涂鸦的混凝土滑板区，径直走向剧院

现在时间太早，还没有年轻人在这里不戴头盔或护膝做那些跳跃翻转玩命动作

年轻人，大无畏

像亚兹，骑自行车不戴头盔

气冲冲骑跑了，因为妈妈跟她说戴不戴头盔的差别可能在于

戴了会有点头疼

不戴会让你失去语言能力，从头再学说话

阿玛进了后台门，和保安鲍勃打个招呼，鲍勃祝她晚上顺利，又穿过走廊，上了楼，最后到了空旷的大舞台

扇形观众席望去茫茫一片空寂，原型取自希腊圆形剧场，每位观众视线都不会被遮挡

就在今晚，上千人将坐满观众席

这么多人来看她的剧令人难以置信

剧评一个都没出来，全部场次的票都已售罄

可见人们多么渴求耳目一新的东西

《达荷美最后一位女战士》，阿玛 · 邦苏编剧、导演

故事发生在十八十九世纪，女战士效忠国王

住在国王的王宫，专人供膳，女奴服侍

出宫时由一位女奴摇铃开路，示意男人回避不得正视，违令立杀

担任皇宫警卫，因为怕男人做警卫会趁国王睡着时砍了国王脑袋或是弯刀阉了国王

裸身爬过带刺的金合欢树枝，锤炼坚强意志

被派往危险森林，野外生存九天

个个是火枪神枪手，将敌人割首开膛不费吹灰之力

大战邻国约鲁巴和来殖民的法国人

壮大为六千人的军队，都与国王正式结婚

不得与他人有性关系，生下的男婴被杀光

阿玛第一次听到这故事，就认定这些女人之间肯定相互有亲密关系，性别分离情况下不就是这样吗？

本剧的灵感由此而生

最后一个女战士是纳维，剧开始时是个柔弱的少女新娘，献给国王，怀不上孩子，被逐出国王寝宫，被逼加入女军团，入队训练历经艰险，凭强壮身体素质与机智高超战略步步高升，荣任女将军，骁勇悍战，令外国观察者闻名丧胆

阿玛笔下，纳维对她的众多女人，即使厌倦已久也不背弃，不会踢出宫门任其穷困潦倒，仍为她们在国王那里谋得一些轻家务活的差使

剧情进入尾声，纳维老迈，孤寂一人，与从前的老情人一一相会，她们是全息图像的幽灵，舞台上依次淡入淡出

追忆她当年成名的一场场战役，包括国王发动的战役，为美洲废除奴隶贩卖提供那些抓捕奴隶的人，逃亡奴隶们乘船冲破封锁来与他交易

赫赫战绩她引以为豪

录像投影播放她的战斗实景，女战士们挥舞火枪弯刀，呐喊彻响，冲锋陷阵

向观众呼号而来，声音愈来愈响

令人毛骨悚然，惊心动魄

最后

纳维逝去

灯光渐暗

终至全黑

十年前阿玛写剧本时多米尼克第一个读到，阿玛希望多米尼克能飞来看剧

这剧本投了多少公司都被拒，说不合适他们，过了这么多年才得以上演

她没法去想，现在把原初女子剧团重组了来演这剧

当年多米尼克离开了剧团，留下她独撑大局

撑了几年，感觉被遗弃，再没找到人能像多米尼克那样落实阿玛的各种创意

终于解散了剧团

自己单干

雪莉

她交情最久的老朋友，今晚会来，雪莉从十几岁起，阿玛每部剧她都来捧场，她们两个十一岁在文法学校认识，此后雪莉一直在阿玛生活中，那时学校里只有雪莉也是黑人女孩，午餐时间，穿绿色校服的女生们在操场上兴奋地尖叫欢呼，玩跳绳，跳房子，抓人游戏，阿玛孤零零立在人群中，雪莉径直向她走来

雪莉站在她面前

雪莉，一头拉得笔直的头发，脸庞亮亮的（是涂了凡士林，阿玛后来发现），校服领结打得齐齐整整，齐膝白色长袜

那么娴静，整洁，文雅

不像阿玛自己头发乱蓬蓬，因为妈妈每早给阿玛编好两根辫子，到了学校阿玛就要想法解开

阿玛的袜子也老是滑到脚踝，因为她忍不住要用一只脚去蹭另一条腿

校服开衫大了三个码，因为妈妈要能穿三年的码

嗨，雪莉说，我叫雪莉，咱们做朋友吗？

阿玛点点头，雪莉拉上她的手，带她回到了雪莉刚才在的跳橡皮筋的小组

从那以后两人形影不离，雪莉上课专心，能指导阿玛做作业

雪莉听阿玛几小时几小时地讲喜欢的男生，后来经过双性恋过渡期后（期间有很短一段时间喜欢雪莉的兄弟埃罗尔和托尼），阿玛讲的是喜欢的女生

对阿玛的性取向雪莉从来没说过一句不是，阿玛翘课的时候给她打掩护，热切地听她讲青年剧院的故事——抽烟，亲热，喝酒，演戏——按这个顺序进行，毕业后两人走了不同的路，雪莉教书，阿玛做戏剧，但友谊没变

阿玛的文艺圈朋友说雪莉是全世界最无趣的人，一定要请她吗？阿玛维护雪莉的平凡

她是个好人，阿玛坚称

只要阿玛张口，雪莉都会帮着带亚兹（阿玛也带过雪莉的女儿，一两次，可能有吧？）

阿玛跟她借钱还债，雪莉没抱怨过一次，有时候就算做送阿玛的生日礼物

很长一段时间，这友谊感觉是单向的，后来，阿玛觉得，她给雪莉安稳无波澜的生活带去了趣味和生气

那就是她对雪莉的回报了

今晚来的还有她的密友团，或者说死党，亚兹纠正她说，老妈，没人说密友团了，这词儿太，老掉牙了吧？

她怀念她们从前的样子，那时她们都在发现自我，完全不知道未来岁月中会有多大变化

她的首演夜好友们都参加的，临时起意拿起电话（当然是座机——那个年代靠座机都怎么过的？）就可以喊出来聚一晚上

分享八卦，煽风点火

梅布尔是自由摄影师，一到三十岁就转了异性恋，甩了所有女同志朋友，改造成为也许是夏尔郡首位穿巴伯尔外套、骑马的黑人主妇

奥利维由于肤色黑原本在英国找不到角色演，后来演了好莱坞犯罪系列大片，过上影星生活，坐拥海景房，登上杂志光面内页

卡特里娜是护士，回到亚伯丁，她说那儿是她的归宿，重生为崇英者，嫁给医生科斯蒂，不愿到伦敦

今晚拉克希米会来，她是萨克斯风手，给她们的剧编曲，后来决定，歌曲加调子再傻不过，遂做起先锋音乐来，演奏那些在阿玛私下看来就是乒乒乓乓的音乐，成为各种奇特音乐节的中心，都是些在荒僻地方召开，来的牛比赌徒多的音乐节

拉克希米辅导一些音乐学院学生，在这些好骗的学生面前她还营造了一个神秘的上师形象

学生围坐在她福利房公寓的壁炉地面，用茶杯喝着便宜苹果酒

她身着长袍，挑染银色长发，盘腿坐在沙发上

抨击和弦进程，提倡微分音即兴、多节律、复音结构和效果

孩子们，我宣布作曲已死

拥抱当代即兴吧

拉克希米虽已年近六十，但她选的情人，不论男女，都在二十五岁到三十五岁之间，情人年龄一旦接近三十五，就分手

阿玛质问她这事儿，她编了个原因，但就是不说其实是因为情人到这年龄就不那么好迷惑，没有了青春的面庞紧致的肌肤

还有乔吉，朋友中只有她没活到九十年代，

威尔士人，管道工学徒，因为是同性恋，被自己耶和华见证会家庭抛弃

这个迷失的孤儿得到她们保护照料

市政管道部门就她一个女管道工，要忍受男同事隔三岔五拿螺丝孔定位器、吹袋、起子、浮球阀影射的那些黄色笑话

还有她趴在水池下修东西或是检视下水沟时，男同事在边上闲话讨论对她屁股做点啥

乔吉

每天喝两升可口可乐，晚上混上烈酒和毒品喝

她们这好友圈中找女友运气最不好就是她，她无可奈何傻傻认为自己要孤单终生了

多少个夜晚听乔吉哭诉自己太丑没有女人喜欢，大家一遍遍安慰她她是很有魅力的，其实要阿玛说呢，她是《雾都孤儿》里的机灵鬼，可不是孤儿奥利弗

在女同志圈儿里也不是件坏事

阿玛永远忘不了最后一次见乔吉，和她坐在钟酒吧外头马路牙子上，纵饮夜游的人醉醺醺飘散，阿玛一根手指使劲探进乔吉喉咙，把乔吉在洗手间吞下的药逼吐出来

那是第一次阿玛对朋友明确表达失望，气朋友的不可救药，怎么这么没自信，不能担起成年的责任，酗酒嗑药不能自拔，乔吉，长点儿脑子吧，别傻了！

一星期后，乔吉从她住的德特福德佩皮斯村顶楼天台跳了下来

直到今天，阿玛都不知道乔吉怎么死的

是（意外）摔下来，（吸毒致幻）飞下来，（自杀）跳楼还是被人推下来（不太可能）

她心里还是内疚，想着是不是她的错

首演夜西维斯特一定会出现，哪怕就是奔着演出结束后酒会上的免费酒

几天前，排演后阿玛回家路上，在布里克斯顿地铁站外被他拦住，怪阿玛怎么票子已经卖光

又说动她到丽兹影院喝一杯，和她坐在楼上，四周贴的电影海报，是他们在戏剧学院读书时认识后一起看过的那些独立电影

《粉红色的火烈鸟》，变装女王迪韦恩主演，《硝烟中的玫瑰》、《大地的女儿》、《霸王别姬》、普拉娣巴·帕玛的《愤怒之地》、黑人音乐电影典藏出品的《汉兹沃思的歌》，等等

启发了她的戏剧美学

虽然她从没向西维斯特承认自己品味其实很俗，西维斯特这种政治纯粹主义者理解不了

比如她很迷《豪门恩怨》，原版和翻拍的

或是《全美超模大赛》《为百万富翁做媒》，还有《老大哥》

诸如此类……

阿玛环顾四周，酒吧里其他的另类人物，都是在当年布里克斯顿还是犯罪高发街区但价格实惠的时候搬到这里

这些人是她的同类，历经两次暴乱，以自己的多种族社交圈和血统为傲，像西维斯特，专程来拜访历时不长的同性恋社区中心，结识了他的终身伴侣柯温，柯温那时刚从圣卢西亚到英国

如花美眷的一对儿

那时的西维斯特，西维，一头金发，美丽可人，八十年代他基本都是穿的裙子，长发飘逸散落后背

他就是要挑战社会对性别的成见，远早于现在的潮流，他总是唠叨，我才是真先锋

柯温一脸雀斑，浅棕皮肤，会戴特本头巾，穿苏格兰裙、皮短裤，化着全妆

在他想这么做的时候

想挑战其他各种成见的时候

他说

西维斯特现在头发灰色，秃顶了，留着胡子，常年一身破旧不堪的中国工人装，没见换过别的衣服

号称是 eBay 上买的正品

柯温现在穿复古工装夹克，牛仔背带裤

隔壁桌坐了两个年轻男人，上班族发型，光滑的脸没有胡子，西装挺括，锃亮的皮鞋

阿玛和西维斯特互相使了个眼色，他俩不喜欢那些搬到这片儿的入侵者，这些人经常光顾那些装腔餐馆酒吧，取代了从前那溜儿室内市场，市场内小摊卖鹦嘴鱼、山药、阿奇果、苏格兰帽椒、非洲原材料、织发、荷兰锅、尼日利亚大蜗牛、中国腌青蛋

那些高档地方还有保安把门不让本地人进

因为他们的客人虽然喜欢在邮编西南二（SW2）或西南九（SW9）贫民区猎奇

但掩盖不住自己的西南一（SW1）和西南三（SW3）基因

西维斯特是“保护布里克斯顿本色”运动的积极分子

革命热情始终如一

不见得是好事儿

阿玛抿一口当天第七杯咖啡，加了杜林标利口酒的，西维斯特喝啤酒直接对瓶吹，据他说革命者喝酒就得这样

他那家社会主义戏剧公司还开着，97％的大多数，去边缘演出场所和“偏远社区”巡演，这本是阿玛也该坚持做的

阿玛，你那些剧应该去社区中心和图书馆演，不该去国家剧院演给中产家伙看

她说，上次她安排在图书馆的演出，观众主要是流浪汉，基本在睡觉，甚至鼾声大作

那是十五年前了，她发誓再不办这样的演出

社会融合远重于成功，不对，这成功该叫病态吧？西维斯特说，阿玛转向去做更有意义的事情，是正确的，但她说服不了西维斯特，因为他不停往下灌啤酒，她付钱买的酒（你现在功成名就，赚得还能少嘛）

她辩道，她在国家剧院导剧完全正当，扩大观众基础是剧院的责任，来看剧的都是伦敦周围各郡当天进城看剧的中产观众，阿玛提醒西维斯特，这其中也包括他父母，伯克郡的退休银行家和主妇，来伦敦享受文化生活，是父母一直支持他，他十几岁出柜的时候也不例外

有次喝醉他说漏了嘴，父母每个月都给他贴补零用钱

（阿玛人厚道，从没说他这个）

她说，问题是，从外围作乱也很好，但是也需要打进主流内部去施加影响，这些剧院的资金不也有咱们纳税的一份子吗，是不是？

西维斯特一脸非法逃税人的得意

我现在反正是纳税的，她说，你也应该纳税

他往后一靠，喝了酒眼里湿漉漉的，不作声审视她，这眼神她了解，好友酒精下肚就会露出平日没有的刻毒

阿玛，你就承认吧，你早就为了野心放弃了原则，你现在就是一大写的建制派，叛徒

她站起身，拿起非洲印花拼布包，走出酒吧

走上主街有一段距离了，回头望去，他倚着丽兹的墙在卷烟

还在抽卷烟

你在那儿好好的吧西维。

4

夜色中阿玛走回自家房子，买下这房子的时候她已岁数不小，当时差不多是流离失所，有了自己的家，至今她心里还是庆幸

先是杰克·斯塔尼福思死了，国王十字复兴计划下将来会有火车从伦敦直达巴黎，如此大好机会他竟然放弃，在儿子乔纳森看来简直是天理难容，多年来早就按捺不住

父亲不在了，乔纳森限期自由共和国公民三个月搬出

阿玛虽然一时惊慌失措，但是想想她住在全球最贵的城市之一却没付过一分钱，已经是非常走运了

大到室内能跑步的办公室，窗外远瞰英格兰北部开来的火车进站，离开时她哭了

她付不起外面市场租价，又不够保障房资格

阿玛就住人家沙发，直到后来有人有个空房间让她住

兜一大圈回到起点

接着母亲去世，凶残贪婪的病魔在母亲体内将器官一个接一个吞噬殆尽

阿玛觉得这是母亲受压迫的症状和象征

妈妈从来没找到过自我，她对朋友们说，妈妈接受了婚姻中卑顺的地位，从体内腐烂

葬礼上她几乎无法直视父亲

不久后父亲也在睡梦中死于心脏衰竭；阿玛认为他是自己决意走的，因为父亲没了母亲没法活，他早年到英格兰后一直是母亲支撑着他

她悲伤难抑，自己也感意外

懊悔从未对父亲说爱他，他是父亲，是个好人，她当然是爱他的，现在他不在了，她明白，他是一家之长，但母亲说，阿玛，他那个时代和文化就是这样，母亲说得没错

父亲追悼会上，出席的有他那些上年纪的社会主义同志，她致悼词说道，我父亲当年逼不得已仓促逃离加纳，伤心至极

失去家，失去家人，朋友，文化，母语，来到一个不欢迎他的国家，定是伤痛悲苦难言

以致他有了孩子后，让我们都在英国接受教育，就是这样

父亲相信左派政治的崇高目标，积极致力于把世界建设得更美好

她没对大家说，她对父亲并没有特别珍惜，从小时候到父亲去世，她对他始终抱着她自以为是的狭隘看法，其实父亲并没有做错过什么，只是没达到她的女权主义期望标准而已

她一直是个自私的蠢孩子，现在一切都晚了

他一直对她说爱她的，母亲活着的时候，阿玛每年生日，妈妈买回生日卡，他在卡上写下来，妈妈替他寄出

她几个哥哥比较成功，佩卡姆的房子，分给她最大的一份

她才能付出一大笔定金，买下了布里克斯顿雷尔顿路一处有个方花园的小排屋

属于她自己的家。

5

亚兹

十九年前出生在阿玛家客厅的分娩池，厅里点着蜡烛

熏着香，伴着海浪拍岸的音乐，有一名导乐陪护，还有一个助产士，雪莉，罗兰，阿玛在父母去世后前所未有地一门心思想生育，好友罗兰愿做她孩子的父亲

她运气不错，罗兰和肯尼在一起五年了，也正想着要做父亲

隔周周末罗兰带亚兹，这是两人约定好的，阿玛后悔了，这样的周五下午到周日晚上，她并没有因不用带孩子而感到无比自由，相反倒是挂念着新生宝宝

亚兹是个奇迹，她从没想到自己会想要孩子，有了孩子她才完整了，这点她很少跟人吐露，毕竟听着有悖女权主义

亚兹会是她的反文化实验

她不管在什么地方，有需要了就喂亚兹母乳，妈妈要喂孩子奶，有人看不惯吗？她才不管

到哪儿都带着亚兹，背带背着她或是抱在胸前，把她放在排练室角落，开会时放在桌子上

把她装进看着更像大妈咪包的婴儿旅行床，搭火车飞机，有一次差点儿把她送进机场扫描机，央求人家别为此把她抓起来

为亚兹找了七个教母两个教父

确保孩子将来不那么随人摆布不能拎起就走的时候，有足够人手帮她带孩子

亚兹可以喜欢什么就穿什么，只要对自己没有危险，对健康无碍

在教育体系以压迫管教扼杀孩子的自由灵魂前，她希望亚兹充分呈现抒发自我

她有张女儿的照片，照片中亚兹走在街上，上身是塑料的古罗马军队护胸甲，配一条橙色芭蕾舞短裙，背一对儿白色仙女翅膀，黄短裤

下红白条纹紧身裤，脚上两只鞋不一样（一只凉鞋一只长筒靴），嘴唇脸颊前额搽着口红（正处在那么个阶段），头发扎了一堆各式各样的马尾，发梢垂下一个个迷你小玩偶

经过的路人，儿童游乐场和托儿所那些不开通的妈妈，都投来可怜她或是评头论足的眼光，阿玛一概视而不见

亚兹从来没有因为表达意见遭训斥，但说脏话是要被斥责的，因为谈吐用词要注意修养

（亚兹，你可以说玛丽萨讨厌不可爱，不要说她一脸屎臭屁股）

亚兹虽说不是想要什么就一定能有什么，但是她如果据理力争，能拿到的机会还是很大的

阿玛希望女儿自由，主张女权，强大

后来给女儿报了儿童个人发展课程，培养自信和表达能力，以求任何环境下都能如鱼得水

这一步可错大了

亚兹十四岁那年，要求和朋友一起去雷丁音乐节，她说，妈妈，你期待我成长为独立思考、充分表达自我的人，眼下正是我奔向这个目标的成长道路上至关重要的阶段，你限制我活动，有损我的青少年期发展，你真想我对你的腐朽规矩搞叛逆离家出走吗？没有安全的家，住到大街上，卖淫求生，然后染上毒瘾，犯罪，厌食，跟大我两倍的坏蛋在一起被他虐待，最终早逝于吸毒窝？

女儿去音乐节不在家的整个周末，阿玛都坐卧不宁

女儿青春期前就有成年男人色眯眯盯着她看

外头恋童癖远比想象的多

一年后，亚兹出门儿去派对，阿玛斗胆建议她裙摆放下来些，鞋

跟不要穿那么高，上衣领子拉上去些，这样能盖住起码 30％的身体面积，比她现在身上盖住 20％总体面一些，亚兹说阿玛是女权纳粹

更不要说那个男友了，他开车送亚兹回来时阿玛瞥到一眼

亚兹一进家门，阿玛就等在玄关，问她所有父母都会问的那个简单问题

他是谁啊，做什么的？希望亚兹说他在读高中，那就是相对没大碍的中学生

亚兹面无表情不当回事地答道，妈妈，他三十岁，是个变态狂，专门绑架弱小女子，关在地窖里，折磨上几个星期，再切成碎块，塞到冰柜里冬天炖着吃

说完轻飘飘上楼去了，留下一股大麻味儿

阿玛把孩子养大，希望她成为女权主义者，近来女儿并不认同了

亚兹跟她说，女权主义太盲从，如今做女人都过时了，有个非二元性别活动家来过我们学校，摩根 · 马伦加，给我很大启发，我推想，未来大家都会是非二元性别，既不是男性也不是女性，那还是属于性别操演，你这套女性政治，老妈，会成为多余的，对了，我是人文主义，比女权主义维度高多了

人文主义是什么你知道吗？

女儿离家上大学了，阿玛挺想女儿的

想的不是那个随口毒舌伤妈妈的亚兹，亚兹世界里只有年轻人才有感情

想的是咚咚咚踏遍屋子的女儿

一股风冲进屋，像是被飓风吹进来——我的包/手机/公交车票/书/票/脑袋呢？

女儿在家的时候那熟悉的背景声音，进了浴室反手锁上浴室门咔哒一声，虽然房子里就她们两人，女儿进了青春期后就养成这习惯，让阿玛觉得很不是滋味儿

番茄汤或蘑菇汤阿玛亲手做的很好吃，可是女儿喜欢吃罐装的（！），胡椒磨罐往汤上不多不少正好转磨十下

早上女儿卧室传出音乐和收音机的细碎低语声

周六女儿在客厅沙发上盖着被子窝着，看电视，午夜才出门

阿玛几乎忆起了自己从前也是半夜出门乘早班公交回家的

亚兹不在，房子的气息也变了
等着她回来，造些声响和乱子
阿玛希望她大学毕业后回家住
现在年轻人多数都这样，不是吗？
住不起别的地方
亚兹可以永远住家里
真的。

亚　兹

1

亚兹

坐在妈妈选的位子，一层中间，剧院最好的位子，其实她更想躲在后排座位，万一这剧又是叫人难堪的呢

她一头野性张扬有活力又强韧的非洲爆炸式蓬发扎起来了，因为坐她后面的人说被头发挡住看不见舞台

她留着非洲爆炸头发型的同胞们指责这种行为是种族歧视或微歧视，亚兹问他们，如果他们在音乐会被一片野蛮生长的篱笆挡住看不见舞台，他们是什么感觉？

她在大学的死党姐妹淘，号称惹不起帮，今晚来了两个，坐在她旁边一左一右，瓦里斯和考特尼，和她一样刻苦，决心拿个好学位，因为没有好学位她们就

完蛋了

反正都完蛋了，她们一致认为

大学毕业出来背着大笔的债，找工作竞争激烈，房租贵到离谱，她这代人只能搬回家住到地老天荒，想起来更是叫人绝望，加上全球快一团烂污，英国即将脱欧，极端保守道路上一路狂飙突进，纳粹主义卷土重来，那个常年晒黑皮肤的亿万富翁让人恶心，竟然当了美国总

统，创下智力道德双新低，总之上一代**把一切都毁了**，她这代人是没希望了

除非她们从长辈手里夺回思辨控制权

宜早不宜迟

亚兹读的英国文学专业，计划做个记者，在全球发行的报纸写自己的观点专栏，因为她有很多观点要表达，该让世界听到她的声音了

她右手边的瓦里斯来自伍尔弗汉普顿，政治学专业，想做国会议员，代表人民，会先走社区活动道路，仿照贝拉克·“伟大榜样”·奥巴马的模式

奥巴马归来吧!

她左手边的考特尼来自萨福克，美国研究专业，因为她是真喜欢非裔美国男人，选这个专业是因为大三能在美国读，有望在那儿找到未来丈夫

剧院里观众老样子，望去一片花白头发（平均年龄一百岁）

妈妈的朋友和铁粉散布观众席各区，应该也是头发灰白，但会干脆把头发剃掉，或者裹在头巾下

她远远看到西维斯特，瘫在位子里，一身破烂的蓝色工作服，印着“共产主义中国”字样，邋遢得不成样子，一把大胡子看上去不像都市文青男，倒更像阿米什农民

西维，你年纪太大，驾驭不了这风格

他双臂交叉抱在胸前，怒目皱眉，一副未等剧开始就看不进去的态度，发觉她在看他，赶紧换上笑脸儿，挥挥手，许是被她看破了有些窘

她也挥挥手，摆出“你好啊”的表情

他是她的教父之一，自从连续三年给她寄一模一样的生日卡后被

降级为三线教父，而且还是回收的便宜旧卡，至于生日礼物，亚兹到了十六岁他就不送了，意思似乎是亚兹到了合法性行为年龄就不需要资金支持了

一线教父可是每年在她生日都花很多钱，真心想和她搞好关系，通过她了解接触年轻一代，这些教父才是最好的

有两三个教父是为了些无谓的闹剧和妈妈闹翻了，就此彻底消失不见

妈妈说西维斯特不该再对别人（她）的成功冷言冷语，说他不能与时俱进，被淘汰了

妈妈，你说的就是不久前你自己的感受吧？

自打她拿到国家剧院这个演出，对那些还在困境中的戏剧界同行就看不上眼了，仿佛单她一人得了成功秘笈似的

仿佛她没有荒废多年看着烂电视节目等电话响起似的

有个有 X 光般洞察力的女儿麻烦就在这儿

她一眼能看穿父母糊弄人的那一套

柯温叔叔今晚没陪西维斯特来，因为他认为，政治远比剧院舞台上的东西戏剧化得多："脱欧与特朗普地震！——敬请观赏当代《错误喜剧》"是他的最新口头禅

他是朗伯斯区工党议员，平时开会解决问题，照西维斯特的说法，是制造问题，西维斯特看柯温对政治那种自以为是，就喜欢给柯温捣乱使坏

当你的人生伴侣时不时给你搞个破坏，还用得着敌人出手吗？

柯温说话用"所言极是"这种老派的词儿，为接地气儿，喜欢去布里克斯顿最破败的酒馆，里面都是些老人家，还嘟囔着玛格丽特·撒切尔和矿工大罢工，为数不多没改为葡萄酒吧、美食酒吧或香槟吧

的酒吧之一，妈妈抱怨酒吧都变了

好像她自己没有参与多年前布里克斯顿绅士化似的

好像她自己不去丽兹那种文艺风胜地似的

好像她自己没有带亚兹去为她自己所不屑的那家香槟吧，庆祝亚兹提前一年考出高中毕业考似的

就来这一次，她们进到室内市场区时妈妈小声对亚兹说道，市场里都是些银行家潮流人士，侧目看她俩走在酒吧巷，像是他们正在文化游猎之旅，打量当地土著

但是，前不久亚兹的小伙伴在斯托克韦尔的麦片爱好者小馆看到的人又是谁呢?

专营上百种早餐麦片的小馆，价格高到离谱

只有灵魂已彻底卖给文青圈的人才会想到去的那种馆子

让当地人愤激到一直去砸破它家窗户

至于爸爸

(叫我罗兰吧，不要，你是我爸爸啊，老爸)

坐在她前面几排，身着他某套奥斯华 · 宝顿西装，亮蓝面料，紫缎内里

脑袋铮亮，靠的是擦可可油，每天早起第一件事和睡前最后一件事

背笔直，得益于他每月参加亚力山大技巧课，抵消他说的学界驼背综合征

不时随意扫一眼四周，看有没有人认出电视下的他

爸爸买衣服的钱就够付她一年的大学学费了，但是他说他付不起

他这人是这样，相比做个像样的父亲要做的自我牺牲，时尚对他更重要

她呢则是这样，去他克拉珀姆公园（四层楼）房子衣帽间翻他外套口袋，找里面的大面额钞票，他的房子白色木地板，黄色的墙，挂着他十几岁在温布利后备厢旧货市场一镑一个捡漏儿买的卡蒂尔-布雷松摄影原作

客人第一次来他家，进了门厅，路过这几幅摄影作品，他都会显摆显摆

十三岁那年她还是太小，当她无意拉开他床下的抽屉，发现了一个皮面具样的东西，在她认为是鼻子的位置连着个皮质阳具，还有相应的鞭子、凝胶、手铐以及其他一些不可名状的物品

可惜，一旦见过再也抹不去，给她小小年纪就上了一课，那就是，一个人是什么样，真是不好说，直到你看过他的抽屉

和电脑浏览历史记录

爸爸

《纽约时报》和《星期日泰晤士报》畅销三部曲的作者：《那时的生活》(2000)、《现在的生活》(2008) 和《未来的生活》(2014)

罗兰·夸蒂博士，伦敦大学英国首位现代生活教授

自豪地打电话告诉她，她问道，是真的吗？现代生活统统包括？

那个，不是有点儿太难了吗？你不得是无所不晓的专家才成啊，全世界七十亿人，两百来个国家，上千种语言和文化

那不成了上帝视野了？对吗，爸爸，你现在是上帝了？正式上任了？

他嘟哝了些万物互联、宝可梦、恐怖主义和全球政治、《绝命毒师》、《权力的游戏》之类，另外混上几句德里达和海德格尔的名言，碰到不好应付的情况他总是来这套

那贝尔·胡克斯呢？她反驳道，手机上打开她“性别、种族与阶

级”单元课的书单快速看下来

还有奎迈·安东尼·阿皮亚、朱迪斯·巴特勒、艾米·塞沙勒、安吉拉·戴维斯、西蒙·德·波伏瓦、弗朗茨·法农、茱莉亚·克里斯蒂娃、奥德丽·罗德、爱德华·萨义德、佳亚特里·斯皮瓦克、格洛丽亚·斯泰纳姆、V. Y. 穆迪姆贝、康乃尔·韦斯特和其他那些呢？

爸爸没回答

他没料到有这一出，学生压倒了师父（后生可畏！）

你的研究范围所涉都是男性，而且全是白人男性（她很想加一句：虽然你自己不是白人），你这怎么能是现代生活教授呢？

他终于又开口讲话，声音发堵，说他的轿车（不是汽车）来了，他得赶紧走了

如果他说的是真的，那他的车（轿车＝豪华礼宾车，汽车＝出租车）是私人司机来送他去电视演播室的，因为他定期上电视，跟比他还傲慢自负的人辩论

他已经玩转媒体炒作，妈妈对此很不以为然，以前他真是很好的，成名后为名气腐化了，以前有信仰，现在他只信他自己，亚兹，你父亲是既得利益者，所以他们吹捧他，他不像我，我是局外人，想蹭进那个门儿，可人家丢给我的都是些边边角角的破东西，亚兹，人家只把那些破烂儿赏给我

滑稽的是，妈妈看电视上爸爸讲的不管什么，竟愤愤然一一赞同，现在她的剧在国家剧院上演了，她也不能说自己是门外人了

被亚兹痛批后，爸爸大为不悦

那个周末不让她过去了，下个周末再下个周末也不行

要交稿了，交稿日，交稿日，你知道怎么回事的？

问题是，她和父亲之间如要建立长期走向健康的关系，得靠她来约束他，因为没有别人可以指望，他身边都是些妈妈称之为“谄谀之臣”的，亚兹在他派对上遇到的人多是电视上的白人名流，把爸爸当他们荣誉成员的

她在和妈妈的关系上已基本达成了目标，过程历尽艰辛，特别是她十三四岁那段时间，如果有什么事儿没按妈妈的意思来，妈妈会歇斯底里发作

现在妈妈明智多了，不会去控制女儿，也不会跟女儿对着来

现在亚兹只需说一句，别惹我，老妈！妈妈就会闭嘴

爸爸也在学起来了

最终他会感谢她的

肯尼（二号教父，聪明，她过生日直接给她支票，金额带两个零）忠诚地坐在爸爸边上

肯尼也是秃头，七十年代风格大胡子（不好），园林设计师，亚兹和他处得不错，主要是他这人不狂妄自大自以为是，他会和她一起看《英国偶像》，纯粹就是喜欢看这节目，不像爸爸还要装着是为了写文章点评节目的文化意义

周日清晨，城市还在沉睡，亚兹和肯尼骑上自行车，横穿公园，先到巴特西，一路穿越小巷，骑到里士满，又到河畔，单纯为着欢喜逍遥，不是为了保持身材必须锻炼

而保持身材是爸爸跑马拉松的唯一动机

有一天，亚兹随口议论了一句，无关痛痒的，爸爸却恼了，转身上楼去了，肯尼倒是叫她别太让爸爸难堪

亚兹说，她正在二十岁前后的偏激青春期，我真是忍不住啊，肯

尼，等我一过了青春期变回可爱的人，就马上让你知道

肯尼听了哈哈大笑，他好跟她说，打她还是试管里爸爸几百万个精子中的一个的时候，妈妈老抱怨她在肚子里力气十足踢妈妈的时候起，他就认识她了

她调侃道，她那时候踢妈妈，是因为在胚胎里她就已经预感到将生于贫寒

等自己毕业找到工作了，亚兹要劝着妈妈把她的房子卖了，更正一下，是她们的房子，多亏妈妈参与的布里克斯顿绅士化，房子现在值大钱了

妈妈可以生活简约些，换个平房住，妈妈这个年龄的女人，住个平房足够了，就到哪个朴实的海边小镇吧，那儿房子便宜

余下的卖房子的钱，亚兹可以买个小公寓

一居室暂时就够

然后小换大，一步步置换房子，老妈，我这个房产上升通道，你帮我一把，将成为你人生具有深远影响的举措啊

妈妈没接话

亚兹希望这剧公演前已经得到一致高度好评，她就可以放心观看已受赞誉的剧，这相当重要，因为如果上演后遭剧评界尖锐批评，她就要负责收拾残局，妈妈会发狂，长达数周——说剧评人对黑人女性的生活彻底缺乏了解和见地，是刻意破坏她的事业，而她四十年卧薪尝胆才得此机会，等等，剧评人没看懂剧，因为她的剧写的不是援非人员、问题青少年、毒贩、非洲军阀、非裔美国布鲁斯歌手、白人拯救黑人奴隶

不得不接听电话，收拾烂摊子的人，猜猜会是谁呢

妈妈的情绪一直是她在照料，从来都是，以后也会是

独生子女的负担，特别是独生女
天性更体贴。

2

亚兹大学宿舍房间里一张巨幅亨德里克斯海报，蓬乱头发，嬉皮发带，胸肌结实，裆部胀鼓，抱一把电吉他

这个文化符号，别人一进房间，立刻就知道屋里住的是个什么厉害人物

她口味其实很杂，也没个准，从史前电子摇滚即兴重复段，到饶舌歌手洛基，莫扎特，英国说唱歌手 Stormzy，神父合唱团，安琪莉可·琪蒂欧，尼日利亚歌手维兹基德，碧昂斯，肖邦，日日，斯科特·乔普林，多莉·帕顿，阿穆尔·迪亚布，等等

她还有一张俄罗斯倍男低音的唱片，那不能说是唱歌了，是地底的轰鸣

酷毙了吧，比学校他们那帮人超前多了吧？

她耍了个手腕，号称“极度幽闭恐惧和社交焦虑”，因此拿下宿舍楼里最大的房间

隔窗远眺，运河环校园一侧流过，汇入湿地，湿地栖居着水獭（或者是獾？），苍鹭，还有其他一些鸟类和野生动物状生物，她不认得，也懒得去查

有那工夫还不如多学点儿能让她混出头的技巧，掌握英格兰东部野生动植物的名称不在此范围

房间另一头窗外是条蜿蜒小路，穿过校园，几乎每晚都有酒鬼踉踉跄跄经过她窗下回房间，在镇上或学联酒吧喝得酩酊大醉，一路闹

哄哄的，不顾及别人

学联酒吧她只去过一次，酒吧里都是些醉汉人渣，就是那种到了学期后面越来越臭的男生，因为没有妈妈每天摁着他们去洗澡

他们一脸日益受伤表情，因为不明白上课时为什么没人坐自己边上，没人愿告诉他们，嘿老哥，你臭气熏天啊

亚兹以为会在大学谈恋爱，那人会和她大体相当，不要太丑，比她高（必要条件）

周六的晚上与他依偎，周日早晨窝在床上听音乐，她读读《纽约客》《观察家》《大西洋月刊》，看看 gal-dem、The Root、 thegrio 网站

因为总有一天她会为这些报刊网站写文章

可惜，妈妈比她有魅力，女同志圈子里公认妈妈性感

妈妈那时的女友，爸爸法语称之为“当日特色女友”（可不是，会讲法语自然不说英语了），是两个白人，德洛丽丝和杰姬，虽然妈妈处过的女人可是全天下人种无所不包（这叫多种族淫乱）

三人共处亲切融洽，十分感人，因为妈妈以前的女人曾为了她翻脸大闹

有点怪异，叫人起疑，因为跟德洛丽丝、杰姬，没有大吵大闹，没有电话留言机上的咆哮，没人半夜脚踹前门要破门而入，没人在妈妈的派对上躲在角落用眼神杀死对手

她俩像是相互喜欢，亚兹猜她们已搞过可怕的三人行，实在张不开口问她们

再说，来来去去的女人太多，数也数不清，新的女人一般达不到她的里氏烦扰级

早餐桌上难免会有张新面孔，想和新情人的女儿套近乎，忙活着给亚兹做烤面包、奶酪西红柿煎蛋卷，给她倒果汁，等她吃完了洗碗

情人的女儿各种直白示意，我生日/圣诞/复活节要到了

（还有果酱怎么没摆桌子上？）

亚兹跟人说起她不同寻常的成长环境，不通世故的那些人觉得她一定精神备受摧残，肯定嘛，妈妈是多边恋女同志，爸爸是自恋的男同志（她描述的形象），你在他们两个家之间被推来推去，爸妈追求各自事业时又把你丢给各种教父

亚兹听了很窝火，她受不了别人说父母任何不好

说父母不好是她的特权

总之，她索性只跟大学死党混，不去找男人了

无奈她成年时正落入头像照片右滑-点赞-加好友-上床这一代，男人期待你第一次（也是唯一一次）约会就献身，根本一点儿阴毛都没有，做他们在网上色情片中看到女人做的那些恶心事

她宿舍楼里那些男生怕是整日整夜地看这些黄片吧，他们基本就没出过房间（上课？什么课？）

大学期间她就约会过一次，也就是跟一个她以为还过得去的男性样本在酒吧里坐坐，他翻着手机，明显是看看附近还有没有更诱人的，再用要复习功课的蹩脚借口先开溜

他走了没一会儿亚兹也走了，回家路上，没隔几个门的酒吧里，看见他正搭讪一个女的

亚兹琢磨着，等她同龄的男性想安定下来成家的时候，她的卵巢已经不好用了，他们会去找年龄只有他们一半、随时能生个孩子出来的女人

所以

虽然她可算是相当迷人（不是百分百的丑的意思），有自己独特

风格（部分九十年代哥特风，部分后嘻哈风，部分妖艳放荡风，部分异域风），她还是得跟黄色网站上胶原蛋白丰唇、硅胶大胸的女性形象竞争

亚兹想过找三十多岁年纪大一点的男人（他们一向喜欢睡少女），但想象一下那鼻毛、皱巴巴的阴茎、啤酒肚，还是罢了

所以呢，合适的人要能专一投入，愿建立长期单一伴侣关系（她妈妈就不是），在这样一个合适的人出现之前（如果有一天会有这么个人出现），亚兹给自己找了个炮友，史蒂夫，美国人，博士生，研究“八十年代嘻哈文化与种族政治的相互关系和美学”

不巧的是他还有个女友在芝加哥，亚兹和他上床时这就引发某种道德困境，女友打电话过来，他扯谎瞒着

亚兹有时整夜无眠，想到也许会孤独终生，忧心忡忡

她十九岁都找不到像样的男朋友，年纪大了不是更没希望了？

妈妈有几个女性朋友单身几十年，不是那些相互随意上床的女同志，是异性恋的，有好工作，好房子，没有伴侣与之分享，她们说还不愿现在就定下来

妈妈说她们这是“寻找奥巴马综合征”

背着她们说的

内奈特，四人党第三个成员，和卡迪姆订婚了，卡迪姆正在美国读书，父母为她选的未婚夫

一开始她不愿意，父母威胁要把她赶出家，想到大学毕业后真要和大家一样找份工作自己赚钱养活自己，她改主意听父母的了

还好她见了卡迪姆了解他以后就很投缘，长周末（比如周三到下周一）经常去他读书的康涅狄克一起过

就这样她作业还是全拿A，她就是那么聪明

也超级自信，惹谁都别惹她

大学有个男生给她发黄色短信，她向校方举报，此人差点儿被开除

她有个同学被强奸，在她面前痛哭，她出钱请了律师，把强奸犯送进监狱判刑六年

六年刑满放出来他还会继续强奸女人，她们都知道

瓦里斯的男朋友艾纳，是索马里裔挪威人，中学两人一起上历史课后就在一起了

两人都是动漫迷，每年都去伦敦动漫展

瓦里斯业余爱好画漫画，刻画一个索马里超级女英雄

追捕伤害女性的男人

把他们阉了，极慢地

不上麻药

众人都闲着，亚兹给每人冲了一袋热巧克力，请大家吃妈妈给她做的酥饼，亚兹上大学后妈妈莫名做起了烘焙，似乎是妈妈意识到自己一直没做到幸福家庭完美妈妈，想弥补一下

四人党中四分之三基本不怎么喝酒

头脑是亚兹最宝贵的资产，她不会乱来

瓦里斯认同戴头巾，婚外性，但不喝酒不吃猪肉

内奈特说，和卡迪姆结婚后，过几年等他找了第一个正式的情人，她会喝上酒的，内奈特的妈妈就是这样，早上一杯金汤力，睡前一杯烈酒，中间喝一瓶或三瓶红酒

只有考特尼平时社交红酒不离手

新生周第二天，在运动馆的欢迎派对上，亚兹为瓦里斯所吸引，当时两人都是躲在边上的，亚兹被瓦里斯一张天生臭脸吸引过去，后来亚兹告诉瓦里斯，瓦里斯听了一乐，问亚兹最近照镜子瞧过自己没有

别的新生到处疯狂泡沫派对，玩迪斯科彩弹，寻宝游戏，组队串酒吧，亚兹可以预见这种结局一定是去急救室，亚兹和瓦里斯远离喧闹，坐在校园星巴克的一角喝冰茶，两人一致认为同龄人太不成熟

她在新生周意见反馈表上写道，是谁想出来的

让这帮可怜的年轻人离家第一周就酒精中毒?

不必等他们大二出现肝损伤初期症状，不如现在就送他们进康复中心戒酒吧

瓦里斯

衣裾飘飘，头巾与衣服的颜色相呼应

有绿色日，棕色日，蓝色日，花卉日，荧光色日——从没有黑色日（她不是传统派）

她常把手机插在头巾内侧打电话，空出两手，亚兹说这是将虔诚与实用完美融合

瓦里斯说她戴头巾是表明穆斯林身份，虽然有些人理解为宗教性质，但《可兰经》中并没有要女性遮蔽身体，知道吗?

瓦里斯出门前，一定会在她已经完美的肌肤上再涂一管粉底

已很浓密的睫毛再刷上成管的睫毛膏

眉毛画的高挑眉型，眉峰高耸几乎入耳

瓦里斯说她“不画脸”就丑得没法看，亚兹跟她说索马里女人是全世界最美的，这其中就有你呀瓦里斯

瓦里斯说自己胖，其实她身材适中，使劲把大腿捏得斑驳一块块的，给亚兹看她的“脂肪团”，瓦里斯，根本没有，那是被你挤得快爆出来的肉

有时候没太阳——晚上，在楼里面——她也戴着太阳镜

上课也戴着，一副强大超酷派头，直到有个大无畏的讲师，桑德拉·雷诺兹（男同学女同学，朋友们，叫我桑迪），叫瓦里斯把墨镜摘了，除非瓦里斯身体有状况需要戴着并且有相关证明

不然就离开课堂

我戴墨镜是为着什么都不惧，瓦里斯对亚兹这样讲，周六午饭时间她和亚兹出去吃了顿披萨，走过大学城雨后湿滑的鹅卵石路回学校，一路两人很显眼

也可能是为着不让人看见你惧怕吧，亚兹说，其实你觉得惧怕，不惧，惧怕，只差一个字，意思完全相反，是不是？

亚兹突感一种超越年龄的神奇灵性附体

就是那种神秘时刻

两人无言走着，瓦里斯做沉思状，片刻，同样睿智深刻答道，也许两者都有

那一刻，亚兹明白了和瓦里斯为什么处得那么好，她们是才智心性相投啊

走出小镇，来到热闹的主干道，路旁老房子很大，厚重灰石块建成，瓦里斯说，9·11 前，那时候不一样的；她那时候太小，不记得“前 9·11 时代”什么样，妈妈说那时候对戴希贾布头巾的女人，人们的态度或惊奇或同情

到了“后 9·11 时代”，转为公然敌视，每有圣战分子炸死或开卡车撞死白人，敌意更甚

每逢这种时候，瓦里斯都准备更频繁遭遇被推搡、啐口水、被骂卑鄙阿拉伯人，亚兹，我根本不是阿拉伯人

瓦里斯说，他们以为十五亿多穆斯林想的做的都一个模式，太荒唐，穆斯林做出大规模枪击或引爆炸弹就是恐怖分子，白人干一样的事，就是疯子

这两种人都是疯子，亚兹

我知道，瓦里斯，我知道

她们走在小镇街上，人们对瓦里斯侧目鄙夷的表情，亚兹看在眼里

代瓦里斯冲他们瞪回去

瓦里斯说奶奶很少离开伍尔弗汉普顿的廉租公寓出门儿了，走在外面路上遭恶意仇视对奶奶太不容易，奶奶一直缅怀失去的一切

1991 年以前，奶奶住在摩加迪沙，生活殷实，家里男性都在家族牙科诊所工作，后来都被杀害，她带着女儿们逃到英国

现在，奶奶处方药一把把地吞

坐在客厅日渐隐没

直到有一日彻底消失不见

她妈妈赞娜却完全不一样，赞娜对孩子反复讲，你可以选择被历史的沉重和当代的暴行压垮，也可以做勇士敢于直面

爸爸在工厂做活，妈妈有两份工作，一个在穆斯林妇女避难所，一个是教蒙面的女人防身术，教她们针对抓头巾以及其他相关袭击做出防卫

瓦里斯自豪地说，妈妈在社区中心教以色列格斗术、柔术、合气道、马来武术；瓦里斯跟妈妈一起学了综合格斗

亚兹和瓦里斯回到了学校，走过小巷，雨小了，天放晴，彩虹乍现

走过健身馆，一身运动装备的学生进进出出

走过洗衣房，学生木然看着洗衣机转或玩着手机

走过艺术中心，里面有一家画廊和一个咖啡馆，咖啡和蛋糕很贵，卖给那些专门来校园消费的高雅人士

走过宿舍区，一栋栋楼飘出音乐和大麻气味，走到她们那座楼

进了楼，上楼梯，瓦里斯讲着，如果有人说下面任何一句话，她一定会毫不客气加倍还击：

说恐怖主义与伊斯兰教密不可分

说她受压迫，为她的痛苦揪心

如果谁问她和奥萨马·本·拉登是不是有关联

如果谁跟她说他们失业她有责任

如果谁跟她说她是蟑螂一般的移民

如果谁让她回去找她的圣战男朋友

如果谁问她认不认识自杀式炸弹袭击者

如果谁跟她说这不是她的地儿，问她什么时候走

如果谁问她会不会被包办婚姻

如果谁问她为什么穿戴像个修女

如果谁跟她说话放慢语速，当她不会说英语

如果谁跟她说你英语特别好

如果谁问她是不是经过割礼，可怜的人

如果谁说要杀了她和她全家

你真受了不少苦，亚兹说，太不容易了，我不是装优越，我是感同身受

我没受苦，没真受苦，我妈妈和奶奶是真受了苦，失去亲人和故

乡，我的痛苦主要在我脑子里

别人故意撞你，你是真被撞，可不是在你脑子里

与死于索马里内战的五十万人相比，这点儿苦算什么，我生在英国，我要在这国家闯出条路，我不能不拼，我知道找工作会很难，那又怎么样呢，亚兹？我不是被动待宰那种受害者，别拿我当那种人，我妈不会希望我成那种人。

3

那天下午，她们在亚兹房间伴着阿穆尔·迪亚布的歌跳舞

亚兹对瓦里斯说，务必要平衡好精神性与肉身性

瓦里斯问，你意思是说咱们思考太多，所以要多活动活动？

对，就这意思，亚兹答道，舞动着，双臂摇曳，动作繁丽

那你直说不就得了？

晚上，她们和同楼层的内奈特一起继续放大音量听迪亚布的歌，她们最早是从迪亚布那儿知道这个埃及歌手，屏幕上迪亚布性感嘴唇吐出歌词，亚兹即刻迷醉

瓦里斯也爱听迪亚布，说他的音乐触动她灵魂

亚兹说迪亚布令她体味到一种爱，奉给未来为她所挚爱的男人

瓦里斯说那个男人应该害怕，很怕

内奈特说迪亚布很老派，所以她听迪亚布更多是怀旧，软糖大麻嗑高了，她示范跳起阿拉伯舞，摇摆臀部，旋动两臂

成为三人的固定节目——阿穆尔·迪亚布之夜

隔壁房间的考特尼穿着睡衣来敲门，要她们小点儿声，她要睡觉，都半夜了

亚兹说，你非常仔细地听听，楼里别的地方也有人大声放音乐呢，能听到吧？楼上楼下？

当然能听到，这是周六晚上，喊来的保安一走，喧闹声又起来了

大伙儿都在闹腾，对吧？亚兹说，两手叉腰，你干吗就盯着我们呢，瞟考特尼一眼，眼神意味深长

气氛紧张，一触即发，内奈特给化解了，她说穆巴拉克任埃及总统的三十年期间，她父亲都在外交部门工作，所以她很懂得如何解决冲突

那是独裁统治，瓦里斯不敢苟同

是政局稳定，内奈特还击道

内奈特的祖父和穆巴拉克在卡法埃尔-莫萨哈长大，曾和穆巴拉克在司法部共事，两家是朋友

内奈特父母都是外交官，有那种本事，不管和谁讲话，都能做出兴趣浓厚的样子，瓦里斯，我爸妈对眼前的混蛋哪怕心里恨死，面子上也是一派和蔼可亲，内奈特有次特意这么宽慰她

瓦里斯明白内奈特的意思，索马里人在埃及是被人看不起的

埃及革命中穆巴拉克政府被推翻，内奈特家人逃到英国，他们都有英国公民身份，因为内奈特爸爸在英国投了一百万英镑

在那之前，她在苏塞克斯上寄宿学校，父母则客居多个国家

瓦里斯问她家的钱怎么来的，她说，别问我这个

家人从来没让我知道

内奈特请考特尼进亚兹房间，笑容可掬缓和局面，进来啊，你叫什么名字？给考特尼喝可口可乐，又放上音乐，给她示范跳舞

放松飘起来，考特尼，想象你就是水，就是空气，轻盈舒展，让音

乐摇动身体，不要多想，和自己起舞，为自己起舞

不一会儿考特尼就和她们一起摆动着飘飞，她喜欢这啦啦啦的音乐，以前她怎么没听说过呢？

你不觉得有点儿难听吗？亚兹问

怎么会？我喜欢啊，肚皮舞也挺有劲的

这不是肚皮舞，亚兹说，这说法太东方主义，我们不能容许，内奈特叫亚兹别说了，说她们的舞蹈灵感来自埃及中东肚皮舞

好吧，考特尼耸耸肩，华丽曼妙舞了一圈，似可将臀飞出腰间，腰飞出胸，胳膊飞出身体，两手飞离两臂

她的舞姿比众人都美妙

当晚大家都睡在亚兹房间地板上，在餐厅一起吃了早饭

考特尼说她在萨福克的大麦小麦农场长大，大家打趣说怪不得她长得农家姑娘模样

清澈的眼睛，内奈特说

晶莹剔透的肌肤，亚兹说

挤奶女工的胸，瓦里斯补充道

去各大学参加开放日前，瓦里斯从没离开过伍尔弗汉普顿，说她这辈子没到过农场

我也没去过，亚兹说，我是都市党，不是田园派

内奈特说她爸妈在科茨沃尔德有个大羊驼农场，南非弗兰谷有处葡萄园

瓦里斯说你真幸运，内奈特答说不怪我啊，瓦里斯说这倒也是

亚兹说有新鲜牛奶挺好的，想睡懒觉却被公鸡打鸣吵那就扫兴了，她喜欢新鲜牛奶但是不喜欢下手给奶牛挤奶，也不想为吃牛肉汉堡把奶牛杀了，一个道理

瓦里斯说她觉得每天草地上漫步也很心旷神怡，考特尼说她可不喜欢走路，她家农场及附近也没有草地

考特尼吃着鸡蛋培根焗豆早餐，犯了个错，问瓦里斯为什么要戴头巾

亚兹吃的牛奶燕麦什锦，听了抬头看看瓦里斯，想她要发火了，但瓦里斯只是勺子搅搅稠粥，语气平和说道，第一是——文化，第二是——政治原因，亚兹等她说出第三——关你屁事，她没说

瓦里斯只说母亲讲她无需对别人解释

内奈特已喝到第二杯浓咖啡，正吃煮鸡蛋，正要介入——是没必要，考特尼致歉道，听着倒更像置气，我不知道所以问问

没事儿，现在你知道了

亚兹看下来，考特尼虽然对其他文化孤陋寡闻，但有个性有胆识，这是加入她们“惹不起帮”的先决条件，帮内大家讲话都很直，要敢还击才行，不能跟个胆小鬼似的跑到卫生间里哭

她喜欢考特尼

亚兹喜欢的人

就是她们帮的自己人

过了几个月，一个周一的上午，上完“种族、阶级与性别”课，大家排队上厕所，亚兹告知考特尼，从现在起，考特尼就是荣誉姐们了，“姐们”这个词儿最早是黑人女性用的，现在被那些不是黑人女性的人挪用（老是这样!!）

但是，考特尼做不了纯粹的姐们，只能做荣誉的

据亚兹解释，成为姐们，既回应了他人对我们的看法，也反映了我们的真实自我，我们是无法被随便简单化的，亲爱的，我们的真实自我，恰恰部分回应了他人对我们的定义

亚兹发现自己最近习惯叫自己喜欢的人“亲爱的”，不勉强也不装，非常自然

午饭亚兹吃豆子汤（为大脑提供蛋白质），考特尼吃肉、土豆泥和豌豆泥，亚兹接着话题说，你有点难做

别人看你不会再那么简单了，他们眼里你成了和黑人混的白人女，你的特权要损失一点儿了，不过还是要注意的，查查你的特权吧，这说法你听说过吗，亲爱的？

考特尼说，亚兹父母是教授和知名戏剧导演，亚兹自己可绝对谈不上是什么下层贫困人群，考特尼才是穷困地区的，老家那儿十六岁就进工厂打工，十七岁成为单亲母亲的事儿司空见惯，爸爸的农场实际是银行拥有

话是没错，但我是黑人啊，考茨，相比不是黑人的，我比谁都弱势，除了瓦里斯，她是最受压迫的（不过别跟她说）

占了五大类别：黑人，穆斯林，女性，贫困，戴头巾的

只有对瓦里斯一人，亚兹不能叫她查查自己的特权

考特尼说，罗克珊·盖伊就告诫不要搞“特权竞赛”，她在《糟糕的女权主义者》一书中写道特权是相对的，我很认同，亚兹，怎么能分出哪是哪呢？一个在拖车停车场长大的贫穷白人，单亲妈妈是瘾君子，爸爸坐牢，奥巴马就比他弱势吗？一个重度残疾人士，比遭受酷刑寻求避难的叙利亚人更有特权吗？罗克珊认为，探讨不平等问题，应重新确立一套话语体系

亚兹不知道该说什么，考茨啥时候读了罗克珊·盖伊了——谁才是厉害人物？

这就是学生青出于蓝而胜于蓝吧？

♯白人女孩完胜黑人女孩

考特尼又说，她只喜欢黑人男性，所以将来有可能会生混血儿，她的“白人特权”总是会弱化的，至少50%吧，今时今日，上大学前她在达廷福竟然一个黑人都没遇到过，达廷福除了三个亚洲人全是白人，太不可思议

亚兹跟考特尼说这不合逻辑，是信口瞎猜

考特尼说自己特喜欢这信口做出的推论，这正说明谈话自由随性，跟着直觉走，而不是按某种既定轨道进行

亚兹托词要去洗手间离了席。

4

大一学年结束，亚兹邀请考特尼到家里住

先提醒考特尼，家里早上可能会看到妈妈某个后妃半裸身子走来走去，相信我，老人那样子，画面可不太美

考特尼只去过一次伦敦，一日游，乘观光巴士转一圈白金汉宫、特拉法加广场、大本钟、圣保罗大教堂、伦敦塔，完了直接坐火车回达廷福

她俩睡亚兹的双人床，第一晚在上床前，关了灯闲聊，月光洒在床上，使亚兹感到那晚分外不一样，夜色和暖，窗子开着

躺在床上了，亚兹问考特尼怎么没多来首都几次，亲爱的，你不知道你都错过了什么

考特尼说，因为我爸妈不喜欢伦敦，他们认为伦敦这鬼地方遍地有色人种、自杀式炸弹袭击者、左翼分子、夸张矫情的演员、同性恋、波兰移民，抢走了本国勤劳人民过上好日子的工作机会；爸爸那点儿政治思想都从报上看来，一字不差原文引用，滑稽的是，他跟村里的机修工拉杰是朋友，一块儿在酒馆喝酒

我说他虚伪，他说考特尼，拉杰不一样啊

你可以告诉你爸爸，就说我说的，没有移民确立的工作高标准，英国经济会垮掉，我妈妈说她找管道工和电工就不要本国的工人，她要找波兰来的工人

对我爸爸没分别，他说都一样，那些人他都不喜欢

我真想看看，我带个混血儿回家，爸爸脸上的表情

亚兹带考特尼逛佩卡姆、斯托克韦尔、布里克斯顿、斯特里特姆

走在布里克斯顿商业街上，考特尼说，满眼都是肌肉男，看得她要昏过去了，男孩牛仔裤低到几乎整条内裤露在外面，屁股诱人她挪不开眼

亚兹看出来了，这些"屁股"也回应了考特尼的关注，她丰腴酥胸恣肆探出牛仔上衣

他们直勾勾地看考特尼，不是看亚兹，男人打量的人这次竟不是亚兹，亚兹平时可是老被男人盯的

当然了，裤子腰带扎在屁股下头这种男人，她也不感兴趣

今天考特尼是主角，她都算不上特性感，亚兹仿佛透明一般，考特尼倒成了颠倒众生的女神

一个白人女孩和黑人女孩走在一起，会让人觉得她是喜欢黑人男性的

亚兹以前和别的白人朋友也碰到过这种情况

她已经郁闷到

麻木了

她们和内奈特约了在女王道后面内奈特家见

内奈特短信告诉她们怎么走，“海德公园拐过来就是哈哈”

她俩来到一栋大宅子，设有防盗门，按门铃，进去后是碎石私家车道

身着黑制服白围裙的女佣领她们进了门厅，大理石地面，有喷泉、柱廊，回旋楼梯通往穹顶

内奈特楼梯上跳跃着下来迎接她们，怀抱一团白白的毛球，是她的西施犬梅齐

接好，她说，把小狗塞给她们，抱抱它吧

考特尼倒挺喜欢，还让小狗依偎着她脸，柔声细语说好可爱哦，亚兹猜考特尼过去和农场上动物打交道的体验怕是差远了，像是猪啊，奶牛啊，考特尼要伸手进奶牛肛门给它们通便

亚兹不肯碰小狗，舔自己屁股的动物，她可不愿靠近

内奈特带她俩在宅子里简单参观了一圈，亚兹暗叹太炫了，豪奢到离谱的那种炫，不是华美的那种炫

内奈特说妈妈的家装品味太招摇，很不好意思，但她家这么有钱，内奈特并没有不好意思

小心轻碰啊，伙伴们!

亚兹发现，考特尼这下见识了内奈特家，表现出一副能结交内奈特荣幸之至的样子

内奈特现在成了“住在海德公园边上豪宅的内奈特”，今后亚兹再看内奈特这位朋友时，脑子里无法去除和忽略这一点

她发现，认识有钱人，和近距离目睹人家多有钱，真不是一回事

三人去海德公园散步，阳光下徜徉九曲湖畔

亚兹远眺蓝色湖面，有踩脚踏船的，有划船的，逍遥自在

环湖小道似是阿拉伯富豪溜达专区，停车场满满当当都是剪刀门、黄金轮毂够援救国民保健署的车

内奈特平时在大学穿设计师运动装，今天穿了件紧身上衣，短裙，高跟鞋，背一只香奈儿金链包

她一头瀑布般黑发，晶亮棕色肌肤，紧实双腿，每有一帮小伙儿走近，必会对她投来欣赏端详的目光，此时她的体态都会不一样

这是她的场子，她公主般迈步，甚是自得

内奈特一向说自己是地中海人，说她家是埃及海岸亚历山大港的，所以她不是黑人，连非洲人都不是，想让亚兹和瓦里斯也认可，亚兹觉得挺逗，瓦里斯觉得怪烦人的

内奈特你是非洲人，瓦里斯痛批她，你就承认吧，你是非洲女人，她扑向内奈特装着要揍她，两人尖叫像六岁孩子

九曲湖边闲逛的人不理会亚兹，对他们来说亚兹肤色太黑（又怎样，他们滚蛋去吧）

他们看考特尼则是像看女仆，拿眼睛一点点剥去她衣服

考特尼很受用，喜欢这追捧注目

亚兹不想戳破她

三人聊起大学，在学校的时候没这样聊过，今天不知怎的感觉不一样，大一已过，前头是漫漫长夏

这个夏天，亚兹和考特尼准备预习大二功课，着手阅读推荐书目，再加上暑期工，应该够忙了

瓦里斯已开始在伍尔弗汉普顿一家出狱犯人的慈善机构实习

考特尼即将在萨福克的农场生活专卖店工作，那家店一只锅卖一万多镑

亚兹正在西区某潮店餐馆做服务生，光顾的客人都是些寡头、名流、英超球员，带着花瓶太太、情人、伴游女

她在手机上记下随想，将来写回忆录用

苹果手机暗中拍下照片

内奈特飘飘然在自己地盘享受众人瞩目，透露说艺术史课她不打算读什么书了——你猜怎么着？

她脱口而出说她不用读

保密，千万别说出去啊，特别是瓦里斯，我的文章都是找一个退休学者代写的

她扭头面对她们，等她们夸她赞同她

亚兹愣住了，淡淡说道，你该和别人一样靠自己读大学，我不知道你也作弊

大家都作弊就不叫作弊

作弊怎么说都不对，再说也不是每个人都作弊

醒醒吧，亚兹，人家作弊还会告诉你吗？卡迪姆读工商管理硕士花了不知多少钱呢

内奈特的极度特权，再来这个作弊，亚兹不敢说靠两人的友谊过不过得去，怪不得考试前夜内奈特还能刷完整部网飞剧，作业照拿 A+

内奈特是娇纵懒惰不讲原则的公主，不守规矩，为保住她的特权，不择手段，甚至不惜嫁给父母选的人

亚兹常想，宿舍住同楼层，在白人为主的学校同属少数几个棕色人种女生，就凭这两项，真能让“惹不起帮”在大学后还团结不分裂吗？想想真是，大二都不好说

亚兹得埋头苦读，必须保证全盛状态，为未来打下基础，考特尼（或确切说是罗克珊·盖伊）说得很对，她现在看懂了，特权是相对的，要看客观环境

亚兹即使真是有钱人也不会作弊，她要靠实力拿到一等学位，和瓦里斯一样全力以赴，决不会拿着很烂的成绩，没有通盘规划就走上极恶社会，上学期她遇到大三快毕业的学生，问他们下一步的打算，他们一脸惶恐

读个新闻学硕士相当不错，在伦敦读，她适应的环境，还能住妈妈那儿不用交租金

她为学生报《新声》定期写专栏，专栏名“我的教授为什么不是黑人？”，灵感来自她第一个学期参加的学生研讨会，激发的线上评论数量居当月专栏榜首，可惜有一半评论是完全愚昧的胡言乱语，当然是匿名的，这世界上那批近亲繁殖、没脑子、种族主义、胆小懦弱、巨丑无比、最孤家寡人的怪物写的

重点是，这篇文章让她声名鹊起，成为校园风云人物，传媒社和学生电台都采访她

明年她计划在专业报纸和博客上发文章，大三她有资格了就拿下《新声》编辑职务

要竞选传媒社社长

已经开始想竞选策略了

夺权小人挡我道者，必有祸事

她知道不会容易，她愿意放手一搏

亚兹寻思她们帮这几个伙伴

考特尼人真是好，从前纯真单纯，进大学后成长不少，加入她们帮就更老成练达，她们帮众可不是东英格兰的平常学生：

一位是人文主义大牛，妈妈是同性恋演员，爸爸是同性恋“知识分子”

一位超有钱（作弊的），埃及旧政权精英圈的

一位索马里穆斯林女性，戴头巾，综合格斗武师

瓦里斯最深刻，因为她的家庭苦难深重，虽然她很反感别人同情她

瓦里斯的遭遇最不公平，逼着她早熟

好比人生坎坷逼着亚兹也提早成熟

开场了

《达荷美最后一位女战士》

这部戏。

多米尼克

1

上下班高峰时间多米尼克在维多利亚车站遇到恩津加

伦敦通勤族冷血无情，为赶上自己那班车不计代价，压路机般一往无前，恩津加被撞倒

包摔开了，东西撒了一地：护照、《伦敦A－Z地图》、《伦敦易行指南》、麻布钱包、卫生棉条、Zenith E相机、帕玛氏护手霜、魔眼护身符、象牙手柄猎刀

多米尼克正好路过，过来帮恩津加，两人蹲地上把恩津加的东西收拢起来

收好了，恩津加站直身，恬静自若，多米尼克发现眼前是位美人

恩津加身材修长，气质典雅，肌肤光润，衣袂飘飘，五官雕塑般精致，朱唇饱满，一绺绺细长发辫飘垂到臀部，辫子缀有银制护身符和亮珠

多米尼克从没见过她这样的人，主动说请她喝咖啡，笃定她会答应，因为女同性恋一般都会答应，多米尼克猜她是同性恋

两人在车站咖啡馆坐定，恩津加小口抿玻璃杯里的热柠檬水，热饮她只喝这一种，她说，我可不糟蹋自己身体

与此同时

多米尼克喝一杯速溶咖啡，放了两块糖，又一块接一块地在里头泡消化饼干吃（边上一包麦丽素做甜品），对于自己想都不想摄入体内

的一堆垃圾，不免心虚——糟蹋身体，对的，糟蹋身体

她没遇到过非洲裔美国人，恩津加的口音唤起她对暖烘烘的玉米面包、黏香肋排、秋葵、什锦饭、羽衣甘蓝、炸猪皮、炒卷心菜、花生糖的美味记忆——还有她在小说中读到的非裔美国女人做的其他美食

恩津加儿时离开英格兰，这是她第一次回来，此前在加纳游历了两周。首次回到祖国，参观艾尔米拉城堡，非洲人被俘后关押于此，再运往美洲为奴

导游带他们进了一个地牢，关上门

室内闷热，漆黑一团，导游绘声绘色描述上千人被塞进只能容纳两百人的空间，关三个月，没有生活设施和卫生设备，只给一点点食物和水

那一刻，四百年奴隶制的所有苦难历史，以从未有的方式进入我体内，我崩溃哽咽，多米尼克，我悲泣，前所未有地，领悟到白人负有责任的太多

多米尼克忍住没说的是，实际情况远为复杂，因为非洲男人也贩卖非洲人为奴

恩津加在“美利坚分众国”的“女性社区”建木结构房，五岁起就和妈妈住在那里，妈妈厌了恩津加父亲周旋于英格兰和加勒比多个女人之间，恋上了英气的退伍军人笔友

那年妈妈只有二十二岁，傻乎乎带着恩津加和弟弟安迪，从卢顿的公寓搬到得克萨斯活动房屋停放场上一个活动屋

恩津加和弟弟睡在小厨房边地板上，妈妈和那男人睡在几尺外的双人活动床，做爱响动很大

男人一醒过来就喝上烈酒，直喝到晚上烂醉如泥，嗑药嗑得神志恍惚，各处找点零活干

妈妈在鸡厂找到份工作，傻子般认定能给他戒酒戒毒，带着孩子

和他过上好日子

纵使费力管束他的毒瘾也是徒然，只招来频繁毒打，于是死了心，自己也沉沦吸上了毒

情势每况愈下，恩津加发现自己的家长是两个瘾君子，对孩子管教无方，他们心目中没有她和弟弟一席之地

终于，她进入青春期后，必然发生的事还是发生了，在那之前就有先兆，动手动脚，讲话不检点，以前她太小没能分辨，后来太软弱没能抵挡

那次，妈妈和弟弟出门买东西，她留在家里做作业，被夺去了童贞

第二天早上在学校，她突然哭起来，告诉了老师，正巧是个男老师，一直跟她说她很聪明——几乎是她认识的唯一一个好男人

政府指派了一个社工，她和弟弟被安排到寄养家庭

收养他们的家庭照料他们，但是对他们并没有爱

得很深，也没有无条件的爱

安迪十六岁参了军，撇下已成女同的姐姐，自打发现姐姐和她女友在床上后，安迪就把姐姐唤作女同男人婆

还好我确乎聪明，刻苦攻读考上了刚废除种族隔离的得克萨斯大学，不是读当地社区大学

一毕业，就住进妇女公社，远离像我弟弟和那禽兽一样的人

妈妈吸毒过量去世

葬礼上我和弟弟没讲话

那以后也没再讲过话

多米尼克听着这位非凡女性，她摆脱了悲惨童年，拼搏到今天这么出色，透着热诚，又有世事浮沉的沉淀

人都说多米尼克强硬，独立自主，但跟恩津加相比，她算不上，恩津加才是强大，不折不挠，气场能量驾驭咖啡馆全场，灰暗的周一下午弥漫着恩津加慢悠悠的性感异国声调

她是女同志，性感姐们儿，启迪他人，令人赞叹

多米尼克想蜷缩依偎在她身旁，受她照料

这感受是全新的，因为多米尼克离家后一直彻底独立，可现在呢，感觉到，什么？兴奋激动？绝对是

也许爱上了一个完全陌生的人

她俩后来去了莱斯特广场的克兰克斯全天然食品餐馆，恩津加说起她找了那么多金发女友，许是说明她厌恶自己，多米尼克说你说得对，想想看，你是不是被白人审美洗脑了，姐妹，黑人女权政治学你要补的功课还很多啊

多米尼克心想恩津加这样也许有道理，为什么恩津加就喜欢刻板模式的金发女呢？阿玛以前为这个取笑过多米尼克，并无臧否，多米尼克自己就是混合了多种族血统，也常有不同种族的伴侣

相比之下，恩津加长在种族隔离的南部，难道不应该是支持而不是反对种族融合吗？

多米尼克怀疑自己还在被白人社会洗脑，是不是并没有做到自己最珍视的黑人女权主义者身份

她断定，恩津加是上天派来帮她提高完善自我的天使

多米尼克做恩津加的私人向导，带她游伦敦，热衷向恩津加展示她有多了解伦敦的历史和热门景点，观光巴士随上随下，地铁迷宫般隧道里穿梭自如抄近道，游走伦敦最古老城区的小巷，带她看近两千年历史的罗马城墙遗迹，泰晤士河退潮后走走卵石河滩，拾荒的在此

搜寻文物遗迹，漫步无数公园、绿地、街心花园、自然公地，沿运河边小道步行几小时，从小威尼斯一路延伸到沃尔瑟姆斯托沼泽地，乘游船到格林尼治和丘园

夜间，溜进隐蔽的女性俱乐部

在幽暗角落亲热

认识当天两人就睡在一起了，之后每晚都是

多米尼克两周后回去工作，堆了一桌子没完成的活儿，对阿玛说起来狂赞不已，妙不可言啊，触及心灵的

这辈子我第一次真正爱上一个人，我遇到过的最美妙的女人，她要我，是出自内心的力量，阿玛，说来可能有点怪，这种崭新的感觉，太他妈性感了，她劲头上来了能一把扯掉我衣服（她确实做了），我感到无助，被控制（我喜欢），以前的爱人要我，是出于软弱，仰慕我，我已经觉得没劲了

阿玛，我与她之间的张力是静电的，就好像我电压足足的，我们无法分开，五分钟都不行，恩津加她有见识，她非常了解，在压制人的白人世界，我们怎么做自由解放的黑人女性，她打开了我眼界，万物万象，她就是集爱丽丝、奥德丽、安吉拉、艾瑞莎于一身，真的，阿玛

阿玛说，这个恩津加，把咱们最酷的女同志变成热恋昏了头的小女生了，啥时候我也见见爱丽丝-奥德丽-安吉拉-艾瑞莎？对了，她真名是？

她真名辛迪，你问了我才说的，千万别告诉她我跟你说的啊

多米尼克同意带她来废屋吃午饭，恩津加严正申明，在场人士仅限有色人种女性，食物必须保证纯素、有机、新鲜

不然她不会露面。

2

恩津加步入自由共和国阿玛的房间，实为绚丽夺目

身高一米八几，脏辫缀满装饰，阿库阿巴生育娃娃硕大木耳环，红裤子，象牙白绣花长袍，绑带罗马凉鞋

她比众人年纪大一些，却看不出年龄

阿玛注意到，恩津加气场强大，令在场其他人弱了下去

恩津加到场前，来客都想喜欢她，因为大家都喜欢多米尼克，现在恩津加到了，众人又都想打动她，得到她好感

阿玛希望看到恩津加配得上多米尼克对她的爱

众人坐在地上围成一圈吃饭，恩津加盘腿坐下（阿玛觉得餐桌是郊区人才用的）

前面摊了张塑料桌布，摆着什锦土豆蔬菜、色拉、黑麦面包

（都是廉价超市买的，没一样有机的新鲜的，蔬菜切了做熟了谁还吃得出来啊，再说，恩津加哪来的胆子要求大家都按她的口味吃？）

大家相谈甚欢，人人都想和恩津加攀谈，阿玛心想，个个对她前呼后拥这么敬重，她不过是装扮出天后加巫毒女王派头而已，德不配位

对这些追捧，恩津加是照单全收，也很随和，不端着，可惜后来全砸在她语带讥讽地惊叹道，这么多黑人女性都一口英伦腔，好生诡异啊

阿玛寻思，恩津加是怪她们太白人或最多算不太地道的黑人，阿玛以前遇到过这种情况，外国人把英国口音等同于白人性，每当有人暗指英国黑人不如非裔美国人、非洲人或西印度群岛人，她都很想辩驳

总之，多米尼克跟恩津加在一块儿这么短时间就变成了美国口音

（多米尼克啊！），可能就是这原因

因为我们都是英国人啊，阿玛说，咱们全都是，对吧？直觉深知跟恩津加对着来不是明智之举

恩津加当即说道，黑人女性看到种族主义行为，要能分辨判断，特别是我们内部的种族主义，由于深深厌憎自己，转而背叛自己人

阿玛突然意识到，这女人可能会是个强大对手，她身上那股热情劲儿，已迅速变成有辐射的毒性物质

多米尼克平时很自以为是，喜欢高谈阔论的，此时还没察觉到屋内的双边紧张局势——两个阿尔法女强人就要开核战了

她只管偎在爱人身边柔声细语

我们须常备不懈，恩津加对在座诸位说，众人似已被她催眠，我们生命中选择接纳谁，一定要慎重，恩津加逼视阿玛，毫不掩饰敌意，咱们中间就有来搞破坏的，内部种族主义无处不在，我的朋友（她的朋友？）

对任何事，任何人，都要警醒

话讲到位了，她继续漠视阿玛

对语言用词也要特别注意，她说道，你们有没有发现，比如“黑”这个字，涵义总有贬义？

大家纷纷点头，真叫阿玛灰心，这些人怎么回事？

恩津加又开始阐述诸多带有种族含意的例子，门口黑色脚垫踩上去而不是跨过去，不穿黑袜子（怎么能将自己种族的民众踩在脚下？），不要用黑色垃圾袋，她教导大家，还有词源“黑税金”的敲诈勒索、“黑球”反对票、情绪“黑”（低落）、“黑”巫术、“黑羊”败类、黑心，我从来不穿黑色内裤，怎么能把自己和排泄物放一起呢？你们居然连这都不知道，令人惊讶

又一轮频频点头，阿玛不停给多米尼克递眼神，恩津加是当真的

吗？你也当真？然而多米尼克忙于如饥似渴听恩津加这套胡言乱语

阿玛不能再忍，所有人脑子都一团浆糊了，只能她单枪匹马对付恩津加

对我这根本不是个问题，她说，因为什么呢，因为我打小撤了纸尿裤以后就没拉过裤子

屋子里泛起一波窃笑，这就对了！她打破了恩津加的咒语，恩津加十分光火，阿玛，这不是讲低级笑话的时候，我觉得你该去听听鲍勃·马利的《救赎之歌》，“把你自己从精神奴役中解放”

阿玛思觉着要感谢恩津加指出阿玛精神被奴役，跟恩津加说，非洲人被称为“黑人”，远在英语中首次出现“黑”这个字之后，所以事后把种族主义内涵强加在这个字的日常用语上毫无意义，非要这么做，会把你自己逼疯，而且我要遗憾地指出，也会把别人一起逼疯

你居然连这都不知道，令人惊讶

不出一分钟恩津加就告辞了，多米尼克与她同进退

讨人厌的辛迪走了，阿玛相当开心

从前的多米尼克如果是她，也会这么做

现在的多米尼克，巫毒女王扯什么瞎话她都信

怎么会搞成这样的？

阿玛希望恩津加回美国后，多米尼克这个恩津加阶段就过去了

她要回美国的，对吧？

爱之夏日接近尾声，多米尼克（没出息地）电话上告诉阿玛，恩津加发了最后通牒，要么她跟着恩津加去美国，要么两人分手，异地恋我不来的，亲爱的

阿玛说她疯了，别跟那疯女人走，多米尼克，不要去

然而，多米尼克追寻真爱去了美国。

3

恩津加滴酒不沾，纯素食，不抽烟，激进女权分子，性别分离主义者，女同造房工，美国各地的女性社区居住工作，一处完了换一处，吉卜赛流浪造房工

多米尼克喝酒，偶尔嗑药，老烟鬼，女同女权分子，食肉，泡夜店，女子剧团制作人，住伦敦公寓

不久将成为滴酒不沾、纯素食、不抽烟的激进女权分子，女同造房工，住在只许女同志入住的名为“灵月”的女性社区

其他女性可以来访，成年男性和十岁以上男孩不能进

她们的工作是建造经济适用房，吸引年轻女性入住，振兴老龄化社区

灵月地处乡村，广袤空阔，一望无垠，多米尼克在这里又焕发了生机，而在伦敦，空气污染，街道脏乱不堪，气氛狂躁，犀利冷峻，生活节奏奇快，她从布里斯托到伦敦后就被卷入伦敦的（正如恩津加指出的）雄性大都市漩涡中

她俩分到最边远的一个小木屋，田园意境的偏远角落，远离尘世，相依为命，在壁炉火上烤脆饼吃

屋前远眺农田连片，屋后榉树、桦树、枫树成林

第一个晚上多米尼克兴奋得睡不着觉，黑夜中坐在门廊，聆听乡间的陌生声响

如此美妙生活，阿玛怎么可以不让她享有？是嫉妒吗？恩津加怀疑是，说阿玛本是多米尼克生命中最重要的人，这地位被恩津加夺走，阿玛无法接受

多米尼克和阿玛确实是没有性关系的心灵伴侣，现在恩津加成了她的灵魂伴侣，这样无与伦比的纯正女神，阿玛为什么就不懂呢？那天晚饭阿玛那么不客气，不可原谅，恩津加不过是帮大家认清种族主义问题，阿玛怎么能曲解恩津加的话？

恩津加是个好人，心胸宽厚

出现在多米尼克生活中，当时多米尼克正处于空窗期，乐意换换口味

正厌倦了管理剧团，花了太多时间写流水线资金经费申请，只有10％少得可怜的回报

她的牢骚，阿玛没认真听进去，总说她们团队多厉害，多姆，看看咱们做成了多少事啊

是有很多成绩，但多米尼克内心深处想做新的事，去探险，虽然她还没明白该怎么形容，也不知道会是什么形式的

夏日漫漫，与几百位女同志在莱斯博斯沙滩上露营，连做了七年，对她也不再那么饶有趣味了

去欧洲城市度假还不错，但也谈不上多称心如意，她去过圭亚那几次，知道她作为出柜的女同志在那里生活不会太容易，很多二十多岁的年轻人在国外做英语老师，教作为第二语言的英语，她也不感兴趣

然后，金星将恩津加降落到维多利亚车站她面前，赠给她改变一切的伟大爱情

入住灵月第一周，她俩获邀去盖亚家吃自助餐，盖亚是这块地的

业主，立下遗嘱将土地传给受托人，确保这里永远为女性社区

她家是个大平房，拱形房顶，拼布盖毯，曲线女性人体雕塑，陶艺花瓶，田园画，盖亚亲手织的织锦挂毯

没有任何男人影像

哪儿都没有

夜色温润，大伙儿都到屋外，地上插着火把照亮草地

阳台上唱盘机流出琼·贝兹的清亮女高音、琼尼·米歇尔的忧伤女低音、琼·阿马特雷丁和特雷西·查普曼更宽厚悠扬的女低音

多米尼克听到蟋蟀鸣叫，远远传来猫头鹰的叫声，女人们相谈甚欢的嗡嗡声，她悠然沉醉，似穿越时空抵达了一个魔幻平行社会

女人们的面庞，肌肤晒成小麦色，健康，望去无忧无虑，和自己和周围人一派逍遥自在

多米尼克游走于这群陌生人中间，人们率真热情问候她，这一片快活快乐，多米尼克总觉得古怪

这是不是邪教?

她习惯了不动声色的伦敦人先用挑剔的眼神上下打量你一番，再决定你是否值得他们花时间和你讲话

盖亚一头灰发随手扎了个髻，其他人扎着辫子或是平头，有几个黑人女人梳着满头小辫子

都穿牛仔裤，便裤，T 恤，宽松衬衫，背心马甲，连身衣裤，宽身裙，没人化妆穿高跟鞋

她们自酿啤酒，有一个葡萄园，有几个人抽烟吸大麻，多米尼克也很想来一根放松一下，但是她已经答应恩津加戒烟，表示认同身体被毒害连通着头脑也遭毒害

社区的女性来自各个行业，也有以前的家庭主妇，她们是女手艺人、大厨、老师、农夫、店主、音乐家，很多人已经退休了

多米尼克想多了解她们

盖亚告诉多米尼克，她经历了五六十年代争取社会和立法认可的斗争，最终决定摈弃男人，和父系社会一刀两断

继承父母的长岛宅邸后，她买下了这个农场

她想念男人吗?

从来不想，灵月的女人和谐相处，如真有争执发生，就组成谈话圈来解决，也可以选择分开几百英亩隔得远远地住，直到事态冷却，积怨也许要很多年才能和解，但时机成熟时，即便有创伤，还是会宽恕

偶尔有居民犯下不可宽恕的行为，比如暴力行为或偷窃，会被赶出灵月，如有女人转成异性恋，想和男人在一起，也必须离开，她如果禁欲，可以留下，有一次有个女人变成异性恋，晚上偷偷带男人回来被抓住

只能离开灵月

多米尼克说那女人看着很散淡，不是她想象中那种悍妇，当然悍妇也没什么错，多米尼克自己也被人说过是悍妇

这儿不需要强悍，多米尼克（多好听的名字），因为没有男人，所以我们给你的印象很平和，我们可以做自己，找回女性神圣，连结并保护大地之母，共享资源，社区共同做出决策，同时仍保有隐私和自主，通过做瑜伽、练武术、走路、跑步、冥想、灵修，自我疗愈女性身体与心灵

你个人适合哪种方式就用哪种

多米尼克与大家随意交谈，自在漫步于人群中，与人相互吸引，兴致盎然，她这样的英国黑人女性，在这里很稀罕，大家都说，不掩饰

对她的欣赏

她常遇到人家这样，很受用

恩津加整晚都坐在阳台上没动，板着脸，别人只敢小心翼翼上前，多米尼克每回望望她，都发现恩津加在监视她一举一动，但没影响多米尼克交际，与一位光彩照人的原住民女人交谈，她叫埃斯特，穿着紧身连体裤，在城里教女性阿斯汤加瑜伽，请多米尼克参加她六十五岁生日派对

谢谢邀请，多米尼克说，夸赞埃斯特这个年龄看着状态那么好，此时恩津加突然拍拍她肩

咱们该走了

真的吗?

两人黑夜中往家走，小道两侧是农田，恩津加举着火把开道，多米尼克感觉身处这个特别的地方，远离伦敦的惯常生活，心下欢喜，她是不是也要走上嬉皮风道路了?

恩津加默不作声了一阵子，随后声明说咱们还是不要再出去社交了，一次就够了，我住到这儿是为了和你在一起，不是和她们，白人女人还有她们那些喽啰装出来的交情，我只能忍到这儿，她们要是再请你去谈话劝你别答应，这是她们的花招，为着刺探你私事，日后用来对付你

记住我们是来工作的，我们不明确界限的话，只会惹麻烦，听我的，别信大地母亲那套胡扯，这种女人社区我见得多了，这些巫婆和外面的人一样狠毒

你这么不待见她们，咱们还来这儿干什么? 多米尼克问

因为我不想住在男人的世界

她们走啊走，脚在石块路上踩得咔哒作响

跟着我，能保你安全，恩津加说，虽然多米尼克并没觉得如何不安全

跟着我，你就圆满了，虽然多米尼克并没觉得不圆满

跟着我，你就到家了，因为家是一个人，不是一个地方

恩津加说她在想给多米尼克改名叫索杰纳，作为女权再洗礼，名字来自反奴隶制活动家索杰纳·特鲁斯，恩津加接着讲了一通简史，虽然多米尼克完全知道这个传奇废奴主义者是谁，自重的黑人女权主义者都知道，多米尼克也说过

还是没逃过训话

恩津加说，这将是你女权主义新自我的觉醒，比女性化的多米尼克更合适

我喜欢自己的名字

不改也好，反正我就叫你索杰纳了，亲爱的

多米尼克决定，恩津加爱叫她什么就叫什么，她不会答应什么鬼索杰纳或别的名字，种种迹象显示恩津加有点儿古怪，阿玛提醒过多米尼克，不要跟那女人去美国，多姆，你会后悔的，阿玛也许说对了

黑暗中浮现她俩小木屋的门廊灯，恩津加说在只有女性居住的地块无需怕黑

多米尼克心想，对强奸犯和连环杀手而言，翻过高栅栏作案又不难

她们在卧室点上蜡烛，做爱，恩津加说做爱联结着她们最深厚的感情，多米尼克也承认，与恩津加的性爱适意舒爽，因为主要是恩津加服侍她，她发现她挺喜欢的，以前她性爱中的平等操作，相形之下显得

不那么让她满足了，虽然当时没觉得

完事后平躺在对方臂弯里，多米尼克真的感觉圆满了，或者起码是更圆满吧

恩津加盯着木屋顶的矮梁，跟多米尼克说，她俩现在肯定是要共度余生了，那多米尼克有权多了解一下她的生活了，就从恩津加第一个爱人罗兹讲起吧

多米尼克觉得这想法还为时过早

一生还有很久，久远的未来不可知

她才二十多岁

还早了点儿，恩津加

她想说

恩津加是在俄勒冈的女性社区认识的罗兹，以为罗兹是她此生挚爱，罗兹是白人，比她大，引导她明白女人离了男人更开心

罗兹什么都建，从花园屋到树屋，从小屋到大房子和仓库，恩津加给她当学徒

头几年恩津加感到被珍爱，很幸福

白天一起工作，晚上一起做爱，田园诗般的生活，直到后来她发现罗兹又偷偷酗酒，恩津加睡觉时她翻到了罗兹私藏的杜松子酒

第一次找罗兹吵了，之后恩津加再做什么都没用

她们先是吵架，后来动手干架，装饰品砸坏了，家具翻倒，窗帘撕坏，窗玻璃砸了，有一天晚上，罗兹被紧急送去医院，骨头折了一根，轻微脑挫伤，没有重伤，不致命

女性社区（当然都是白人）都怪恩津加，说不能再容忍她，让她走，太不公平

她被无情驱逐，家当塞进一个背包，被人押送到门口，扫地出门

扔到外面世界

这次的委屈过了好多年她才搁下

恩津加开始流浪，在东海岸的女性社区打工，感情上慢慢缓过来，有过一两段关系，结果不太好，对方露出真实面目后分手，她决定去寻找一个真正的灵魂姐妹，耗时多年

我走了那么远，直走到伦敦，才找到她

就是你——索杰纳

恩津加转过头对着多米尼克，枕头挨着枕头，一双有力大手捧住她两颊

我都对你敞开心扉了，咱们说好了，以后咱们之间不许有隐瞒，你有什么我都要知道，我有什么你也都会知道

说好了？

多米尼克点点头，明白这时候想摇头也是不可能的，因为脑袋在恩津加两手间牢牢卡着呢，这双手不再温暖浪漫，是机械的

你还爱我吗？、

越发爱你了，多米尼克如实答道，知道了恩津加经历过这种磨难，多米尼克更是欣赏她的诚实和勇气

这样的女人选择了自己，多米尼克更觉幸运

或者

照恩津加说的，是爱选中了她们。

4

几个月过去，当初选中她们的那爱情，动荡得太频繁

两人老是起争执，多米尼克一辈子也没吵过那样多架，以至于她

暗疑恩津加和罗兹分手的真相到底是什么

恩津加从不觉得自己有错

索杰纳，你的问题在于，你习惯了引领的角色，不习惯被引领，她说，记住你是我的学徒——跟我学建房子，学习过真正的极端性别分离女权主义同性恋的日子，学习避开敌人，摆脱化学毒素，靠土壤在土壤上生活，你动不动跟我对着干，那可行不通

是吗，恋人关系什么时候变成学徒制了？我自己就是领导者，不是吗？

啊，可是你真是吗？恩津加表示怀疑，常常是在半夜，两人吵了好几个小时，多米尼克极想要睡觉，刚盹着，恩津加把她摇醒，又絮叨起来

你别硬装女汉子，就做你自己不好吗？

等你发现内心深处的真实自我，看看会怎样？

你试试享受一下，接受别人照顾，完全彻底地，怎么样？

多米尼克的感情也很矛盾，恩津加还是光彩四射，那么出色，她仍热爱着恩津加，她相信恩津加还是全心为她好，是恩津加将她从伦敦营救出来

恩津加常提醒她别忘了

情况好的时候，多米尼克确实为爱迷醉，感觉真的会一生一世的那种爱

情况不好的时候，她就奇怪自己怎么会和这个人走到一起的，这人对她的生活事无巨细什么都要管，包括她的思想也要管

恩津加为什么会觉得和她相爱就要放弃独立，全部由她做主？

那不成了大男子主义了？

没多久，多米尼克感觉自己像被改版了，头脑恍惚不清楚，情绪

原始，感官强化

享受性爱和爱抚——夏日时分，在田野里，暑热下，肆意裸着身子，不担心被人撞见，恩津加称之为多米尼克的性疗愈，好像她遇见多米尼克的时候多米尼克多惨似的

多米尼克没计较这个

她想向朋友倾诉，特别是阿玛，或者灵月的女人，她需要人给她参谋，但是做不到，恩津加和她们很疏远，多米尼克提议和工友交朋友，只激起恩津加一顿大闹

多米尼克想想算了不折腾了，给阿玛写过三封信，阿玛一封也没回，父母和兄弟姐妹的回信她倒收到了

阿玛是不是还为她甩下阿玛和剧团生她的气?

有一次她提出想到城里邮局打长途电话给阿玛，恩津加怏怏不乐好多天

认为这是多米尼克要甩了她的意思

多米尼克再没提打电话的事儿。

5

到灵月前，在多米尼克天真的想法里，建房子是很浪漫的；她想象着，她清瘦修长为人钦羡的身体，按老天的本意——在户外劳作，做劳苦体力活，大家一块儿干活同志情深，大汗淋漓，满身灰尘，期待着一天下来冲个澡洗刷干净，然后坐下来享用丰盛晚餐

工作是简单的，生气蓬勃，让人生更添滋味

实际呢，有点走样

她从没抬过比舞台配重块更重的东西，现在一天八小时体力劳动干下来简直筋疲力尽，关节酸疼，没时间恢复，柔滑优雅的双手磨出水

泡，划破口子，粗糙了，戴着保护手套也没用，她还得戴上安全帽，帽子不遮太阳

她能想到，假以时日，自己会一瘸一拐，一手老茧，满脸皱纹像个老渔夫

多米尼克判定自己不适合做这工作，不像她那些工友，她们体格健壮如砖房，包括恩津加

她们是阳刚女同志，多米尼克不是，就算她是（她从没觉得有必要给自己定性分类），在阳刚女同世界中，美国阳刚女同志显然也远胜英国的

在她们身边多米尼克感觉自己很阴柔

工作进入第二周，她不愿起床，因为后背觉得断了似的，对，断了，她跟恩津加说，可怜巴巴的，愁眉苦脸，含着泪，恩津加于心不忍了，答应给她安排轻活儿，我得照顾我家宝贝呀，对不对？

从那以后，多米尼克只负责打打下手的活儿，比如敲钉子，往木框架上钉隔热层，刷漆，粉刷，做一天几顿咖啡点心

在家里，恩津加坚持自己打扫屋子，她要确保屋里尽可能没尘螨

多米尼克没反对，恩津加做家务一直是挥着鸡毛掸子这里扫扫那里掸掸

恩津加还一定要包揽做饭，因为只有她懂得如何制定正确的营养平衡，维持两人健康，多米尼克本来也不会在意，只是恩津加做饭不放盐，家里不让吃盐，也不放香料，恩津加说调料对胃对情绪都有干扰

吃饭成了折磨遭罪，佯装享用美食

多米尼克的衣服也是恩津加亲自手洗，因为我爱你，为爱所奴役，恩津加调侃说，也可能她不是戏笑，也不管多米尼克抗议要自己洗内衣裤，特别是染了经血的

多米尼克开始后悔同意恩津加大包大揽还代替她作决定

她开始渴盼自己做家务，做饭，打扫卫生，做更劳心的工作

她的生活没有了意义，只剩下无条件去爱恩津加，顺从她，日益严重

最简单的事儿也会惹麻烦，让她犯难

她穿（及膝的）短裤（无袖）宽松T恤出门，城里男人对她挤眉弄眼，真是她的错吗？

她真的应该穿得严严实实，不要，用恩津加指责她的话，“打扮撩人”吗？

为什么她就该留剃得短到几乎露头皮的发型？恩津加用专门买的理发剪给她剪的，本来她一头非洲印度混搭风浓密鬈发

为什么她就不能在每天早上取面包的时候，跟和气的面包师蒂利聊几句？

因为看上去最和善的女人是最被动攻击型的，其实最危险，因为她们会离间我们，你没发现别人都想破坏我们伟大的爱情吗？

她为什么不能读从市图书馆借的男作者写的书？

你不能过着黑人女权主义者的生活，还让男人思想入脑，索杰纳

说不过去，太过了

你为什么不闭上臭嘴

她俩正在床上坐着，凌晨时分，恩津加又是讲了几小时她的前女友们，她时不时就扯到这话题，这次她想跟多米尼克说明白这些前女友她只是玩玩的，一点儿都不当真

多米尼克忍无可忍，真不想再费劲跟恩津加说以前的女友对她们现在的关系没有影响，她和恩津加讲过多少遍了，她对几个前女友的爱，完全无法与她对恩津加的爱相比，她没意识到她承认对前女友有

爱，已经是犯了大忌

她想离开这房间，屋子里另找地方睡，或者就睡门廊上，只要别再听到恩津加喋喋不休；但做不到，恩津加会跟着她，没完没了，有时候直唠叨到天亮

她们都是白人，不会留下的

是我跟她们分手，这是真的，她甩别人的，从没被人甩过

我是说啊，只有黑人女性才能真正地爱黑人女性

好吧，我认输，我同意，咱们关灯睡觉吧

我不想你认输，我想你改，你要深入理解我的分析，真心接受。

6

多米尼克到灵月一周年左右，一天下午，天色将晚，有人敲门

恩津加在做饭，多米尼克躺沙发上呆愣愣看天上的云

是阿玛，站在她面前，见到她一脸欢喜

天啊，多米尼克大喊，欣喜若狂，冲向对方抱在一起

我太担心你了，多姆，到了美国你只来过一张明信片，就没了，我的信你一封都没回

什么信？多米尼克正要问，恩津加出现在身后，问她为什么请了这个人来家里？

我没请，多米尼克答道，觉得难为情，阿玛来了多好啊

恩津加一言不发，回厨房继续做饭

恩津加这么不客气，阿玛没理会，阔步走进开放式客厅兼厨房，检视四周，像是以为房梁上会有挂肉钩子吊着尸体

背包往地板上一丢，砰一下坐上沙发，我渴死了，多姆，给我来杯汤力水，加冰，加点伏特加也好，你懂的

多米尼克只得说家里不喝酒，从过滤水壶里给阿玛倒了杯水

啥时候戒酒了，阿玛（一脸）不解

恩津加一声不吭炖一锅浓稠的蒜味豆子蘑菇菜，整得一屋子的压抑凝重，配全麦面包

端上木餐桌——桌子两侧各摆了一张长凳

恩津加低头看着自己盘子吃饭，多米尼克看得出来阿玛肯定觉得饭太淡不好吃，阿玛要了盐，家里没有

多米尼克这时基本已经适应了无盐无调料的饭菜，最初还嘴馋，现在已经不馋了，胃口也自己调整成不想了

多米尼克向阿玛一一询问英国那边大家都怎样，打探最新八卦，又特别注意，对自己丢下的这些人，不流露出挂念，也不流露出后悔离开她们

阿玛也就灵月的生活问了她几个问题

多米尼克告诉阿玛，她们每周在建筑工地工作五天，有时候六天，晚上回家，经常已是累透了，晚上恩津加煮一桌子菜，晚上一般很早睡，周末买买东西，散散步，她们有个菜园子要打理，读读书——当然是女作者的，女权主义作者的更好，有时会进城看电影，电影内容荒唐的就退席不看

她想补充说——有点像咱们早期在剧院那个阶段，不同的是，当时哪个剧得罪了咱们，咱们是会起哄一通才走的，但她没说，因为恩津加会觉得被比下去了，会怪多米尼克拔高了和阿玛起哄喝倒彩这些造反行为，贬低了和恩津加在电影院相对消极的退席抗议行为

阿玛问起，多米尼克答说她们和社区其他女人不太来往，不想多参与，是的，生活比较平静，她们很喜欢这样，很完美，就是这样，完美

多米尼克说起来不免尴尬，她这日子过得死板乏味，一点儿没有

在伦敦那样的插曲不断的精彩，恋爱场中戏码是一出接一出，女性圈子，办剧团的种种酸甜苦辣，伦敦那城市，政治，示威抗议撒切尔夫人，抗议英地方政府法第二十八条，“收复夜晚”游行，在格林汉康和平营过的周末，谎报支票“遗失”行骗的不法之徒朋友们，在购物袋内侧封一层银箔，不会触发商场防盗警报，在地铁站直接跳过检票口，闯红灯

像是很久很久以前的事了，那样久远

和恩津加这一年，她没常跟阿玛汇报动向，阿玛如果当时就能知道，一定会起疑会敲打她

阿玛是多米尼克的总参，只告诉她实话，是她头号拥护者

恩津加饭吃完了才抬起头来，要睡觉去了，拿起陶碗去洗，还没到金属洗碗池，一把就把碗摔了，砸了个粉碎，碎片四溅

擦过阿玛，怒冲冲奔向卧室，索杰纳，你来吗?

索杰纳是谁?阿玛问，多米尼克一下跳起来

多米尼克没回答，出了房间

那时晚上七点

第二天早上，恩津加在冲澡，多米尼克趁机和阿玛坐在屋外台阶上讲话

她要洗十分钟，多米尼克说，神色不安瞥瞥身后，即使你在这儿，这个习惯她也不会停

阿玛说可以离开这疯人院去散散步，多米尼克说还是就坐台阶这儿，不然恩津加会起疑心

疑心什么呢?

7

木屋对着田野，那天早晨，田里黑麦草一片青翠，延绵不绝，直到地块尽头

远方有片松树林，天空湛蓝宛若天堂，没有一丝云彩

多米尼克向阿玛炫耀这般自然美景时，心下是得意的，因为阿玛太清楚多米尼克在伦敦的公寓，窗子背对酒吧污黑的墙和咕咚喷水的水管

阿玛一定会认可她搬来美国起码有一点是对的吧——这是仙境呢，对吧?

阿玛嘟囔说这地方不错但人不对，吐槽逼她喝的这什么鬼蒲公英“咖啡”，因为不让喝真咖啡，导致她现在咖啡因戒断，头痛欲裂，止痛片都没怎么压住，早饭时从塑料盒倒止痛药出来吃还被恩津加发现了，批评阿玛不该把毒品带进她家

到目前为止她只跟我说过这一次话，多姆

两人坐那儿，好半晌，多米尼克等着阿玛发作

阿玛没让多米尼克失望，开口控诉她朋友中了妖邪辛迪的魔咒，质问恩津加知不知道邪教上师控制教众就是通过禁止教众与家人、朋友、同事、邻居联系，因为这些亲朋会插手，会问，嗨，怎么回事儿?

多姆，我要组织一次救援行动，率领伦敦伙伴们从天而降，特种空勤团那种，把你从疯婆子辛迪这儿救出去

阿玛大笑起来，多米尼克没笑

我还在探索中，阿姆，我在尝试一种新生活方式，新的存在方式，恩津加给我展示了真正黑人女权主义者的生活，男性能量有破坏性，阿玛，父权制造分裂，霸道暴力，专权，厌恶歧视女性，根深蒂

固，女性永远摈弃他们一点都不奇怪，这儿很不一样，不用每天应付男性压迫，完全解脱了

我了解的你一直是喜欢男性的，多姆，和我们关系近的男性，我们甚至是爱他们的，我们可以去了解父权（对了，要感谢你给我讲父权的机制），但是还是要拿他们当个体来看，不是吗？你从来不是性别分离主义者也不仇视男性，你遇到什么事儿了变成这样？

她没遇到什么事儿，恩津加的声音在头顶轰鸣，她一直站在身后

恩津加抬起湿淋淋一条结实大腿插到她俩中间，另一条腿也跟上，当下把她俩分开——她们刚才一直挽着胳膊

恩津加扑通一下坐到她挤出来的地儿，只围了条浴巾，还滴着水，侃侃而谈，父权制中男人都相互勾结，施行女阴残割，以文化、宗教或不管什么名义在全球残割女阴，男人才是性暴力作恶者，为什么不阉割男人？在他们十几岁有生殖力后取精子搁精子库，然后阉了这些混蛋

恩津加贴到多米尼克身上，一只胳膊圈住她脖子

不像爱意流露

更像扼杀

阿玛站起身，回屋，收拾好大包，回到她俩面前立定

我走了，回家，也是你的家，多姆，跟我走吧

多米尼克不需要人解救，摇摇头

恩津加把她拉得更近，大声亲她面颊一下，姑娘真乖。

8

多米尼克和恩津加在灵月建了十座新房子后，恩津加和盖亚谈好

了，可以待在家里，直到在别处找到合同

两人没事做，只能天天对着对方

那时她们的关系已经无法补救，多米尼克该溜掉的，可是她发现自己做不了这么大的决定，最小的事情，比如吃什么穿什么，能和谁讲话，她都做不了主

恩津加的偏执妄想织成梦魇般的大茧，把她包裹得动弹不得

那些女人要破坏我们的美好爱情，索杰纳

多米尼克碰到其他女人，恩津加就站她身边，让她没法和人自由交谈，要不就是事后被恩津加批评哪句话说错了

就连她每早去蒂利那儿取面包，恩津加有次也跟在后面，远远看着，分析她们的身体语言，判断是不是在调情，又招来恩津加一夜咆哮

恩津加宣布，以后面包恩津加自己去取，每周的采购也由她一个人进城去办，因为她脑子里想象着多米尼克见到男人的行为不检点，不，不给你带特别礼物巧克力，那对你不好，你是真的需要看牙医（是男的）呢，还是你使的诡计呢？

那天，恩津加以为多米尼克要离开她，揍了多米尼克胳膊一拳，认为反正就揍这一下了，结果并不是就这一下，一拳又一拳

多米尼克没还手，不想刺激恩津加下手更重，后来她心下明白是自己没那个胆量，她就不是那种会动手的人

两人吵到半道多米尼克想拔腿逃走，恩津加大块头堵住门口，两腿叉开，命她椅子上坐下，深呼吸，索杰纳，深呼吸，排除负能量，外面的世界太危险

恩津加的声音整日扩音器般灌进多米尼克的意识，回荡着，嗡嗡直响，多米尼克几乎没有自己独处的时间，已经忘了如何独处，养成了早睡晚起的习惯，不愿去外面灿烂刺眼的阳光下

不睡觉的时候，她茫然注视前方

一个周六的清晨，恩津加开卡车进城每周例行采购，说她要去一天——这是考验，一般过一两个小时她就会回来，偷偷溜到房子边上看多米尼克在干什么

这次，她一走，盖亚就骑着电单车出现在她们家外，像是她一直停在那儿就等恩津加走；多米尼克先是听到引擎声，平时都没人来的，这是谁呢？

她看着盖亚走过来

盖亚说，大家都担心，不知道你们家怎么样了，你不是刚来的时候那样了，一个多月没人见到你了，你没事儿吧？

没事儿，多米尼克答，站在门口，不敢把门开大

盖亚凝视多米尼克，盖亚长大后一直住在纯女性的环境，见得多，看得通透，她在台阶上坐下

多米尼克，来陪我坐坐

我们知道恩津加是什么人，盖亚说，我们都见识过她发火，不讲理，对世界对我们都是一肚子恨，跟我说说没事儿

多米尼克什么都不肯说，不然就是背叛恩津加，恩津加捏着她胳膊，跟她强调要彻底忠诚，把她胳膊都捏青了，要她记住，永远，永远不要跟任何人说我的事，也不要说我们关系的情况

你可以跟我讲讲，盖亚又说，手轻轻盖上多米尼克的手，把同情和怜惜的力量传给她，多米尼克感到自己柔软下来，向盖亚，也向自己，承认了，是的，她困在这段感情里，对方好动手，脑子不正常，她看不到出路

背叛了恩津加，但她终于忠于自己了

盖亚安抚她，我们帮你逃出去，好不好？

真的吗？

你有钱吗?

我们本来该有个联名账户的，她一直没去办手续把我的名字加上去，如果我问她要我那份存款，就等于是告诉她我要离开她，那会搞成什么样我无法想象

我可以借给你，等你平复安顿下来，你想去哪儿呢，回英格兰吗?

不太想，我暂时还不想回英格兰，太丢脸了，我想在美国再多看看

我有个朋友在西好莱坞，你可以住她那儿，等你有方向了再说，有钱了再还我，护照在你自己这儿吧?

恩津加帮我保管着——我知道她藏在哪儿

下星期六同一时间我们来接你

送你去机场。

9

自己和恩津加在一起竟然耗了那么久——近三年，三年啊，多米尼克为此深深自责，时过数年方能平息

自己一向坚强，离开恩津加后又强大起来，当时怎么会那么软弱?

找回曾丢失的自己，莫大的福气

离开灵月后，多米尼克住进了盖亚的律师朋友玛雅和杰西卡家，下午到的她们家，她们做了新鲜色拉欢迎，多米尼克幽静的黄色小房间位于她们昂贵房子的背面，俯瞰橙子和柠檬果园

第一个晚上多米尼克昏沉沉的，还是满脑子恩津加，恩津加委实

盘踞她脑子太长时间

常有噩梦缠身，梦中恩津加挥舞猎刀穿过卧室窗子扑将而来，那把猎刀她俩认识的时候她就有，藏在床垫下面

第二天玛雅和杰西卡问多米尼克晚饭想吃什么，多米尼克还不习惯自己有选择的机会，想来想去拿不定主意；最后她们满足了她的心愿，做了顿烧烤肉宴，汉堡、火鸡腿、香肠、猪肉、羊排、牛排——配色拉

吃了几口，就跑厕所吐了，回来以后吃了点色拉

那晚和她们聊到很晚，玛雅和杰西卡是在艺术学校认识的，毕业后从贫困艺术家转行做公司法，放弃工作满足感，赚大钱，一天工作十八个小时，完全扼杀了创造力

她们计划五十岁退休，再复活艺术家自我，如果那时没有为时已晚的话

多米尼克讲伦敦的剧团和夜店生活，她们听得入神，很欣赏多米尼克和阿玛选择走艺术创作道路，哪怕经济上没保障，可能一辈子买不起房子或没有养老金

多米尼克和她们在暖融融的果园，夜饮美味葡萄酒，坐到夜深

像镇静剂渐渐消退，感到自己又活力涌动

她亢奋起来，激动澎湃，活过来了。

10

多米尼克爱上了西海岸，在玛雅和杰西卡帮助下，跟她们借钱和一个男同形婚了

和美国人打交道，她的英国口音是个大卖点，提升了形象，还有她的模特长相（人家老是说她长得像模特）和酷帅机车风，女同志特别喜欢帮她，给她提供机会，想跻身她们认为她代表的那种文化

玛雅和杰西卡让她在家里住了两三年，直到她站稳脚跟，租金很便宜

她第一份工作是在电影公司做行政，为策划制作现场艺术活动打下基础

短时间内又能重整旗鼓，她觉得自己很走运，一立住脚跟，就请阿玛过来

阿玛从没直白讲过一句“早跟你说过吧”

多米尼克每周参加一次家暴女幸存者心理辅导小组

几周听下来，听组员分享各自的生活遭遇，看到她们获得改变人生的顿悟

她也迈出了这一步，发现真的能得到释放纾解

她渐渐领会到，作为十口之家的长女，她一直要照顾下面的弟弟妹妹，自己却没得到父母好好爱护照料

她一出生，妈妈就又怀上了，一个个小宝宝出生，妈妈的精力要放小宝宝身上

多米尼克明白了，她被恩津加吸引，是因为潜意识期望得到妈妈关爱

结果关爱转为压抑令人窒息，原以为找到了妈妈，结果找的是爸爸，她跟阿玛倾诉，阿玛并不同意，阿玛说她是运气不好而已，不是童年遗留问题，你现在太美国化了，多姆

盖亚去世前，多米尼克一直和盖亚有联系，盖亚信中写道，多米

尼克走后不久，恩津加就被逐出了社区，她大发雷霆满社区找索杰纳，恐吓别人，砸人家窗户

警察来了，社区女人没起诉她

你放宽心，她不知道你的下落

多米尼克噩梦多年，梦中惊见恩津加冲破人群扑将过来，或者她正在过街，或在公共场所露面时，恩津加开车直撞过来，在洛杉矶生活几年后她创办了女性艺术节，开幕式上致辞时心下仍是发慌

恩津加会指责数落她，说对她那么好，亲自带她，教她在厌恶女性的社会做个彻底的女权主义者，她怎么能离开她

我什么都给你了，所有的一切，没有我，你什么都不是，索杰纳，什么都不是

多年以后，多米尼克听人说，她走后十二年，恩津加死了

恩津加最后一个女友，撒哈拉，艺术节上找到多米尼克自我介绍，她在亚利桑那的一个有色人种女性灵修班和恩津加相恋

她老说起你，多米尼克，你办的艺术节很成功，她听说了，认为都要归功于她，她是你导师，是她塑造培养了你，她说，你利用了她，既不鸣谢，也没有公开承认，她为你个人发展投入那么多，也没见你补上回报，她打算来洛杉矶找你理论，一直说不凑巧，没到时候

我看她是不敢来，她怕以前她眼里那个柔弱的人早已强大硬气

她说的你那些事儿，开始我全信的，但在交往几个月后，她对我不像爱人了，拿我当她徒弟，占有欲极强，暴躁好斗，搞精神控制那一套

那时我二十多岁，她五十多

不让我离开她视线，说我该感谢她救我出来，从哪里救我出来了？谁知道呢，她给的说法没一个说得过去的

我下决心要离开她，可是那年她严重中风，瘫痪在床，我不能一走了之

除了我，她在这世上孑然一身——没有家，没有朋友，没有家人可以依靠，她说人家最终都离她而去

她死了，我如释重负

听到从前的爱人去世，多米尼克也感觉如释重负，又有些感伤，为着恩津加这辈子一直被离弃

却看不到问题出在她自己这里

多米尼克在心理辅导小组认识了拉维恩，组里就她们两个女同，自然互相吸引

拉维恩是非裔美国人，合群，讲话轻柔，思考深刻

老家奥克兰，现在洛杉矶做录音师，前女友有暴力倾向

第三次被打得进急诊室后，和前女友分手

多米尼克眼里，拉维恩人很舒服，好相处，拉维恩学国际关系的，博学多闻，格外关注国际时事

多米尼克的阅读不再限于女性文学，也开始涉猎内容多样的非虚构作品

两人一聊就是几小时，讨论柏林墙倒塌和苏联解体的影响

或是戴安娜王妃与查尔斯王子在媒体上的婚姻大战

中东战争，布里克斯顿和洛杉矶暴动

气候变化与资本主义之间的关系

后殖民时代非洲、印度、加勒比、爱尔兰历史

不知不觉中越走越近，有了肌肤之亲

两人都相互尊重意愿，对对方不提要求

恋爱四年后，她们才住到一起，多米尼克还担心，本来一周见几次，同居了每天朝夕相对，会不会让两人关系失去平衡

并没有

她们想要孩子，收养了父母死于黑社会火并的双胞胎宝宝塔利亚和罗里

组成家庭，同性婚姻合法后，结了婚

多米尼克移居美国近三十年了

对她，美国就是家。

第二章

卡罗尔

1

卡罗尔

穿过利物浦街车站，车站的星际玻璃金属屋顶由科林斯式柱子支撑

她走向自动扶梯，那边穹顶高窗洒下一缕圣洁晨曦

路过火车时刻指示屏

屏上字母数字闪亮，随音响中播报列车停靠月台号，指示屏上文字翻动更新，列出列车途经站点和终点站

本次列车开往哪个终点站

列车还要因为种种原因晚点，轨道损坏、轨道上落叶、铁轨被晒，或是有人卧轨

未免太不顾及他人，但她看来不是

选择以肉身直面几千吨重、最高时速达一百四十英里的钢铁巨兽?

选择如此激烈惨痛的结束方式

卡罗尔知道是什么把人逼入如此绝境，知道面若平静内心徘徊摇摆不定是什么滋味

只需纵身一跃

即可离开
站台上的人群，这些人心里还存着生的希望
徘徊摇摆
只需一跃，即可
归于永恒
寂静

但是，这些日子，她感觉生气勃勃，用职场的话说，“满怀期待”抓住“下一个机遇”

这阵子，她甘心做个管弦乐手，穿梭伦敦最繁忙的地铁站，侧身车站每年近一亿五千万双脚，奏响嘈杂脚步声乐，不具名的通勤乘客汇拢而来，99.9%基因相同，无论外表包装如何，无论心理布线构成如何——扭曲的，紊乱的，短路的，触电的

在这个周一的早晨，全体淡定从容，气定神闲，笃定，得体的社会一员，有什么波动和张力都已内化

看看她

着装剪裁考究，芭蕾般优美肩颈线条，直发扎成武士顶髻，眉毛是以书法造诣修画，白金珍珠首饰内敛干练

卡罗尔

日常词汇环绕股票、期货、金融建模

她沉湎的世界，一个个财政细胞分裂，大量自我复制，缔造迷人的浩瀚无垠宇宙

财富群星流光溢彩，驱动世界流转

她的睡前读物是细审企业盈利能力，监察非洲亚洲市场大宗商品投资计划

夜色如墨，透过书房老式推拉窗，洒进书房

24 英寸 iMac 电脑屏幕蓝光摄魂般使人沉迷，映着她的脸

那电脑屏幕里，似乎只有她一个人不去理会社交媒体平行世界，无视它种种浪费时间的诱惑

她对这电脑主机板成瘾难戒，起码是有产出的吧，她自我安慰，点击一个接一个跳出的金融网站，纳斯达克，华尔街日报，伦敦证交所

同步监控影响市场行情的国际新闻，影响农作物的天气状况，破坏国家稳定的恐怖主义，影响贸易协定的大选，能整个摧毁工业、农业、人类社区的自然灾害

与工作无关的，不值一读

新闻分分钟更新，她无法一直步步紧跟，却又在多动习惯下不停点击新链接，欲罢不能

即便已经满满当当消化不了，记不起刚看了哪个网站，不知道到底为了什么，死撑着不肯收工，明明知道下半夜会在书桌上盹着，几小时后再睡眼惺忪爬上床去睡

唯恐塞他脑波和德尔塔脑波

抢走了保护她的清醒意识

睡着了

坏事

找上坏女孩

她们

自

找

的。

2

卡罗尔踏上自动扶梯银色台阶，扶梯载着她和其他一身灰暗职业装的上班族，由地下升上地面主教门

她和一个香港新客户有个早会，客户净值数倍于最贫穷国家的国民生产总值

她在想，待她进了行政会议室，客户脸上最好别一副错愕表情

会议室落地长窗正对金融城

对面墙上挂着一幅可抵税的巨幅艺术品，价格与伦敦二区一座联排别墅等值

她希望客户可不要用那种眼神看着她，意思是她应该是推着小车端茶倒水的，小车备有一壶壶咖啡，各色茶包（草本茶、绿茶、伯爵茶、锡兰茶），独立包装的待客饼干

她见惯了，客户和新同事视线越过她，搜寻本以为要见的人

她会跨步上前，与客户利落（又不失柔美地）握手，温和（又从容自信地）直视对方眼睛，真诚微笑，以完美标准英音对他讲出自己名字，炫示她素雅粉色口红（幸好没涂太厚）下美丽樱唇，微露贝齿，客户正愣怔于现实与预期间的落差，尚在醒神，慌忙掩饰，她已趁机控制了局面和会谈

占据主动对卡罗尔而言很重要，自觉有机会小小占个上风的，她随时拿下

他也许会意外被她吸引，老练的人会隐藏不露，不像几年前那个尼日利亚石化业亿万富豪，他想把投资拓展到铜业

请她在萨伏伊酒店吃工作午餐，她去了才发现是在他皇家套房里的私人餐厅

他带她参观套房八个房间，装饰摆设堂皇富丽：古典柱廊，莱俪水晶吊灯，古董胸像，丝绸墙纸，英国田园风景画

他指出，主卧室的床垫是全手工弹簧，每根弹簧以羊绒包裹

就像睡在空气上，威廉姆斯小姐，他展示银浮雕卡片印制的套房“睡枕选单”

仿佛她会是割弃志向，做他的附属点缀物那种女人

她只得设法客气地脱身，又不能影响在谈的业务

让他知道她已订婚，未婚夫是费雷德里克·玛克蒙，她专门强调

此人竟然想破坏她来之不易的专业地位，她怎能不恼火

今天这个会，她要争取确立一个积极的调子，书架上她那堆亚马逊上买的励志书不是白买的，书中教她“你想开创什么样的未来，发挥想象，相信自己，你就成功了一半”，还有“树立强大形象，就会赢得众人尊重”

她这个会要开成什么样?

要顶顶完美!

只是，那些小伤痛仍禁不住泛起，业务伙伴称赞她善表达，藏不住话音里的惊讶，她只能装作不介意，淡雅浅笑，权当人家单纯就是赞美

禁不住想到，她与其他公务人员一样，手拎公文包一身正装机场出差，单她被海关人员拉到一边检查，其他人轻松过关——无人烦扰

这世上享有特权的人们啊，有权走遍全世界，不受阻拦和怀疑，受人尊重，自觉理所应当

可恶，可恶，可恶，自动扶梯上升，上升，上升

别想了，负面的想法都扔了，卡罗尔，忘记过去，放眼将来，心态积极一些，像孩子那样不带情感包袱轻松上阵

人生是一场探险，敞开心灵，用爱去拥抱吧

但是，有一次，她刚入职场时，在一个人权问题严重的国家，虽然她声明了是来见他们的央行人员，出示了相关文件，他们看都不看

甚至侵入

探检她身体

好像她是穷困的人肉骡子，把一斤白粉藏入下体，或者放在小塑料袋里，肯定是早饭时候吞下肚，就等排泄出来

在与机场人流隔离开的，没有窗子，地牢一般的小屋子，被外国人的手做侵入性检查，边上一个邋遢的移民官蓝制服上汗渍斑斑

看着

勾起回忆

她已封存的记忆，只有靠这个，才能撑着不瘫倒在审讯室地上

那事发生后，记忆已隐蔽多年，那年，卡罗尔十三岁半，第一次去没有大人在场的派对，如果有大人典狱官一般在派对上转悠，只会毁了大家兴致

派对在拉蒂莎家，她妈妈去参加周末工作培训了，姐姐杰拉抛下“照看妹妹”的职责，去男朋友家过夜

走之前叫拉蒂莎老老实实的，不许喊人到家里来，违令者死，不然咱俩都被抓住就完蛋了

家里只剩拉蒂莎一个人，这辈子可是头一回，拉蒂莎做了点儿啥？发信息给小伙伴，叫她们带酒来聚，妹子们带上哥们儿均衡搭配，有六块腹肌护体才有资格来，哈哈，要肌肉壮男，不然不让进门儿，懂不？

那时卡罗尔对男孩一直没显示兴趣，是公认的九年级超级怪人，

受妈妈布米影响，就爱解搞脑子的数学难题，爸爸去世后妈妈一个人带她

拉蒂莎派对前一晚，卡罗尔和妈妈坐在褪色的富美家餐桌前，桌子上一摞卡罗尔的作业

卡罗尔穿着绒布短裤，上身那件背心是她最爱穿的，胸前一只泰迪熊

木汤碗中，晚饭山药泥南非叶汤冒着热气

她们住在高层楼的三十二楼，大楼塞了几百号人，像一排排大货箱摞上天

距地面混凝土路面和绿树六百多英尺

离伦敦城市机场航道上的飞机太近

妈妈

身上一件西非家居长裙，前胸上方有泛黄的橙花结

露着胳膊，头发没扎，炸了一头

腰背笔挺，因为从小就学会盘腿挺背坐地上，看到女儿佝着背，她就让女儿坐直，好好讲话，怎么跟街上阿飞似的

妈妈

双脚硬实，伤痕累累，赤脚走草木丛生的地面磨出来的

妈妈

用手捞起山药泥，炖菜里蘸一蘸，边吃边插空讲一句

令人惊叹啊，卡罗尔，双曲几何，内角和小于 180 度

令人惊叹啊，古埃及人会测量不规则形状的土地面积

令人惊叹啊，X 原是罕见字母，代数出现后，X 才有了特殊意义，

求出 X，得其解值

卡罗尔你看，数学是个发现的过程，就像探索太空，天上星体一直在那儿，只是人类历时经年才发现

聪明的妈妈，教她用 X 和 Y 进行复杂计算，放手得出正确结论

同学还不知道二次方程式为何物，她已经很会背了

她做事爱拔尖儿，出类拔萃

第二天在拉蒂莎家自然也不例外，她跟妈妈说去同学家过夜（妈妈对数学以外的事都稀里糊涂）

一帮十几岁青少年在派对上狂欢，拥满走廊，客厅窗帘拉上了，家具都推到一边，两个旁桌灯上罩着红桌布，营造出夜总会气氛

女孩三三两两在客厅中央扭捏起舞，男生吊儿郎当靠在墙边，放着巴斯达韵的歌，音量不大，不会招来邻居敲门

拉蒂莎扯着嗓门训话，不许嗑药喝高，不能乱来，卧室禁入，违令者死，严禁抽烟，但凡闻到一丝丝大麻味儿，当即扫地出门，我以生命起誓，必严惩不贷

卡罗尔这辈子第一次喝酒，伏特加柠檬喝着实在甜，她压根儿没注意到酒精含量有 40%，荧光旋转吸管吸着喝光了好几杯，夏日炎炎的下午喝柠檬汁那样，不一会儿就彻底喝高了

艾丽西娅的哥哥特雷带朋友到了，特雷在大学读体育科学

总算来了批真男人，一身肌肉，大剌剌进了客厅，比卡罗尔同龄那些男生强多了，他们还只会在操场上扯了女生头发，转身就跑，一路傻笑

她在他们面前弄出撩人姿态

幸好拉蒂莎逼她打扮起来，别钻在你那堆破书里了，长长大吧，

卡罗尔

她头一回涂唇膏，希望没在噘嘴做性感状时给蹭掉了

轻拂埃及艳后细滑垂肩假发

学音乐视频中女孩跳电臀舞，PVC紧身裤是问克洛伊借的，跟劳伦借的高跟鞋一上脚立刻变身大长腿

她发现，特雷目不转睛直盯着她，像她就是意中人那般，虽然以前走在高街上他从没注意到她

从没有人像今晚特雷那样看她，看她挂脖露背小上衣下，胸部鼓胀欲出，去年一年发育起来的

打哪儿冒出来的？

她和拉蒂莎一致同意，人体生理真不可思议，太随机了，真是

有这么个观众看着，她一圈圈在客厅中央转啊转啊，两臂伸展，就是好玩儿，一圈圈转，因为酒精下肚，感觉自由到飞起，开心得冒泡，在巴斯达的低吼声中旋转，音箱振动在周身冲荡，从脚转上了脑子，脑子也转，一下跪倒在地，差点把吃的薯条全呕出来，听到有人笑她，她那么得意忘形也是活该

没出太大丑，全靠特雷冲进人群，扶她起来，说交给他来照顾吧，女士，你太火辣，该把你抓起来

他两臂圈她在怀，十岁后就没人抱过她了，妈妈的紧揽让人幽闭恐惧发作，她都躲着

妈妈是暖暖的软软的，特雷的胸膛很硬，可当她盯着他看时，他的灰色眼睛是柔软的，凝神直望进她心灵里去

爱情，这就是爱了吧？虽然他们才认识，她还有点儿恶心？

特雷（Trey）——她试着念，卡罗尔和特雷，不是叫托盘（tray）吧？那可不行，她可不能嫁给厨房用品，哈哈，结婚？停，哪来这想法

的？天啊，老公，这是她未来老公吗？

他一只手轻抚她后脑勺，她希望他别摸，假发会掉的

他说她需要出去透透气，你太柔弱了，我得保护你，女士

她等不及想告诉拉蒂莎，拉蒂莎听了一定会羡慕死，也会为她高兴，你长大了，卡罗尔

特雷牵着她挤过走廊上拥挤人群，引她出了前门，屋外一片漆黑，只有街灯的一点亮，已有寒意

一出门，他就把她夹在胳膊下，仿佛她脑袋是他夹带的一个包，她想抬起头，却做不到，头转啊转的，她觉得被他古龙水搞蒙了，还是止汗剂？闻着其实更像空气清新剂

会不会停下来亲吻？她的初吻，不要舌吻，怪恶心的，只轻轻吻在唇上，像妈妈喜欢看的黑白电影里那样

可是她脑袋卡在他胳肢窝里动弹不得，他就这样一路把她带出了拉蒂莎家

她像是双脚离地，乘爱的翅膀漂游，好像是一首歌的歌名？他们向通往罗克斯雷公园的小路走去，小时候她和拉蒂莎坐在公园秋千上，聊人生的意义，思考即将到来的新千禧年，会是绝对精彩，奇特科幻，她们腿晃啊晃，风吹过玉米辫的垄沟

他带着她，过了溪水上小桥，穿过公园门，以前这门关着的，老是有人破门而入，后来市政也懒得换新锁了

公园里还有别人

她听见别人的声音

想抬头看看，但头被钳子钳住似的，也不是自己走路了，被强押着往前走

然后，她仰面朝天躺在了地上，草叶湿漉漉贴在她裸着的后背、腿和胳膊，她想睡去，眼睛闭上了，有五分钟，再张开眼时，却看不见

东西，眼睛被蒙上了，胳膊被压在头上方

她身上衣服怎么脱了？

然后

她

身体

不是

她

自己的了

不

再是

是

属

于

他们的

她，喜欢数字的她，不会数数了

不会数，不想数

感到他人器官在她身体上，进入她身体，那些私密恶心的部位，她自己都没碰过的地方

疼，疼，疼

没完没了没完没了没完没了，无穷无尽，是无限不结束的那种，像0.333 333，0.999 999，但它会结束，因为人生的意义在于走向终结，不然就不是人生了，两者不可分割，妈妈有次伤感地看着自己结婚老

照片，对她说

卡罗尔逼自己想最喜欢的数字，1 729

可以用两种不同的方式写成两个数字的立方和

1 的立方是 1

12 的立方是 1 728

两个立方和相加是 1 729

还有 10 和 9，立方和相加是 1 000+729

过了几分钟，几小时，几天，几年，几辈子，终于停了

你饥渴得很嘛，对了，你不赖哈

然后他们走了

她

也

没

了。

3

卡罗尔谁也没告诉

肯定不能跟妈妈讲，妈妈会骂她胡说

也不能告诉拉蒂莎和其他人，因为谢乐尔八年级碰到一样的事，人人都说是谢乐尔衣着暴露自找的

卡罗尔是自找的吗?

她觉着是的，自己关在卧室里，窝在被子下，上学迟到，或是干脆逃学，都这样了，还上什么学?

还学什么砍伐雨林与气候变化之间的关系？

学什么俄语、法语、中文、美国革命？

或是 1977 年在西伯利亚山脉发现的四万年前小猛犸象遗骸为什么没有腐烂？

商用无线电传输中长波波段为什么不用调频？

是吧，还有什么意思？

直到

有一天

她从噩梦中醒过来一般，那天是她就读的市中心这所普通公立中学校庆日，她定睛向走廊望去

看同学们嘻哈打闹，一如往常，准备好了坐到教室后排，上课时耍宝逗乐

看拉蒂莎，拉蒂莎认为只有傻瓜才学习，傻瓜

看克洛伊，在学校卖摇头丸挣外快

看劳伦，只想着下一个找谁上床

卡罗尔仿佛在看一部纪录片，片子拍一所伦敦差校，片中她们校服裙拉起，领带松了，关于头发、化妆、首饰的校规没一条遵守

她看到她们和她自己的将来，未成年妈妈，推着婴儿车，推着没有父亲的定时炸弹

沙发缝里摸来摸去找几个零钱付停车费，和她妈妈一样

在一镑店淘东西，像妈妈一样

菜市关门前赶着抢一点羊颈肉，像妈妈一样

我不能这样，我不能，我不能，她跟自己说，我要摆脱要超越

逃离　电梯一股尿味的高层公寓楼

逃离　低薪烂工作，排队领失业救济金，看不见未来的生活

逃离　买不起自己的房子，像妈妈一样
　　　没钱带孩子去度假去动物园，像妈妈一样
　　　没钱去看电影去游乐园，除了教堂哪儿都去不起的生活

她下定决心，要证明那些放弃她的老师错了，那些老师

木然走过学校济贫院式走廊，目光呆滞，自动隔绝两千个中学生的喧哗吵闹

特别是雪莉·金太太，卡罗尔所属绿院的院长，卡罗尔七年级八年级考试成绩出色，显然是老师们教过最聪明的孩子之一，她对卡罗尔另眼相看，说卡罗尔会有出息

卡罗尔一开始翘课，她对卡罗尔就不予理会了

金太太

这个老太婆，蠢女人，凶悍恶婆子，一点点小事，只要落在她手里，谁都跑不了，上课迟到个五分钟，她就让你留堂，简直是可恶透顶，她竟敢说是为了他们自己好，让他们学会守纪律，太可憎了，他们一致认为

可是，卡罗尔想明白了要改过自新，除了她，又能找谁帮自己呢？

卡罗尔冒险一试，找了恶婆子，出乎意料，金太太并没拿她怎么样，她问金太太该修哪几门课，将来工作机会最好，申请大学的时候该申哪些大学

意外地得到全面帮助，金太太给她提了严格要求，一天课都不许缺，不能迟到，按时做作业，坐在教室前排，卡罗尔，你们来学知识，想做出成就的，就坐前排

还有，你的社交圈子必须改（社交圈子，是什么鬼东西？）

金太太

此后，卡罗尔在学校的全部时间，对卡罗尔一刻也不放过，她眼睛尖，几百个孩子，大家做了什么她不赞成的事，比如笑声过大，在走廊上走得太快（并没有跑），她一眼就挑出卡罗尔，单训卡罗尔一通，特别是看到卡罗尔跟拉蒂莎、克洛伊或劳伦在一块儿，就要教训卡罗尔，她们会拖你后腿，卡罗尔是过得胆战心惊

金太太

骚扰了卡罗尔四年，即便卡罗尔已经重回正轨，不再需要她

好管闲事，卡罗尔成绩下滑哪怕一点点，就打电话给卡罗尔妈妈

金太太

卡罗尔 GCSE 中考成绩全优，一年后收到牛津大学数学专业面试通知，金太太都归功于她自己教导有方

书盈四壁的书房中，牛津招生导师得知卡罗尔班级有六十五个学生，这肯定超过合法学生人数了，这种背景下，你有这样的学术成绩，更难能可贵啊，年轻人

一切的一切，换来的是，卡罗尔在学校的最后一天，学校大会上，金太太发言称，在她的悉心培养和辛勤指导下，她带的学生，成为本校历史上第一个进顶尖知名大学的学生

抢了卡罗尔的辉煌时刻。

4

卡罗尔搭公交，转地铁，乘火车，出了车站，拉着行李穿过人流，走了很远一段路，到了古老的牛津大学，自己搬进宿舍，沿嘎吱作响的蜿蜒木楼梯拾级而上，到了屋檐一角她的房间，窗子对着方庭，石墙上

爬满片片常春藤

她一个人

妈妈那天请不出假，也幸好她没来，她来了肯定会穿着最古怪的尼日利亚服装，几千码长的鲜艳布料，十层楼高的头巾，最后头回要离开自己独生女时，她会嚎啕大哭

卡罗尔将会永远成为那个妈妈是非洲疯子的学生

第一周，本学院的黑人学生，她一只手数得过来，没一个皮肤像她这么黑

在宏伟的学院食堂，她埋头对着一盘子难吃的石器时代食物，抬不起头，更不用说和人讲话

听到别人大声回忆在寄宿学校住宿舍和嗑药，圣诞去印度果阿、巴哈马度假，间隔年去爬马丘比丘，在肯尼亚为穷人援建学校，周末飙车 M4 高速去伦敦，在乡下别墅聚会，长周末去巴黎、哥本哈根、布拉格、都柏林、维尔纽斯（那又是什么地方？）

大部分学生不是这样，那些上流社会的声音最响，底气十足，她听到的都是他们

他们让她感觉十分挫败，一文不值，卑微渺小

一句话都没跟她讲

看都没看过她一眼

没人大声讲和清洁工单亲妈妈住在高层廉租房

没人大声讲从没度过一次假，一次也没有过

没人大声讲从没坐过飞机，没看过剧，没见过海，没在有服务生的餐馆吃过饭

没人大声讲觉得自己太丑蠢肥穷，与周围格格不入，力所不及，

进退失据

没人大声讲自己十三岁半那年被轮奸

有次，听到一个学生走过身边，随口说她“寒碜”，她想追上去吼那人，你说什么？说什么？你当我面说说试试，贱人！

（在她们那儿，敢说这种话，能要你的命）

也可能是她听错了？他们是不是在说“还去”——图书馆？超市？

卡罗尔走过狭窄走廊时，都不敢跟人有目光接触，学院的走廊很狭窄，是因为很久以前初建那时代，男人的体型小，几个世纪后牛津才招女生，这是新生入学第一次活动中听说的。活动中人家都是不一会儿就混熟了，她没跟任何人说话

别人绕过她走，或是当没看见她，是不是她自己瞎想的？她真存在吗，她是不是只是个幻象？如果我脱了衣服，到方庭上狂奔，会有人注意到我吗？除了门房，他们肯定会叫警察，自打见了她，他们早就等着有这个机会呢

有次下课后，一个同学悄悄凑上来，问卡罗尔有没有摇头丸，她差点儿发信息给妈妈说她这就坐下一班火车回家

第一学期结束，她回到佩卡姆，跟妈妈说她不想回牛津了，因为虽然她很喜欢自己读的专业，大部分课也学得很好，但是她不适合那儿，不想回去

我受够了，妈妈，不干了

哎！哎！说什么胡话呢？布米喝道，我没听错吧，你是想让我拿火柴棒把耳朵掏掏干净吗？

你给我好好儿听着，卡罗尔·威廉姆斯

首先——你以为奥普拉 · 温弗瑞（大人物）如果没有战胜早年的挫折，她能成为全球知名的电视女王吗?

其次——你以为戴安娜 · 艾伯特（大人物）如果没有坚信她有权进入政界，代表她的社群利益，她会成为英国首位黑人女国会议员吗?

第三——你以为瓦莱丽 · 阿莫斯（大人物）如果走进上议院，一看屋子里都是年长白人男性，就放声大哭，她会成为英国第一个黑人女男爵吗?

最后，爸爸妈妈奔着美好生活来到英国，就为了看着女儿放弃到手的机会，和我们祖国女同胞一样的宿命，在夜总会卫生间或音乐表演场地给人递纸巾换小费吗?

一月你必须回牛津，别老想了，你都没给别人机会，怎么就认定人家都讨厌你? 你问过人家吗? 你有没有找人家问一句：嗨，你讨厌我吗?

你一定要找到愿做你朋友的人，都是白人也没关系

每个人在这世上都有属于你自己的那个朋友

拿出你真正尼日利亚人的劲头来，你生在英国，你的权利要自己去维护和争取，你必须回学校去，自己应对

卡罗尔回到学院，决心攻下这里，今后两年半她要待这儿

她会融入，她下定决心，找到她的伙伴，像妈妈建议的那样

不找那些一脸不痛快，头发用发胶抓成莫西干头，鬼鬼祟祟四处晃的不搭调的家伙

也不找那些一头五颜六色假发辫的，看到他们带着音箱，举着标语牌在镇上走，卡罗尔看他们是做不成什么事的，带这种人回家，妈妈会极度反感

你都走到今天了，就找他们？你爸爸付出身体健康，就为了你当个臭烘烘的朋克拉斯特法里信徒？

也不想找那些没劲的普通学生，这些人太乏味无趣，想到他们，就是隐形人的感觉，甚至对卡罗尔这样的人来说都是

当然也不找精英小圈子，现在她知道了这类小圈子的存在，那些人是够不着的，他们读的私校盛产首相、诺贝尔奖得主、企业总裁、北极探险家、著名戏剧制作人、臭名昭著的间谍

每晚大家要身着学袍落座学院食堂，没人比这些人更贴合，住在学院的老师在场监督，这些老师本科起就在学院，可能就没离开过，传续下来的种种仪式，学生们甚感荒唐，比如“冬令时开始当日，凌晨两点，时钟拨回格林尼治标准时间之时，身披学术服，手持一杯波特酒，绕院士方庭倒走，以稳定时空连续”

不对着一屋子未来的首相和诺贝尔奖得主共进晚餐，却选择自己吃晚饭，怕是很令这些老师困惑吧

卡罗尔的学校以出产未成年妈妈和青少年罪犯著称

她宁肯在自己房间吃泡面

她把同学们研究了一遍，找出最适合自己的，以最友善的态度主动接近，不曾想，一和他们讲话

人家都热情回应

第二学期结束前，她已交到了朋友，还有了男朋友，马库斯，肯尼亚白人，家里有个畜牧场，对黑人女孩情有独钟，毫无顾忌，她也不介意，被别人渴望着，她很欢喜，马库斯对她很体贴

她很清楚这事儿她不会告诉妈妈，妈妈说过她必须和尼日利亚人结婚，卡罗尔当然还没想过和马库斯结婚，他们才十九岁，妈妈会问她，这人不想娶你，就是不够尊重你，你干吗和他在一起

那将是双输局面

和马库斯之前，她一直怕男人，那事发生后，中学期间她只想离男生远远的

她想着再也没有人可以信任了，那种不会趁她不备侵犯她的人；和马库斯一开始是朋友，后来一起在图书馆学习，学习结束后一起散步，两人转为恋爱关系，她都没想到

不久她就晚上偷偷带马库斯进宿舍房间

马库斯提高了大家对她的认可度，凭她自己永远达不到那种

他喜欢炫耀她，引以为豪，在公开场合挽着她胳膊或拉着手

她十九岁生日，在餐馆租下包房为她庆生

他是第一个先征得她同意才与她做爱的人

跟着新社交圈子，卡罗尔用心聆听，学到不少

说“你想喝点什么？”不说“你要啥？”

说“和你讲话的那位是谁？”不说“你和谁说话呢？”

说“我去一下洗手间”不说“我要去小便”

观察人家都吃什么，有样学样

知道了西班牙鸡蛋馅饼远比英国（鸡蛋馅）饼有品位

一镑二十个的冷冻小圆面包，没法跟松软可口撕着吃的新鲜法国奶油面包比

油腻的薯条再蘸上增加心脏病风险的最便宜的反式脂肪，哪有波伦塔玉米薯条蘸橄榄油和香草来得美味健康

谁又知道呢，可以用米粉做面包，面包里塞上橄榄，橄榄里又塞上碎番茄干，烤番茄可以填上奶酪馅儿，奶酪可以用杏子和杏仁碎做成，杏仁还能制成杏仁奶

她学会了吃寿司（最好是自制寿司，用别人送的寿司制作模具圣诞礼物做的）和牛油果酱（读音“瓜卡莫雷”）

发现吃了芦笋这种东西，小便味道怪怪的，知道了绿色蔬菜要冷食、略微蒸过和/或者脆脆的才是好的

卡罗尔改进了自己，不是真变成他们，只是稍稍向他们靠拢一些

刮去脸上厚实的粉底，卸下坠在眼皮上的长颈鹿般睫毛，胶水粘的一手假指甲，也都撕了，戴着假指甲，平时很多事情都做不了

比如穿衣服，拿东西，做吃的，用卫生纸

缝进头皮的发网她一用就是几个月，超过建议使用时间几个月，因为攒下钱才戴上这种昂贵的印度或巴西女人头发做的长假发，要用出本来，哪怕假发那块布都臭了，底下她的头发已经溃烂，这个她也不要了

最后一次，把头皮上缝的发网拆了，让头皮接触到空气

再也不用隔着人造织物，温水直接淋到头皮上，如此舒畅

又把紧密鬈发拉直了，马库斯说更喜欢她自己的真发，她告诉他，如果她留真发，永远找不到工作

朋友请她到自家房子做客

家里地面不铺地毯（自己选择的），窗户上不装窗纱，外面有人停车的时候，如果喜欢窥探别人家，能把屋里看个一清二楚（挺怪异的）

家里喜欢老旧物件，像是门厅里嘀嗒声响亮的落地大摆钟，招蛀虫的古董衣橱

破旧沙发上铺条毯子（盖毯），远比坐上去吱扭作响的光亮皮沙发更受推崇

木头餐桌上，陈年刀痕纵横交错，刻着几代留下来的涂鸦，比如

人治与法治：探讨

灰色是流行色吗?

埃斯米爱乔蒂，乔蒂爱波比，波比爱蒙蒂，蒙蒂爱杰斯帕，杰斯帕爱克拉丽莎，克拉丽莎爱玛丽萨，玛丽萨爱普里西拉，普里西拉爱克莱门西

诸如此类

新伙伴罗西家甚至还有侧厅和护墙，保不齐维京人再入侵呢，罗西带卡罗尔参观的时候开玩笑说

花园称作庭院，方圆几英里没有邻居，四周一片空旷，想闹多大声，就闹多大声，罗西二十岁生日派对就请了一支车库乐队，在草地上演出

派对请了卡罗尔现在交的一些朋友，梅兰妮，托比，帕特丽夏，普里亚，露西，格里

清晨，听到热带锥尾绿鹦鹉吱吱啼鸣飞过卧室窗外，她以为只是普通鹦鹉

隔窗望去，一片草地，一泓湖，几只孔雀闲庭信步

下午，她初次体会了何为徒步

走路纯为消遣放松。

5

这个早晨，卡罗尔下了自动扶梯，走出利物浦街车站

沿主教门前行，如吊车铁球，铆足劲劈开上班高峰混乱

绕个远路到办公室，多走点路增加一点运动量，因为之后十四个小时可能会一直坐着

她每天都慢跑，今天已经跑过

那时弗雷迪还在赖床，他总是卡着时间，眼看还有二十分钟就得出门了，才从床上一跃而起，冲澡，剃胡子，胡乱灌下一碗卜卜米麦片，拉一件西装套上，他另外还有七件西装，轮换着穿

鞋子也是

她每早从富勒姆跑到汉默史密斯

有其他健身狂人同跑，身穿设计师品牌亮色慢跑装，佩戴腕带计步器，测量血压心跳，记录跑步距离和速度

有些同好和她一样，冬日刺骨寒冷的清晨，也坚持晨跑

汉默史密斯桥灯光下的绿色和金色桥体挂着冰柱，桥上塔楼和纹章闪烁诡奇光芒

跑步对她是生命一样重要，因为一旦懈怠，就会急剧下滑，就范于失败，懒散，沉湎自艾自怜，为当年那一刻，仍会趁她不备涌上心来

当时她还是个孩子，那帮禽兽怎么能对她下手？她没有过错，怎么能一直自责？

只有一天不晨跑，就是来例假肚子疼，为坚持上班又吃了加强止痛片，痛得直不起腰那天，还要挣扎着去上班，不然会被人说每月搞一次装病请假

露馅了吧！你就是女人

她都认真想过拿掉子宫，彻底绝了月经，那无疑将成为她事业上最大的举措，有抱负的女性，因为有月经问题，战术决策切除子宫

卡罗尔到了银行总部，总部办公室俯眺泰晤士河，入职第一天，她就看明白了，在这里上班得衣着光鲜，精致考究，如美剧中的女律师、女政客、女侦探

铅笔裙紧裹身体，陡峭高跟鞋踩着颤颤巍巍像裹了小脚，这样的

装束，工作一天下来，实为奇迹

高档高跟鞋内的性感带，肌肉挤压，骨头变形

如果把自己弄瘸了，就能证明受过优质教育，有才华，高智商，高技能，有领导能力，瘸就瘸吧

每早对着浴室镜子念念有词

我美丽动人，人见人爱，八面玲珑，交游广阔，前程远大，如日中天

我美丽动人，人见人爱，八面玲珑，交游广阔，前程远大，如日中天

我美丽动人，人见人爱，八面玲珑，交游广阔，前程远大，如日中天

她手机铃声设的维瓦尔第《四季》，这是她对公众展示的音乐品味

有时候也不管了

喜欢听着萨满教父费拉 · 库蒂脸涂颜料狂烈打击的节奏，武士女王般起舞

喜欢他的复节奏打击乐，堂皇华丽圆号，撕裂她情感，他怒批腐败-抒情-政治，横扫种种附庸风雅装腔作势

还有他百乐门-放克疯的未来主义迷幻

将其诡异本源逻辑传输到她脑中，以疯魔幻想激活她久已遗忘的右半脑

他衣着夸张奇异的演出，她喜欢在油管上看着

一边舞着

只为自己

晕乎乎

头轻

体飘

悠哉游哉

解脱自在

没人看着

没人指指点点

再来一曲詹姆斯·布朗，灵魂乐教父

跳吧，卡罗尔，舞动吧

她舞动着进了办公大厦玻璃旋转门

踏上九亿年的康尼马拉大理石（匾牌上有铭文记录）海绿色灰色螺纹

走过前台，前台是个快活的中学毕业生，戴着便宜的塑料发帘（卡罗尔真该说说她），有一次卡罗尔停下跟她聊了聊，勉励她——苔丝，你将来有什么计划？不能一直做这个吧，要往上走

她刷卡过通道闸机，进了内厅

电梯玻璃门无声打开，她跟在老板布莱恩身后步入电梯

进公司后一年，布莱恩请她出去喝酒

她困在一个地下葡萄酒吧的砖房几小时，听布莱恩絮叨他如何至今仍不能释怀，他父亲、祖父、曾祖父都是比林斯盖特的鱼贩，天天一身鱼腥味回家，他自己从一所破现代中学毕业，直接进证交所做了交易员（那个年代还可以），什么学历都没有，只有对数字的超常能力和一副好口才

一步步做上去

决心为其他人，比如卡罗尔，提供机会，他说，因为银行界的精英文化是个神话，不会有人邀请你加入绅士俱乐部或高尔夫俱乐部，让你借此迅速晋升

尽管她的直属主管已向他汇报，她的研究技能、高度分析性思维深受好评，她写的报告简练全面，做展示时轻松自如，一贯按时提交工作，飞速把握财务数据远超常人，专注细节不容许出一点错——传说一个错标漏标逗号都没有

所以，他会确保公司升她做经理，破格提拔

这是她应得的

可是，如果她只想做好电子表格，不想做婊子拿性换利益呢，虽然女人走这条路成功的年代早已成为往事，但是应该的，他说，眉飞色舞大谈他八十年代交易员生涯的放浪形骸纵情声色，从午餐起酣饮至“杜松子酒茶时间”，微醺着续上“鸡尾酒时间”，之后一群人再西区酒吧挨个搜过来，最后泡在脱衣舞酒吧

现在人到中年，本分多了，他说

她可没看出来，眼见他醉意越来越浓，眼神色眯眯，坦白说起老婆整形美容，浑身上下人造成分恐怕要多出天然成分了

他的婚外恋老婆都忍，因为不舍得他提供的优越生活，前阵子家里温室刚配了个鱼缸，养着世上最稀有、最丑、最贵的鱼

她什么都有了，他的钱还能再买点啥呢?

就在不久前，他还养着个小情人，年轻得略有点过分，立陶宛人，安置在他巴比肯的别院，后来拿了个计算机科学专业学位

把这个情人位子空出来了，他可以找生命中第三个女人了，如果你有意的话，对吧，你这身材，这头脑，他幻想过，他说，还没来得及讲幻想什么，就冲去卫生间吐了

电梯中，卡罗尔和布莱恩相对而立，互相问好，透明电梯可供六人搭乘，六秒即抵达顶楼

布莱恩出了电梯走向自己办公室，办公桌正对一面玻璃墙，鸟瞰金融城哥特式教堂和同业公会会馆，其中有他们公会

国际银行家同业公会

他对她还有觊觎之心，她看得出来，下流老色鬼，怎么有胆跟她

讲那些，后来她还是顺利破格晋升经理，还挺佩服他的，卡罗尔最近升了副总裁，副总裁他们银行有几百个，其他银行都是几千个

她妈妈见人就说女儿是副总裁

那架势像是当的美利坚合众国副总统

卡罗尔驻足远眺，玻璃幕墙外，千禧桥线条起伏流畅

纤细优雅，建成初期极不稳固，启用后没几天就关了两年，因为没人想到，大量行人同时过桥时会步调一致

结果，如同军队步伐整齐，踏地正步走，共振效果造成大桥摇摆

她看自己就是这样，不露声色，与发达腾飞人士步伐一致，沉着前行

她看早上过桥的人流，多数忙着用手机，自拍，打卡景点照，发帖，发信息，没有真去观赏桥上风景

这个时代，不管做什么事，大大小小都要分享出去，从吃什么饭，晚上出去玩儿，到对着镜子的半裸自拍

公私边界在消解

在卡罗尔看来，实在变幻莫测，又匪夷所思，她看到文章说，人类未来会在神经通路内置纳米电子网络，材料制成后，经自生长自修复，一个月后植入细胞

我们都会成为生化电子人，她想到，被设置成行为符合社会规范，不像原始生命态不会轻易被操控

也许卑劣男人没法再强奸醉酒少女

（而且逃脱罪责）

也许少女不会再觉得是自己的错

（而且不敢跟人说）

卡罗尔看到，远方有架飞机在下降，准备降落城市机场，可能正飞过佩卡姆她儿时住的廉租屋

不知道拉蒂莎怎样了，最后一次看见她，还是她十六岁走出学校（前身是济贫院）大门，对学校竖起两根手指，她们曾经那么要好——我以生命起誓，不骗你

现在拉蒂莎可能是未成年妈妈了吧，或是黑帮头目，要么在坐牢，或者三种都是

卡罗尔来往密切的朋友圈都是大学里认识的，大都很有发展前途

马库斯，现在是她的好朋友，大学毕业后马库斯返回肯尼亚，和她这段感情自然结束，他从事野生动物保护工作，娶了肯尼亚妻子，有几个混血儿孩子，卡罗尔是他长子的教母

罗西是魔术圈律所司力达的大律师；托比是四大会计师事务所毕马威的管理顾问；帕特丽夏在读理论物理博士；梅兰妮在谷歌英国任高管；普里亚在培训做全科医生

只有两个人落在后面，露西不清楚自己长期的计划，所以做短期合同工，攒点钱，像青少年一样背包旅行，带一箩筐故事回到英格兰，职业没有进展

可怜的格里，为写他那部关于北部工人阶层孩子的巨著小说，在米德尔斯堡一所中学做学习辅导，体验生活

七年后，他还在那中学，小说还没写出来

他们有机会就聚，单独见，一块儿聚，晚宴，偶尔凑着谁结婚，或是周末潜回罗西父母的庄园，她父母退休后住到巴巴多斯的家，庄园就归罗西管了

卡罗尔读书时在那庄园爱上了骑马，现在自认为是名骑手

飞碟射击也是她的爱好之一

卡罗尔眺望河对岸的泰特现代美术馆，午饭时（如果她吃的话）她偶尔会在画廊走走，赞叹于艺术家的想象力，创造出如此令人惊叹的作品

想象力

是什么？

这个她有吗？

视线沿河道向南，通往国家剧院，今晚就有全女性班底制作的剧作上演，关于黑人女同性恋战士的，据弗雷迪说，他也许是为搞笑故意夸大

他有票，非要她去看，来拖她一起去看火辣女同舞台上做爱，指望她看后性致勃发，兴致来了愿试试传说中的三人行：两个女人，一个男人，你想要的，心肝儿

我才不想要，她笑言

他最会逗她乐，她需要的时候始终都在她身边，用她需要的方式爱着她

她需要清静的时候从不来烦她

卡罗尔只交过两个男友，马库斯和弗雷迪，倒不是她故意不找黑人男友，正相反，大学里黑人男生本来就不多，他们一般又不找同校也为数不多的黑人女生

单身时她也留意过，她去的那些金融城酒吧里，黑人男性也一样

她不怪他们，要生存他们只能这样，减少所谓对社会的危害

有一件事她明白了，那就是，让人义无反顾神魂颠倒的爱情，是

有高度选择性的

她决不会找一个扫大街的，对吧？

工作后两三年，为了省钱她还住在妈妈家，在一次派对上认识了弗雷迪

弗雷迪那样英俊帅气，学院气质，真正上层社会的男性，满屋秀丽名媛女对他眼波流转，弗雷迪却只中意她，她心下有些惊喜

愿周日下午和弗雷迪约会，去苏豪柯松影院看一部委内瑞拉电影

愿与他漫步西区小巷，走到海德公园

愿与他去埃奇韦尔路的黎巴嫩餐馆吃饭，饭后去他父亲在帕摩尔街的俱乐部深夜品酒

欣赏他魅力十足的幽默，接受他对她生活和观点的真切关注

欣赏他聪明睿智，与人交谈融洽，随和没架子

喜欢他拉着她手的浪漫，温文有礼面面俱到

喜欢他痴恋她毫不掩饰

他对卡罗尔讲，他在里士满的别墅长大，屋前草坪一直延伸到泰晤士河畔，摩托艇停泊在自家码头，可出河短游

卡罗尔讲自己在佩卡姆廉租屋的童年，他听得入神，佩服她克服重重困难赢得成功

他说自己只是按家族预先设定的铺好的路，随便过过，读的威尔特郡一所古怪的寄宿学校，1880 年起，家族几乎所有男性都上这所学校，他父亲在学校的时候，一周三十一节课，其中二十一节上拉丁文和古希腊文

万幸的是，到弗雷迪这儿，减到一周只有七节了

间隔年一溜烟全世界转了一圈后，飞到新英格兰一所私立文理学院，父亲是校友，在儿子以全C（中等）的中学成绩申请那年，给学校捐了一大笔钱

四年后，儿子毕业，绩点低得叫人无话可说，是由于分心了，跟着兄弟会三十几个青少年，都是人生头一回可以恣意妄为，他夜夜笙歌，各种致幻剂迷幻药没少嗑，经常一连几天神志不清

话都不会说，更不用说写东西

但这不要紧

大学最后一学期，他拿到了金融城一个入门职位，薪水相当不错，是妈妈请当年给自己做伴娘的同校好友还了个人情

她说，弗雷迪从新英格兰回老英格兰当天，就可以直接来上班

不需要面试，只要填一些无聊的表就行，亲爱的

从头至尾，他觉得企业生活方式空洞乏味，吞噬灵魂，梦想在田里住个棚屋，自耕自食

毕业后，为攒钱买房，卡罗尔在妈妈家免费住了几年

又直接从妈妈家搬进弗雷迪在富勒姆的房子，两人关系后来进入订婚阶段

我来做家庭主夫，他承诺说，必要时我打扮起来给你挽着亮相，草坪我来修剪，做果酱，指导管家，咱们可爱的混血孩子我来带

他愿意为她的追求和抱负效劳，她喜欢他这一点

她知道，有他在身旁，她会走得更快更远

他说父母想让他娶一个与他家一样，家族可追溯至征服者威廉一世的妻子

你是没看到，我告诉他们的时候，他们脸上那表情啊。

布 米

1

布米

没有预见到，女儿读了有钱人的名校，带来的长期负面影响

特别是第一个学期结束，女儿回家，哭着说再不回学校了，因为她融不进去

布米取两张纸巾，擦擦女儿眼睛和脸颊，直截了当问，卡罗尔，我养的女儿，是遇事就逃还是迎难而上？你必须给我回学校，无论如何也要读完学位，不然我要闹成什么样我可不敢保证

布米没想到，第二个学期结束卡罗尔回到家，讲话那鼻音，一副喷嚏卡在鼻子里打不出来的样子，全然没了尼日利亚人响亮的嗓音，还睨视四周，温暖小家在她眼里像是个破窝

她以为妈妈看不出来她内在想法的外部体现？啊！啊！孩子没说出来，但表现出来的那些名堂，她以为你傻到看不见，她是你一手带大的，她的花样你早就摸透了，会看不懂？

大一暑假，卡罗尔在刘易舍姆的玛莎百货打工，赚了钱不说先还学生贷款，担起成年人的责任，而是跑到 Oasis、Zara 这些不便宜的时尚店买衣服，没去 New Look 和 Peacock 买特价的

大二她就基本不回家了，到了大三，周末和假期她都在朋友罗西

家乡下的庄园，庄园里的房间比她们整栋廉租楼的房间都多，她说，极好极好的，母亲，绝妙

（母亲——她这是讽刺我吧？）

女儿毕业典礼上，望着女儿被授予学位，布米泪流满面，如雨打在

没有雨刷的车窗

她希望奥古斯汀在场，见证他们女儿取得成功，也希望卡罗尔回家继续庆祝，享用布米专门做好的一锅炖菜，女儿既然已经毕业了，该回归自己文化了吧，也用手抓饭吃，而不是在妈妈用手抓饭吃时侧目而视，好像妈妈是蛮荒野人一样

布米上火车回伦敦前，对卡罗尔无数遍强调，现在她要找个有前途的工作，再找个体面的尼日利亚丈夫，好给布米生外孙

卡罗尔还没带男友见过妈妈，说明男友对女儿意义不大

大约一周后，卡罗尔回到家，两眼发红，“累死了”，因为她一直在“派对狂欢”，母亲

什么派对狂欢？布米问，你年纪大了，不适合混这些了，是不是乱来了？是吗？

没有，我是处女（她又在说反话吧？）

布米权且信她，你要保持下去啊，要记得你是尼日利亚人，不是那些不检点的英国女孩，我去把炖菜化冻，今天晚饭就吃炖菜

我不饿，不用麻烦，卡罗尔说，进了自己房间，门一关，第二天早上才又露脸

卡罗尔很快找到了一个投行的工作，决定还住在家里，攒钱贷款

买房，布米很是欣慰

布米想诱哄卡罗尔跟她去教堂，见见她亲自选出来的三个尼日利亚小伙子，都有很好的学历，各有各的帅气（她可不想外孙生得丑）

现在我真没这方面想法，卡罗尔说

别拖太久，布米劝她，到了三十岁就难了

此后两三年一切都很顺当，只是卡罗尔加班到很晚，多数晚上都住在朋友家，朋友家离金融城更近

有一天早上，正吃早饭（卡罗尔早饭就喝一杯不加糖的咖啡），布米大吃美味山药粥，女儿上大学前爱吃，上了大学后说跟温水泥似的，没法吃

卡罗尔开口说道，我有个事儿分享一下（典型的英国人讲话方式，“分享”做引子，从不开门见山）

我订婚了，母亲

女儿对着厨房地上褪色的地毯说话，像是从没见过这块地毯，其实女儿出生前就有了

他叫弗雷迪，人很好

布米脑袋轰一声炸开了烟火（转轮和烟花火箭）

搞什么？她想，这姑娘跟我说要嫁人，要嫁的人还没给妈妈过目？你们多长时间了？布米问，嘴里那口粥咽不下去，还真是像温水泥

有一阵子了，卡罗尔答，哦对了，他是白人，英格兰人，她嘟哝道，我们恋爱好久了，我是真的爱他，就这样子

就这样子

卡罗尔直视布米，脸上表情摆明了是说，事已至此你挡不了我

了，母亲

布米心念我数到 10，只坚持到 9.2，就一下子从椅子上蹦起来，惊得卡罗尔也连忙站起身

你怎么就喜欢给我找那么多麻烦呢，啊？知道吗，别耍花样，听到没？你不能败坏爸爸名声！不能丢尼日利亚人脸！你给咱们家带来多大羞耻？你敢让我没脸！我真是搞不懂你，一点，一点，一点都不懂

布米在小小厨房内走过来走过去，卡罗尔被逼得缩到一角

她强压下扇女儿脑袋的冲动，因为不管女儿多不听话，即使在女儿小时候，她也舍不得打这个在自己子宫内孕育九个月来到人间的人，世上只有这一个

足月出生，哇哇哭，找妈妈奶喝，生在盖伊医院

大不列颠联合王国

伦敦滑铁卢

大迷宫塘

邮编 SE1

布米真希望奥古斯汀还活着，把女儿劝回来

她一个人在外国的廉租房带孩子，本来就做不好

眼下她感觉茫然无助，正像卡罗尔十三岁那年反叛期，卡罗尔开始逃学，成绩急剧下滑，周末整天自己关在卧室里，只出来洗漱，吃饭，去卫生间

你在屋里都做啥呢？

睡觉，我累了，妈妈，她隔着门回答

你整天累啊累的，你不就去上上学动动脑子，我每天要趴在地上做清洁呢？累的该是谁啊？你还是我？

布米问同去教堂的其他女人她该怎么办，大家都说这是青春期荷尔蒙问题，会过去的

这阶段确实过去了

过了一年左右吧

聪明女儿不再整日睡觉，大部分科目成绩也重回班级尖子水平

有个老师，金太太，给女儿额外关注和指导，她说，卡罗尔有实力，只要保持住目前的学习状态，会大有作为，威廉姆斯太太

卡罗尔进了那所富人就读的名校，布米备感自豪，把卡罗尔的大学录取通知书拿去复印了不止一份，两份，是三份

装裱了挂起来——一个挂在门廊墙上，一个挂在卫生间门背面，一个挂在电视上方，她自己看电视的时候抬眼就能看到

她怎么也没想到，这会导致卡罗尔排斥自己的文化

布米注视立在厨房角落的女儿，女儿如被困小兽，不敢动弹

她不想孩子怕自己

卡罗尔，她说，坐了下来，你听我说啊，这个新来的什么弗雷迪，你还一点都不了解，妈妈呢，从你出生到现在都在你这儿，你是妈妈的整个世界，他算你的什么啊？在这个国家，你丢了你自己的真实身份，就没指望了，你不是英国人，除非你是自己给自己重生了？

首先，首要，最后，最重要的，你是尼日利亚人

卡罗尔你必须嫁尼日利亚人，为了你老爸，懂吗？

说了这么些都不管用，布米决定，从此以后不搭理卡罗尔，当晚就开始，卡罗尔照常进厨房一起做晚饭，发现

冰箱空的，面包、牛奶、人造黄油一样都没有，布米都给扔垃圾袋里了

布米依旧不理女儿

客厅里有张三人沙发，平时她俩在沙发上挨着挤着，看房间一角平板电视上放尼莱坞DVD，镜头晃来晃去的影片，两人放开嗓门评头品足，现在她不让卡罗尔像平时一样用可可油给她按摩疲乏的双脚，女儿小心翼翼问，我给你泡杯热美禄吧，母亲？她装没听见

布米坐在沙发另一头，面无表情，一语不发，每隔一会儿就抽抽鼻子，擦眼睛，直到女儿退了出去

打那以后，卡罗尔就躲着她，有时到家晚了隔着门喊晚安，布米也不答应，继续读她的《母亲的喜与悲》，作者是尼日利亚女作家布基·埃梅切塔，布米对她的教友弗洛拉姊妹倾吐心中苦闷时，弗洛拉推荐她读这部小说

弗洛拉姊妹说，小说中的母亲纽伊·埃戈，也是苦难重重，你读一读，再看自己，心里会好受一些，布米姊妹

后来，她听着卡罗尔轻手轻脚出了厨房，进卫生间，又进了自己卧室，门悄无声息关上了

布米希望卡罗尔每晚哭到睡着

有一天早上

布米坐在厨房择米，超大一袋印度香米，她在大街上孟加拉便利店买的，比街角有钱人超市卖的超小袋大米便宜二十倍

卡罗尔出门上班前进来了，照例一副英国人装扮，藏青色雨衣腰带扎得紧紧的，显出减下来的纤细腰线，头发向后梳成圆髻，脖子上戴一串珍珠项链

告诉你一件你很乐意听到的事情，我要搬出去了，搬到弗雷迪那儿，母亲，你再不用见我了

她站那儿，料想布米还是不会理她，可是，就在那一刻，有些东

西变了，布米觉得晾了她那么久也差不多了，从几个星期发展到两个月，近三个月了，不和女儿讲话，很难挨，心里的煎熬更重了，怕自己不知会说出什么难听的话来

我生气，所以我不理你

但她不想和女儿脱离关系

她爱的人，生命中只剩这一个了

你看这个，布米说道，指指米袋子，英国人就喜欢浪费钱，到那些个贵的超市，买包装花哨的东西，排队等公交的时候，还敢反感地瞪我，埋怨经济每况愈下，其实啊是他们，他们才一日不如一日，那么容易听信浮夸广告，自己口袋才瘪了

我要跟瞪我的这些人说，你们英国人啊，该跟我学学，在英国怎么买东西，因为我们移民比你们精明多了，香料装一个漂亮小玻璃罐，标上“少许小豆蔻荚粉”或“细滑番红花花柱”，标价就贵得离谱，我们才不会买单

什么是“少许”？倒是跟我说说？“一大撮”呢？是一磅还是一公斤？都不是，是一撮，你们傻了吧，还有脸看不上我们移民开的好质量超实惠小店，不敢来买东西，怕被恐怖分子绑架，怕染上疟疾

还有啊，市场里买东西，咱们懂得讨价还价，才不会付上面标的天价，咱们脸上可没写着“我是傻子，抢我钱吧”

一磅苹果，标价一英镑，你不用出这么多钱，你一步都不要让，跟商家来回地谈，磨到他们彻底告饶，恨不得免费送给你，只要能让你走路，这不好吗？

这样积少成多，把钱省下来了，再跟肉贩子一样砍价钱，你就能买下一整只鸡了

做成鸡汤，再加上节食吃得少

这样一只鸡能吃好几顿呢

我的意思是说你始终是尼日利亚人
不管你以为你高高在上多有能耐
不管你将来丈夫多英国多正宗
不管你自己怎么装地道英国人
还有，你再称呼我母亲，我就使劲揍你，揍到你一身血，再把你头朝下吊起来，挂到阳台上，和衣服一块儿晾干
我是你妈妈
现在是，将来也是
给我记住，啊？

待她讲完了，卡罗尔已是眼泪混着化掉的睫毛膏淌了一脸，两人拥抱在一起，又能贴着女儿身子暖暖的，布米心怀感激
那天早上，女儿眼泪汪汪离开家，感谢妈妈肯和她讲话了，因为，她说，自己妈妈对你视而不见，那感觉就是自己已经死了

布米目送卡罗尔进了一股尿味的电梯到一楼
女儿很快会完全属于外面那些人。

2

布米记得自己妈妈收拾起裙子，逃离尼日尔三角洲的欧泊罗
那时布米的爸爸摩西已去世，死于非法精炼柴油时发生的爆炸
一桶桶原油在沼泽地加热，这种家庭作坊，站得离火太近，很危险

用原油炼制柴油，两桶开外就是明火，很危险

三角洲的人都知道，但是除此之外，又有什么办法能在这个被大肆破坏的地方生存？石油公司的巨大钻机在这里打入地下数千米，抽出几百万桶原油，为全球其他地方提供珍贵能源

丢下被采伐过度的土地，一片荒芜

布米爸爸去世后，爸爸名下的地块，他们种木薯和山药的土地，光天化日之下被亲戚抢占

爸爸葬礼后，他这些亲戚直扑妈妈伊亚登特的小屋，对妈妈大吼，你是他传统婚姻的老婆，不受法律保护

滚出去，走，这儿归我们了，别让我们再看见你，你跟这儿没有一丝关系了！

布米记得和妈妈长路漫漫横穿森林去外公家

头顶两个筐，装着所有细软

回到妈妈出生的小小屋子，外公告诉她们，布米一到青春期，他就要把布米嫁出去

不要多久，她就能嫁人了，彩礼钱我来管，能解决我很多问题，我已经口袋空空了

当晚，妈妈跟布米说，她不会让父亲逼自己的孩子过他那种老式生活，当年她自己就是十四岁为自己选了丈夫

次日上午，带上包在裙褶里她和摩西存下的那一点点钱，拉着布米手，她们赶在布米外公醒来前逃走了

逃离精炼厂一天二十四小时燃烧的橙色火焰，冲上湿热天际线绵延几百里

逃离毒烟，这种空气让人无法呼吸，深呼吸就是慢慢死去

逃离漏油，漏油污染了庄稼，汤糊糊溪水中的水产患病，鱼篓水中拉起来，上面结满了黏糊黑油

小龙虾，螃蟹，龙虾——已经死了

剑鱼，鲇鱼，黄鱼——死了

梭鱼，鲱鱼，鲳鱼——死了

她们向拉各斯进发，到了拉各斯，住进水上马哥科贫民窟，和另外一家人住一间水上小竹屋，门口有个平台可以坐屋外，共用一艘小船，出入污黑水域

妈妈走遍拉各斯拥挤城区，找活儿做，布米跟在妈妈身后，自己身上衣裳破旧不堪，脚上一双黑不溜秋的拖鞋，觉得很丢脸

她不喜欢这个大城市，喧闹嘈杂，车子乱开眼看要轧死她，排出肮脏废气

起先妈妈沿街叫卖烤玉米和炸面团，被其他小贩赶走了，这是我们的地盘，给我滚开！

布米看着妈妈低声下气求人家给个活儿，她们到了一家锯木厂，砍伐下来的树木在那儿捆起来，一堆堆顺水漂流，运往下游的城市

妈妈找到主管拉比，大胆上前跟他说，她和男人一样力气大，她干农活的胳膊多结实，看到没？

老板，我有孩子要吃饭，我能干这活儿，我哪儿都不去了，让我干吧，求求你

妈妈在锯木厂震耳欲聋的噪声和粉尘中一周工作六天，她说，厂里男人看到她干活比他们还下力气，也都接受了她

有一天，拉比说，她不用再头顶木板了，那是给笨蛋干的体力活，她不是笨蛋，她可以帮着拉圆锯

开头妈妈挺开心的，后来，她回家摇头说道，那个家伙，跟我说没有免费午餐

我要给咱们过上好日子，不再受这些苦

孩子，咱们会好好活着的

工作日有船接布米去湖上的水上学校，每个孩子一到校，老师先收学费，交不上的直接回家

布米从来没被打发回家过，因为妈妈宁愿没饭吃，也不会让她错过一节课

妈妈告诉布米，她摆渡去上学，接受教育，将来会有一个受过教育的丈夫，坐办公室从事脑力工作，薪水很好，未来丈夫如果去世，她也能养活自己和孩子

直到那一天，那年布米十五岁，可怕的事发生了

妈妈当班快结束的时候，修一台坏了的蒸汽动力锯，不小心滑倒，锯齿呼呼凶猛转动起来，妈妈躲闪不及

拉比到学校告诉布米坏消息

布米记得，自己瘫倒在学校地面竹条，恸哭不止，竹条下波浪起伏，她记得，上了小船，回到小屋，蜷成一团

她记得，拉比跟她说为她付了一个月的房租和学费，同时在找她的亲戚，是为了你妈妈，我也是为了你啊

他找到布米一个远房表亲，依可阿姨，收留布米在她家吃住，供布米读书，布米要帮她做家务带孩子

布米不用再一个人在拉各斯过，安心多了

在拉各斯，她自己去市场买东西，会有男人上来找她

有个大老板，大肚子，开辆大车，让她做他情妇

吸一口雪茄，喷在她脸上

只能归他一个人所有

布米到了依可阿姨家的混凝土房子前，敲前门，依可阿姨来开门，布米仍在哀恸中，拜倒在地，向阿姨致礼，见阿姨并没有拿她当失散多年的亲戚那般相待，心下忐忑

我收留了你，你该庆幸，依可阿姨说，带布米参观她三层楼的混凝土房，这是布米第一次走进不是竹子做的家，房间一间连着另一间

比如有一间是儿童房，孩子在里面玩玩具的

还有一个“步入式衣橱”，是依可太太的

布米不久就发现，阿姨平时的日子就是读读时尚杂志，去美容院，“和太太们用午餐”，需要的时候做个饭，看电视

布米上学前，放学后，都要随时候着

布米!!! 依可阿姨在床上喊人端早茶来，要不就是家具擦得不够亮，孩子们又把衣服弄乱了，她需要人厨房里搭把手，要布米给她换电视频道，去集市给她买个东西

布米!!! 依可阿姨指甲断了喊人来，给我拿锉刀来，现在马上，尽管布米可能正在吃饭，或在马桶上便秘，正在做作业，或是正看着两个男孩洗澡时别打个你死我活

布米自己洗澡只能用花园浇水的管子冲洗冲洗

布米!!! 又听见喊她了，她往阿姨茶杯里吐口水，一边念念有词，我让你不好过，我让你不好过，然后搁在小托盘漂亮的盘垫上，端给阿姨

布米!!! 又听见喊她了，她正在集市上，哦原来是她自己脑子里

的回响，回到家，阿姨问怎么去了那么久？你以为我是傻子吗？你是不是跟男孩闲聊去了？

布米!!! 睡着了还是听见尖声喊她，噩梦连连，梦见这个家也没了，像拉各斯和欧泊罗的家一样

布米!!! 又听见喊她了，她正坐公交车去伊巴丹大学，她在大学读数学专业，大教室挤满了人

地上走道里都坐了学生

第一堂课，她坐在后面睡着了

教室空了，一个研究生助教进来准备下一节课，喊醒她

年轻助教的名字叫奥古斯汀·威廉姆斯

奥古斯汀

那天请她吃午饭，对她说她很美，她很清楚自己不美

奥古斯汀

此后午饭时间就来找她，去操场上树荫里坐着吃非洲色拉或胡椒蜗牛，烤肉串或蒸豆布丁

没多久，两个人形成一个独立的力场，将他们与校园其他部分隔离开来，是怎么回事儿？两个人偶遇，一见如故

他说，布米沉静时，他看到她面露忧伤，望去神秘魅人

他会想了解她内心，她很意外，竟然有人会想了解她，她现在是神秘又魅人了吗？那晚，她对着镜子左照右照，想看看他眼里看到的自己

他不像大学那些男生，拿女人当马桶，他等了很长时间以后才吻她——在她左脸轻轻一吻，她三天没去洗左脸

生命里有了奥古斯汀，布米不再感觉很孤单

他们是两个半圆，合成一个完整的圆

奥古斯汀的父亲是社工，母亲是打字员，结婚后就没搬过家，他们自己父母也都住在本地，奥古斯汀的哥哥和姐姐妹妹、阿姨、叔叔们，都会在周日下午到他父母家，一起吃富富秋葵汤、布卡炖肉、芝麻菠菜汤，滴上棕榈仁油，还有山药、面条、面食、炸鸡、色拉

他向布米求婚，让布米放心，父母会接受她的，虽然她没有家人为她担保，他父母认为，两个人结婚，相爱和志趣相投是首要的，其他因素不重要

他父母以自己思想开明进步自豪

布米第一次到奥古斯汀家，头发才去烫直，穿一条蕾丝白裙，裙摆长至膝下，脚上一双巴塔凉鞋新洗得白白的

欢迎你，威廉姆斯太太说道，引她进客厅，花窗帘掩着，遮住中午的阳光

威廉姆斯太太身着雅致长袍，印有蓝鸟飞翔图案

布米身体紧绷坐在藤编沙发上，抬头望，墙上一圈壁架，摆放着许多家族黑白老相片，威廉姆斯太太坐了过来

拉过布米的手，握在她两只手中，她的手温暖柔软，布米暗自称叹，自己妈妈的手硬邦邦的还粗糙

威廉姆斯太太说，愿儿子做个正直、有责任感的人，做妈妈的，唯此要求而已

我们不要嫁妆，我们祝福你们，现在你就是我们女儿了

布米感到自己真是幸运

奥古斯汀没感觉有这么好运，两人常在周日下午，灰蒙蒙阳光下，散步走过几英里的玉米田，他抱怨

家里人脉不够强，没法帮他在政府或商界找到适合他经济学博士

资历的工作

他如果去英格兰，肯定能找到一份合适的工作，经商或做顾问，周游世界

最后在纽约、洛杉矶、日内瓦、开普敦、伊巴丹、拉各斯，当然，还有伦敦，都置下房产

他会做成的，对，他会做成的

蒙主恩典。

3

蒙主恩典

布米和奥古斯汀移民到了英国，他在英国还是找不到适合他资历的工作

开上了小型出租车，计划等存够钱以后就从商（进出口）

调研英国与西非间的贸易机会，通过土耳其、印度尼西亚和孟加拉的血汗工厂开展

可惜，伦敦生活太贵，远超他预期，存不下钱，尼日利亚经济下行，他还要寄钱回家

布米和奥古斯汀承认，他们以为来了英国，勤勤恳恳，胸怀大志，离成就志向也就是一步之遥的事儿，他们想错了

奥古斯汀打趣说，他在读第二个博士呢，学习近路、易堵塞路口、单行路、死胡同

搭载的乘客自认高人一等，不与他讲话

布米诉苦说，别人看她，只看她做什么工作（清洁工），不看她是什么样的人（受过良好教育的女性）

别人不知道，她有那张羊皮纸证书，证明她是伊巴丹大学数学系毕业生

当年数百人在场，她登上毕业典礼台，接过缎带系的文凭，与大学校长握手时，同样也不知道，第三世界国家的一等学士学位，在她的新国家一文不值

尤其是写着她的名字和国籍时

当年她也没想到，找工作，一封封拒信稳定规律地寄来，收到后，她即拿去厨房水池，点着

看着纸被烧成灰，从放水孔冲下去，成了一种仪式

所以，女儿出生以后，他们取名卡罗尔

没给她取尼日利亚中间名

奥古斯汀晚上开车，下了班，衣服也不脱一头倒在床上，身上是抽了一天烟的烟味，还有回家后喝的一罐司陶特烈性啤酒味儿

那时布米刚爬起床来

和睡眼惺忪的工友们，走入新城市昏黄街灯下，爬上红色双层巴士，开过空旷街道

车上人和她一样，到这个国家寻摸好日子，她昏沉沉不出声坐着，裹着冬天的羽绒服，穿着棉鞋，很想睡觉，又怕坐过站，到站下了车，去那座办公楼，刮掉马桶上排泄物结块，把排泄物接触到的所有东西一一消毒

吸尘器把死皮杂屑吸走，拖地，上光打蜡，倒废纸篓和垃圾桶，清洁键盘，擦显示屏，擦亮桌子架子，里里外外打扫得干干净净，一尘不染

尽力做到最好，尽管她的工作并不是最好

奥古斯汀说，至少他可以做个好爸爸，按母亲信中指导的那样

儿子，你不要和孩子生疏了，也不要一言堂，不跟孩子沟通，女儿小的时候，和她多亲近，这样她长大了你们也会一直关系亲密

布米喜欢看奥古斯汀和卡罗尔打闹玩耍，扮成大马，卡罗尔一骑就是几个小时

嘚儿驾，爸爸，驾

喜欢奥古斯汀用货箱给卡罗尔搭玩偶屋，粉刷起来，摆好纸板做的家具，做木钉娃娃——多么出色的一个人

有一天他对她说，咱们在这儿混不出头的话，女儿也许能，她听了黯然神伤

奥古斯汀

亲爱的奥古斯汀，元旦凌晨，载着混完夜店出来的醉汉，开车过威斯敏斯特桥时，突发心脏病去世

死前连开了很多个晚上的通宵车，将就塞一些外卖垃圾食品饱肚

抓紧一年中生意最好的时段，挣出双份的工资，却不知道自己有先天慢性心脏病，把生命减了一半

在走进安息小堂，看到她亲爱的奥古斯汀躺在那里只是一具尸身的那一刻，布米就失去了信仰

他面色褐黄，没有一丝生机，渗出灰色

嘴巴是被硬合上的，下颌紧咬，像是被针别起来

她进来了，他没有睁开眼，爱意温柔地看她

她和他讲话，他听不见，她哭泣，他没抱着她哄她

她想明白了，并没有什么神守护着她，保护她和她爱的人

布米仍会走过场去教堂，教会，众人眼里她理应如此，在那里与朋友一起，对她也是个寄托和慰藉

但是，自己再祷告，唱圣歌、赞美诗时，一个字她也不信

原来心中留给上帝的位子，空了，没有了上帝许诺的永恒救赎，对她打击巨大，她意识到，她只有自己了

她和奥古斯汀处处被拒绝被排斥，移民梦破碎，成为无法承受之重，击垮他们，他们一步步被内心的彻底绝望所困，已经丧失了挣脱的能力

她问自己——我怎么才能超越困境，做一个单亲母亲，自己一个人挣钱，把孩子拉扯大？

她问自己——我没有数学学位吗？再说，我没有高智商吗？我不用跟教授睡觉不也拿了数学一等学位吗？

我不喜欢解题的挑战吗？

问得越多，她越是确定，奥古斯汀不够坚强没能做到的，她一定要做到

她要做到雇人做活，不等别人来雇自己

她要拥有自己的清洁公司，提供平等就业机会，像所有其他清洁公司一样

她希望奥古斯汀还在世，一起听听这事儿多可笑

那晚，她梦到雇了一大帮女清洁工，领命出发，远涉全球，清除环境遭受的摧残

她们来自非洲、北美洲、南美洲，来自印度、中国、全亚洲，来自欧洲、中东，大洋洲，来自北极

她幻想着，她们百万成群，降临尼日尔三角洲，手持的拖把扫帚把儿，变成长矛、剑尖浸毒的神剑、机枪，将石油公司扫地出门

她幻想着，她们摧毁所有产油设备，包括高耸入云燃烧天然气的火炬烟囱，清洁工们在每个烟囱下面埋上炸药，退到安全距离后引爆，看着烟囱被炸倒

她幻想着，当地人雀跃欢呼，跳起舞，打起鼓，烤上鱼，欢聚同庆

她幻想着，国际媒体拍摄下来——CNN、BBC、NBC

她幻想着，工资极低的当地民兵见到她人多势众的全球女清洁工部队，胆战心惊，不听政府调动

她们部队的超人力量，雷霆万钧，可杀他们个片甲不留

然后，她幻想着，女军团哼着歌，清除河水溪流中造成污染的厚厚的浮油，挖开地，清掉有毒的土壤层

她幻想着，父亲摩西，简单的渔夫，乘一叶小舟，划过清澈溪水，父亲还照着祖辈的传统方式养活一家人

她幻想着，妈妈还身体健康，不操劳，她家的地交给农场工人耕种

她家的地也没被父亲的亲戚偷走，因为父亲摩西没有死

她幻想着，奥古斯汀，绿色金融经济学家，西装革履，拎着漂亮公文箱，走近他们房前花园小径

刚在日内瓦或纽约主持完联合国经济学与环境会议回家

布米需要一笔资金，学开车，支付其他启动费用；她认识的人都是勉强糊口度日

除了她教堂的阿德雷米·奥比主教

奥古斯汀去世后，主教对她不一样了

每回见到她，总是眼神贪婪盯住她，仿佛她是头菜、主菜、甜点合而为一

讲话时，都对着奥古斯汀最爱的丰腴胸部

做完礼拜后，他一只胳膊揽住她以示安慰，手顺她后背轻轻滑下，偷偷扫过她臀部，动作隐蔽，不会招人注意

她想躲开，他把她拉得更紧

奥比主教有钱有势，会众两千人，赋予他全知全能，在世间做神的工作

他的举动，像是他有权纠缠他的女教民，既然如此，她也有权问他借钱创业

多年来，大家不是把每月收入都拿出10%捐给他了吗？这笔钱其实他们负担不起的

奥古斯汀相信牧师的布道，你将钱财奉献给教会，即是奉献给主，奉献给主，会为你带来数不尽的财富，在天堂第一排为你留了位子

布米看得很透，这就是一个极聪明的人做的暴利生意

她丈夫也是个聪明人，只有一件事，他脑子是一团糊，那就是，凡是奥比主教嘴里出来的，不论什么话，他都信

就连主教买了私人飞机，在菲律宾买下一座岛，用教民的钱

奥古斯汀对主教的信念也毫不动摇

有个周一的晚上，没有安排礼拜，奥比主教叫她到教堂会客室，面谈借款事宜，他这座宏伟教堂以前是宾果游戏厅

在法衣室，他伸出贪婪的手来脱她衣服，她没拦他

胸衣脱下，露出她C罩杯的胸，他兴奋地摸上去——像在过圣诞，她没拦他

他扯下她（买一送十的）新蕾丝内衣，她没拦他

他进入她身体，她喘息，低吟，做兴奋状，他不断抽送，花了太久才将他邪恶的精子射进避孕套，一边大叫，称颂主圣！称颂主圣名！主啊继续佑护世上每个人吧，美人儿对人好下去吧，哈利路亚！布米

姊妹，哈利路亚！

主教的目标达成了，布米对主教温婉浅笑，迅即整理好衣服

把蓝紫色衣服重新裹好，头巾扎好，他拉上裤子拉链，扣上腰带

她现在是个商人了

这是她第一笔交易

他从外套口袋抽出一个装了钱的信封，她小心转脸回避，这笔钱算低息贷款，两年内还清

她要花四年，才能从工资里攒出这笔钱的四分之一

谢谢，先生，她说，谦恭屈膝行礼，我的愿望成真了

她走回家，洗澡水加上浴盐，泡了几个小时，隔一会儿加些热水，出汗出到把他排出体外

她不会让任何人知道，为了改善自己和女儿的人生，她曾如何放下自尊含垢忍辱

每次闭上眼睛，她都能感到他饥渴粗糙的舌头热烘烘舔她耳朵，嘴里说她是服务他的婊子，肥硕的脸贴着她脸，两只大手揉挤她臀部，大肚子压住她肚子

破入她神圣私处。

4

作为布威清洁服务国际公司首席执行官，布米到那些出钱阔绰的人去的超市打广告，找了几个清洁工和客户，有私人的有公司的，但不久就发现，最后一刻往往事情有变都黄了

这生意不那么容易做，生活本来就不是轻松简单的，不是吗？只有一个人能指望，她自己

她先从小做起，慢慢做大，没时间照看卡罗尔的时候，让教会的弗洛拉姊妹来看卡罗尔，弗洛拉想要孩子但自己生不了，布米自己出去做活

她第一个客户是位女士，佩内洛普·哈里法克斯

家在坎伯韦尔，一座大房子，阁楼有往昔年代给仆人住的房间

现在这些人只请得起每周一次的清洁工了

布米踏入房子，房子前门装有彩色玻璃窗，门厅铺着老式地砖，高高的天花板，大窗子，楼梯盘旋而上，布米才意识到，迄今她在英国的世界是多么小

她认识的人，没人住这样的房子，教会里那些自己有房的尼日利亚朋友

也没有这样的房子

佩内洛普个子高高的，是退休老师，气质很好，头发是染过的，不是金发、灰发，也不是白发

身上松垮的衣服不合身，遮住圆润身材

布米一直不懂，英国女人为什么不展示丰满的曲线，女人越是珠圆玉润越好看，只要自然得体

在她的文化里，丰满的女人是性感的

佩内洛普在卡罗尔的学校做过老师，布米看到门厅相框里有张告别卡

想和佩内洛普讲一下，培养和客户的友好工作关系，人家喜欢你了，会愿意继续用你

但是，佩内洛普告诉她，你是来做活的，不是来社交的，接着又跟她说，抽屉、橱柜和衣橱都不许开

不要翻口袋翻包

布米想破口大骂，但她没有，咬牙忍下

不一会儿，佩内洛普自己就先破了自己的规矩，布米在屋子里忙到哪儿，她跟到哪儿，喋喋不休跟布米唠叨，她第一任丈夫贾尔斯，是工程师，黑暗时代的老顽固，歧视女性，第二任下作丈夫，菲利普，心理学者，下流家伙，背着她追恶心的骚女人

布米觉得，这女人外表精致，内心粗俗

的确也很孤单，孩子们早就离家

布米很同情她，每周都把厨房垃圾桶里大量空酒瓶悄悄处理掉

积累了几个稳定客户后，布米立即动手招募员工，做了份职位描述，以示郑重

1. 精通清洁，废弃物容器清空，清除指定区域垃圾

2. 熟练使用清洁工具和化学制品

3. 安全使用清洁剂和化学品，擅长吸尘，打扫、手动除尘、抛光、擦拭经验丰富

4. 能承担饮水机消毒工作

5. 可胜任照明器材除尘、金属制件抛光工作

6. 专注精准，严谨细致

7. 知晓防护服和自我保健的重要性

她很快招到四个尼日利亚员工、两个波兰员工、一个巴基斯坦员工

都接受了在职培训，以达到她的专业标准

她在图书馆读了个夜校课程，学习电脑和互联网操作，聘了会计师，她可不想因为逃税进霍洛维监狱

到卡罗尔在金融城开始银行工作时，布米已有十名员工

其中，教友奥姆非姊妹最和善、最勤快

她丈夫吉莫，在哈科特港做手机生意，已经娶了第二个老婆，丢下奥姆非一人带两个儿子，塔约和沃莱

布米和奥姆非成为忠实好友，一起拖地板，擦桌子

那男的，你知道？奥姆非说，我咒他鸡鸡得病缩没了，让他中毒从内烂到外

你嫁给他，不是为了当大老婆的吧？布米答道

当然不是，我是现代女性，下次他来英国，我要给他炖菜里下老鼠药，他来了指望留我这儿，行李一放下，吃了我的饭，就跑出去到夜店喝黑啤，夜店一屋子身上几乎没穿衣裳的年轻姑娘

奥姆非姊妹，我在周五周六半夜地铁里见过这种姑娘，我是去上班，她们去夜店，这国家的年轻姑娘穿得像妓女

那是因为啊，布米姊妹，她们不自重，就像我那两个儿子，没有爸爸管教了，乱来，净惹祸，昨天警察上门了，说他们涉嫌抢劫一个妇女，他们放学了坐巴士回家，跟其他小流氓在巴士上层抢劫，我不是跟他们说了吗，坐公交要好好地坐下层，跟规矩守法的人坐一块儿

我揍他们，手给反弹开

设下宵禁，他们不遵守

把他们电脑藏在我卧室里，他们破门而入

这么下去，他们要么死在黑社会火并，要不就是坐牢，我的余生，不是去给他们扫墓，就是每周一次去牢房探监看他们

我就这个命吗？

奥姆非姊妹，把他们送回尼日利亚吧，这办法不是反复验证过有效吗？

你总有办法，布米姊妹，奥姆非答道，拉过布米的手握紧

几个月后，奥姆非告诉两个儿子，送他们回尼日利亚度假，一到尼日利亚，就有人开车把他们送到了阿布贾一所寄宿学校，学费用银行贷款已经付好

儿子走了以后，奥姆非对布米说，现在我也是一个人了，那是凌晨三点，城市街道空无一人，空荡荡办公大楼内，空无一人的接待室里，她俩坐在昂贵红皮沙发上

吃着布米带的鸡肉、米饭和色拉

布米心里很盼着见到奥姆非，工作时，教堂里，两人坐在一起，不在一起时，会想奥姆非，很想触摸她，不得体的那种

布米憧憬着两人像男人和妻子那样躺在一起

感觉并不坏，感觉很好

有一天早上，她俩下了班，等着上公交车回家，奥姆非请布米到她家睡，她家在新十字的高层公寓

她们两脚酸痛，眼睛疲倦充血，腋下出汗

公交车来了，等散发出浓烈香水古龙水、洗发水、咖啡，甚至牙膏味儿的上班族下车后，她们上了车，坐下来舒服地靠在一起

布米感到自己身体那侧的激动，传导到奥姆非那边

我家里空巢了，奥姆非说，咱们可以做伴儿

到了家，都洗了澡，准备睡觉，奥姆非走到她卧室门口说，我在塔约和沃莱的房间给你铺好床了，但是那是个双层床，不适合你这样的女人

你可以来我的双人床上睡，地方更大

你决定

奥姆非赤脚走过她卧室厚地毯，围着米色浴巾，棕色丰满后背和两腿亮亮的，假发脱了，自然棕发短短的泛着光泽

你决定，她又回头说道，上了床，背对着布米，身上浴巾滑落

布米似梦非梦跟着她进了卧室，又情不自禁让奥姆非探索她泡过澡后温暖放松的身体

她们都有丰盈的肉体，饱满的胸部

奥姆非给布米的感觉像家那样熟悉，她娴熟的动作给布米带来最强烈的快感

和她做着做着，布米也回应她，嘴唇随性游走奥姆非身体，直到奥姆非大喊出来

布米频繁去奥姆非家过夜

她对自己承认，她饥渴已有很长时间，没有正视过，因为她从没想过另找丈夫

去世的丈夫无人可取代，不可能有人替代他

这个不一样，奥姆非是个女人

几年后，塔约和沃莱从尼日利亚回来了，变成有礼貌的青少年，气爸爸只来看过他们两次，气妈妈出卖他们

两个女人继续在布米公寓进行交流，和奥姆非在她以前与奥古斯汀的卧室，在女儿共住的公寓，还是有点儿怪，她做的这件事儿，不可言说，永远都不能告诉女儿

她一直压制的羞耻感开始抬头

她不想成为那种人

她不是那种人

布米再也做不到放松享受，翻身睡觉，奥姆非试探着摸她，她不再回应

告诉我，我怎么做你才舒服，布米？我听你的改我的手法

布米不知道该说什么，因为问题不在奥姆非身上

她不再请奥姆非来家里住，奥姆非自己提出要过来时，她婉拒了

她也不再和奥姆非一起当班，不和她一起去集上买东西，在教堂也开始躲着她

奥姆非问布米哪儿不对了，问来问去也得不到答案，也累了，和她断绝了往来，最后去了另一家清洁公司

后来，她和莫托姊妹出现在教堂——那么多人，偏偏是莫托

莫托姊妹是大码模特，超级自恋，穿传统服装，一副本人乃佩卡姆女王做派

她在商业街上有家美发店，店里贴了满墙她自己的画册照片，她把这店称为尼日利亚妇女社区中心伦敦东南分会

布米看她纯粹是自大荒唐

大家看莫托，有怀疑的，有可怜她的，因为据人们所知，她从没有过男朋友，也没订过婚或结过婚，没和有妇之夫交往过，都没和对她有兴趣的男人调过情

大多数男人都对她有兴趣

布米坐到了她俩后面

莫托姊妹坐得一贯的笔直，一身傲气，两肩圆润，臂膀丰润诱人，布米真想伸手抚摩，还有她厚实有小窝的大腿，美味丰饶的臀部

她腿上的橘皮纹，布米觉得，看起来像艺术作品，感觉像盲文

布米注意到，教堂里人多了起来，奥姆非和莫托坐着一声不吭，好像不认识一样

但是两人间有种亲密，布米心想，以前她和奥姆非坐在一起时，别人看她们，是不是也是一样的感觉

大家起立唱歌，布米看到，她俩的身体本能地倾向对方

奥姆非这么快就开始新生活了，布米没想到

也没想到，自己心里会那么不是滋味。

5

科菲

是布米另一个员工，是退休的加纳裁缝，有养老金，想多挣点钱补贴生活

他比多数员工年纪都大，工作却最卖力，也从不抱怨

他妻子已过世，五个孩子都已成年，有很多孙辈，家在赫恩山，是个三居室的房子，区议会租给他住了很多年，后来批准他买了下来

他耳朵上方、后脑勺还留着几丛灰发

她想让他都剃了

他秃头了，该认了

科菲

请她去“加纳融合音乐之夜”，开在布里克斯顿丽兹影院里面的酒吧

除了在教堂，这是她第一次在英国听现场音乐

乐队有一个主唱，一个鼓手，一个吉他手，乐队的音乐她不喜

欢，但是喜欢酒吧的变色调光灯，喜欢小小的桌子，两人可以在一边坐着吃点零食，(她) 喝柠檬水，(他) 喝啤酒

其他人是那种不修边幅的波希米亚类型，懒得刻意打扮

她注意到，不同人种的都随意交谈，有两个男同志手拉着手，没人在意，很奇怪

对这特别的环境，科菲颇为放松，脚敲着音乐节奏，对陌生人点头咧嘴笑，也不在意他俩穿得与环境多不协调，他一身灰西装还打着领带，她穿着亮黄的民族长裙，裹着亮黄头巾

她喜欢科菲坐在对面看她的那种眼神，仿佛她是世上最美的女人

他问她的生活，她肩一耸，有什么可说的呢?

有个女儿，有个公司，丈夫已不在

你愿意详说的时候，有我听着，他说道

他请她去他的五旬节派教堂——她回绝了

他请她看他孙子踢学校足球赛——她同意了

他请她参加小女儿的婚礼——还太早

他请她去家里吃饭，她接受邀请，吃了他做的棕榈果汤，发酵玉米面球，羊排，卷心菜

这个男人会做饭，这点她喜欢

而且，还愿意为她做饭

追求了一段时间后，做得到位了，科菲含蓄表示，想和她有亲密的关系，这意味着，她得决定是否从朋友关系再进一步，如果是，她找一个加纳男人做什么?

她问自己这是不是她想要的

她得出结论，这是她现在能有的

卡罗尔见了科菲，说他值得托付啊，妈妈，你不觉得你该把老结婚戒指摘下来了吗?

摘下来花了十五分钟，用上了洗洁精

他请她去大加那利岛度假，住在他分时度假的公寓，我睡沙发，他说，你睡床

每天清晨，她坐在顶楼露台，望出去是一片起伏的沙质房顶，俯看游泳池，科菲游个四十圈，游泳池边环绕的棕榈树，她认得，家乡也有

布米第一次喝鸡尾酒，挺喜欢的，特别是玛格丽塔，口感像没酒精的软饮料，喝到后来咯咯傻笑像个小女孩，才明白过来

晚上沿滨海步道，挽着胳膊散步，棕榈树郁郁葱葱，海水拍打黝黑岩石

她讲了早年的生活——三角洲的水和石油，湖上的水和木材

科菲提出陪她回欧泊罗看看那里的人，她无法面对，她说，那儿情况没有改观，不断恶化，还健在的亲戚，她也都不认识

她说，她生活中，太多人年纪轻轻就早逝

她吐露说，每回他离开她视线，她都预备好他再也回不来——出了车祸，炸弹爆炸，在游泳池里突然中风，她睡着的时候他在浴室心脏病发作

他让她别担心，他还有好多年好活呢，他父亲都九十四岁了

他自己每早吃多种维生素和鱼肝油

她又跟他讲了一些卡罗尔的情况，说卡罗尔在金融城上班，也说了弗雷迪，英国上层社会背景

她说，听到卡罗尔说要嫁给白人，她心里别提多堵了，她们尼日利亚家族的香火就此中断

女儿的孩子会是混血，孩子的孩子长相会基本像白人

只需两代就断了

我们到英国就是为了这个吗?

布米早想好了，一见弗雷迪，肯定就很不喜欢他

卡罗尔第一次带弗雷迪来家里，他几乎是一下子跳进了门，金发晃来晃去，迈开瘦长腿到处走，兴冲冲的，没有不屑地斜视简陋的小屋，直说家里真舒服

终于见到您了，很开心，他说，您看着那么年轻，怎么会是卡罗尔的妈妈，我现在知道她的美貌是遗传谁了

弗雷迪喜欢陪她看尼莱坞电影，打趣说他是荣誉尼日利亚人，他真是喜欢吃她做的饭，特别是他们来住的时候布米早饭做的山药粥，卡罗尔也跟着又吃上了，简直是奇迹

她跟科菲说，跟着弗雷迪，卡罗尔变了，不那么紧绷了，人也活泼多了

弗雷迪安排布米与他父母在伦敦一家餐馆见面，布米很期待

不过，弗雷迪提醒布米，虽然他父母见了卡罗尔，看到卡罗尔那样有格调，谈吐优雅，事业有成（对他母亲来说，更重要的是，还那么苗条美丽），慢慢接受了卡罗尔，但是

他们还是古板的势利眼

弗雷迪的父亲马克，席间很少讲话，卡罗尔全程脸上挂着假笑

他母亲帕梅拉，对布米一脸微笑，仿佛布米是饥民，对布米解释

法语“开胃菜”是什么意思，弗雷迪喊她打住，妈妈，打住打住

她从家里酒窖带了一瓶“年份”葡萄酒，送给布米，“务必在沉淀物多于液体酒体之前，去除碎瓶塞”

布米大方得体接过礼物，不理解英国人为什么对陈酒这么痴迷，陈酒很可能有毒，还能不能喝更是个问题

她自己也给帕梅拉带了一份漂亮礼物，五码靛蓝头巾布料

布米希望她这辈子只再见这两人一次——婚礼上

但是，卡罗尔和弗雷迪在登记处结的婚，谁也没告诉，他们说，想想要办一场像样的婚礼，就觉得像一座遍布地雷的大山

布米应该很生气的

相反她倒松了一口气。

6

布米躺在赫恩山房子花园里绿躺椅上，她跟科菲住这儿

太阳将维生素 D 直送到她皮肤上

身后厨房里，科菲正做晚饭

他俩也在登记处结了婚，两周的蜜月去了锡利群岛，很喜欢那儿，当地人很友善

布米现在更想奥姆非了，比刚分手时还想

如能同时有奥姆非和科菲，那是最理想的——是白日梦，因为只有男人可以一夫多妻

奥姆非现在莫托姊妹的美发店工作，听说和莫托同居了

布米已经长久不去教堂了，没再遇见奥姆非，只有一次，她回佩

卡姆，经过莫托姊妹的店，隔着窗往里面瞅

奥姆非正在窗边前台，瞪她一眼，像是说，你在这儿干吗？

花园尽头，紫藤爬满花架

花架前，一片绿草茵茵，草有好几种，她说那是他们的草甸，一直延伸到长草坪

左侧苹果树拱护，是自家果园

小池塘是科菲挖的，比泥塘子是大一点儿，她逗他说

他一定要起个名号，谓之科菲湖

每周日，弗雷迪和卡罗尔基本都会来吃午饭

弗雷迪带着鲜花巧克力，妈妈您好，又见您了，真开心，您还是那么神采飞扬，跟她热情拥抱，吻她一下

科菲的孩子和孙辈有时候也在

布米斜倚而坐，轻抿柠檬汁，科菲用新鲜柠檬做了端给她的

她希望妈妈还在世，安享她的新生活

看看今朝的我，妈妈，看我今时今日。

拉蒂莎

1

拉蒂莎 · 卡尼莎 · 琼斯

走过超市果蔬区，超市还有十五分钟开门，她是超市主管

她是四处巡查的首席悍妇

或称少将妈妈

她孩子们喊她这名号

她已询问过夜间逡巡各货架、为网上订单客户采办的采购人员，同步补货

她已查过仓库，确保她管的区对应的货都已送到，一会儿她就要把六百公斤爱德华国王马铃薯记为未交货，虽然供应商已经收了超市的货款（抢钱的罪犯！）

她反正是不会让今天负库存，不然明天她本来（近乎）无可挑剔的报告卡上，会出现不明亏损

她已经用扫描器做了数据轮换，确保货架上货物摆放有序，日期老的货物放到最上面

她已经检查了水果摆放，排列齐整，依照客户心意，个个形状完美，无一点瑕疵，顾客其实不懂，纯粹的原装水果，形状、质地、尺

寸、颜色根本不可能整齐划一

这是她在超市培训学院学到的

胡萝卜原来有紫色、黄色、白色的，十七世纪，荷兰农民培育了今天大家看到的橙色胡萝卜

她喜欢教孩子们，杰森、燕特丽、乔丹，让他们更能体会学习的乐趣，因为他们必须考到好成绩

除非想被拴在地下室，没有吃的喝的，没有卫生设施

二十四小时

她常常这么

吓唬他们

拉蒂莎

穿着工作服，深蓝裤子正面有裤缝，深蓝开衫，整洁白衬衫，头发用发胶压服帖，侧分发型

非常优雅专业，因为现在她就是这样的，从青少年期恐怖电影般的生活爬出来后

打拼零售业，一路攀爬职场高梯

三年内六次获评月度最佳员工

六个月内三次拿下月度最佳主管

奖金少得可怜，只给时薪涨一块钱，要多承担很多责任，而且还是要轮班，周末还是要上班

但起码是在往上升吧，谁知道呢，加油干，拍上级马屁，不要（太）得罪同事，专注目标别分心，也就是说不要结婚，说不定哪天能当上大店经理

拉蒂莎学校毕业出来就进了超市工作，那时她就傻子一个，一股脑儿地横冲直撞，好找人吵架，什么资历都没有，谁的话都不听

在学校，给她设的那些条条框框，没意义

学习又带不来快乐，还学什么学（刻苦读书的那些人没救了，穿衣服没一点品味），整天学习，脑子都学坏了（科学事实）

她就跟老师们这么说

特别是那个臭脸金太太，老是在走廊里找她说话，你不笨，拉蒂莎，你努力了就知道

拉蒂莎回她，金太太，保存脑力才对，一边夸张摆出不知好歹的态度，这是她的特种技能，老师们都说

大脑细胞随时随刻都在死去，会用光的——跟咱们濒危地球一样，金太太，年轻的时候我脑细胞用多了，那等我老了可能会老年痴呆的，她说，看老师一眼，意思是，对，就是你这样，臭脸

金太太一时语塞，回不了话，等她像是刚想出该说什么，正要开口

拉蒂莎走开了

（耶！）

体育课也一样，她总说来例假，请假不上体育课，从月初到月底

难道还要检查她用过的卫生棉条不成?

她还想过发起“不开体育课”运动，因为强制锻炼会损耗大家身体，这个真相学生们都不知道

她的体育老师，罗伯森太太，也在老师办公室走廊里找她谈话，真是闲得，没别的事好做，就知道找幼稚纯真的人唠叨，老师跟她说，要上体育课，锻炼身体，保持健康

是这样的，老师，拉蒂莎答道，那些跳芭蕾的，老了以后都腿瘸的，又怎么说呢？还有体操运动员，后来都换了人工髋关节的呢？跑步的，都膝盖劳损了呢?

你还跟我说体育运动对我好?

罗伯森太太一样语塞

(耶!)

她脑子里幻想着发表大会演讲，站在讲台上，拿大喇叭喊话，对同龄青少年宣讲常识，煽动全球孩子大规模反抗，激起大动荡

爸爸走后，她心里就是动荡混乱

爸爸为市政做害虫防治，他很喜欢这工作，每天都不一样，在和家里人围坐餐桌旁吃有炸鱼条和色拉的晚餐时他说，我要负责把大家房子里那些困扰人们，让人睡不好觉的害虫，铲除干净，安抚大家，治愈创伤

这是天命，是使命召唤，我对世界的贡献，你们懂吗?

妈妈眼睛要翻到额头上面去了，拉蒂莎和杰拉偷笑，尽管听了无数次了，还是觉得他傻得好玩儿

爸爸周末去一家时髦夜店当保镖，挣点外快，像联合国维和部队那种，规模小点儿就是了，知道吗?

妈妈只是又翻几个白眼

爸爸留长长的脏辫，身高一米九多，块头也大

都是肌肉，没有脂肪，这儿，你摸摸，他跟拉蒂莎说，展示他在健身房健美课练出来的硕大二头肌

你挤一下看，她一点都拧不动，他又让她两只手圈一圈，她两只手都围不住

杰拉跟着问能不能让她也试试，这时爸爸已经吃上了，他说，现在不行，以后吧，杰拉，以后

只是，再也没有以后

他喜欢跟着足球运动员混，他们给小费大方，私下还赌钱，因为他们钱挣得太多太快太容易，不知道钱的珍贵

夜店后面有间密室，他们在这房间输的钱，比大部分人一辈子挣的钱都多；他们求着跟他合影，传奇格伦莫尔·琼斯，保镖之王，他在家里餐桌上吹嘘

是你求着跟人家合影吧，妈妈说

爸爸装出很生气的样子

足球运动员找他做自己私人保镖；他婉拒了，因为他喜欢晚饭时间在家里

我想和你们在一块儿，我的孩子，我老婆，就是我的生命，因为“生”是生生不息的爱，“命”是命中注定的家

每隔周周末，他在夜店做夜班

周六周日清晨回家

拉蒂莎父母常带她和杰拉去伦敦的免费博物馆

妈妈说，那些人生成功的人，小时候父母都带他们去博物馆的，这不需要多有钱才能去

进馆以后，父母让拉蒂莎和杰拉带路，拉蒂莎总能按她的意思来，姐姐更腼腆拘谨

拉蒂莎如果只想先把吓人的恐龙看个够，再看别的，那也是可以的

好多年她都看不够，希望能爬到恐龙骨架里面

直到她厌倦了这些史前怪物，妈妈说，这个阶段终于结束了，真好

还有伦敦水族馆的鲨鱼，那是真危险，隔着玻璃缸就在眼前，伸手差一点点就能碰到

鲨鱼周围那些小型鱼，形状各异，眼睛斜斜的，看着瘆人

望着它们，就像是一个梦幻世界

她不敢相信这些鱼是真的存在

他们全家每年去一次斯凯格内斯的布特林斯度假村

本来加勒比海最适合他们全家去度假，走走亲戚，但是太贵了

以后咱们坐游轮去，妈妈说，游轮上有游泳池和电影院

这星期开始就攒钱，爸爸同意

妈妈两岁时从圣卢西亚到英国

在利物浦长大，上的教会学校声誉很好，一毕业就读了社工课程

爸爸十三岁从蒙特塞拉特到的英国，口音滑稽，长相一看就不是本国人，他跟孩子讲了无数遍

那时他说冷，老师们说他有行为问题

他说方言，老师认为他蠢，把他分到低一级的班，虽然他在老家是班级第一

他和白人同学打闹，只有他一人受罚

他气愤这些不公平，老师说他粗野

他愤然走出教室宣泄怒火，老师说他要动手

所以他决定真动手，抄起椅子冲老师扔过去，第一次偏了一点没打中

第二次打中了

因为扔椅子罪被送到博斯塔尔，拉蒂莎，那儿是青少年犯教养院，一同被关押的是少年杀人犯、强奸犯、纵火犯

我不想跟他们一样，所以小心提防，还好我块头大，他们没惹我

放出来以后，我自己振作起来，在这个国家给自己挣下了一份好日子，拉蒂莎，他单对着拉蒂莎讲，虽然杰拉也在餐桌上

杰拉怪拉蒂莎最受爸爸宠爱
确实是，她喜欢这样
也不否认

我把长期压抑的怒火都投进练健美，再没对别人发过火，所以你们看到的爸爸才是现在这样和气可亲，对不对啊，珀琳？

对啊，女儿，你们爸爸真是很可亲，她们都笑，当个笑话似的

就是这样，上一秒还是欢乐一家人说说笑笑，九月她进了中学，他就走了

都没跟她们说他要走，没做什么准备，趁女儿们在上学，妈妈在上班，他就走了，桌上留了张纸条说对不起

怎么会这样子的？他这是来真的还是开玩笑的？

妈妈彻底垮了，想联系他——听到他的手机铃声，她们才发现他手机就在家里，留在他枕头下面了

她打给所有认识他的人，才知道他去了国外

拉蒂莎坐在客厅窗前，等他回家，杰拉待在自己房间

那个周一晚上，拉蒂莎整晚都坐在那儿，中间盹着了，听到狐狸打架，邻居停车，有人路过大声讲话，就醒过来

周二一整天，连同整晚，周三一整天也是

妈妈没逼她和杰拉去上学，因为妈妈自己就是一团糟，请了事假，妈妈的姐姐安琪阿姨过来了，给她们做饭，安慰她们，押拉蒂莎洗澡，吃饭，刷牙，第四晚，拉蒂莎还去窗边守着，阿姨逼她去床上睡觉

那晚，拉蒂莎取下浴室门后挂着的爸爸的浴袍，穿着睡觉，闻着

爸爸的汗味儿和体香剂味道，感到他的胳膊绕着她

过了几个星期，妈妈电话上找到了他，电话中对他大喊大叫

他说不出个所以然，拉蒂莎听到妈妈告诉安琪阿姨，阿姨说他肯定是另有女人了，男人离家一般都是这个原因

安琪四处打听，发现他是和玛瓦去新泽西了，玛瓦是妈妈工作单位的朋友，在新泽西长大的

她四岁的可爱女儿蒂安娜，是他的

妈妈把他所有照片都摘了，他留下的衣服都烧了，他最喜欢的杯子、帝王香皂、旧法兰绒衣服，都扔了

拉蒂莎和杰拉决不会再和他讲话，他不存在了

只是，他的幽灵还在，走到哪儿都能看到他，感到他在

在餐桌旁，给她们讲故事，妈妈说就算不是完全编造也是过分夸张的故事

在楼下玄关，他进家喊一声，爸爸回来啦！知道她和杰拉会马上丢下手头的事儿，冲下来和他拥抱打招呼

在客厅，坐在他那个有电动脚凳的扶手椅里，听着他打呼噜了，她们去挠他痒痒，他一下醒过来

每到生日派对、圣诞节，全家一起听着灵魂乐和摩城唱片跳舞，周日晚上听雷鬼音乐跳舞

他的大块头塞满楼上走道，她和杰拉小时候玩游戏，从他腿下面飞快跑过去，不让他合上腿卡住

她在楼上时，听到他在楼下讲话，声如洪钟

甚至想念他咚咚地砸浴室门，催她快点儿，我为什么要和这三个小便时间那么长的女人住啊?

妈妈开始暴饮暴食，半夜下楼开冰箱找东西吃，早饭开始偷偷往水里加金酒，以为她们没注意，或是没发现酒瓶里的酒越来越少

每两天

她购物袋里就多了瓶新买的酒

然后，妈妈让她们坐到客厅沙发上妈妈身旁，左边一个右边一个，跟她和杰拉说，你们也该知道真相了

杰拉，你父亲是我以前一个男友，叫吉米，后来变得很暴力，那次他要把我推下楼梯，当晚我坐上从利物浦到伦敦的火车逃了

他一直不知道我怀着他的孩子，那之后我也没再见过他

孕期最后几周，她爱上了格伦莫尔

他说他会把她的孩子当自己孩子一样爱

杰拉不愿和拉蒂莎聊这个，闷在自己房间的时间更多了，不在学校的时间就打电脑游戏，拉蒂莎到她房间坐在她床上，和以前一样跟她聊天，她盯着电脑头也不抬，只对拉蒂莎说出去的时候把门带上

有一天早上，她们一起吃早饭，杰拉说她想去找她爸爸，我这辈子你一直没让我见的人，妈妈——妈妈找出他父母的地址，你不该去，杰拉，他这人很麻烦

安琪阿姨带杰拉到了利物浦，找到了他从小长大的房子，他母亲听杰拉说了自己身份，大吃一惊，看看眼前的杰拉，不得不承认杰拉和吉米长得一模一样

杰拉看得出来，见到自己她并不高兴

她在门厅打电话给吉米，叫他来见他女儿，又来了一个，杰拉听到她低声说

她走回房间说，他不能来见你，他孩子够多了，不想再要了

没有他，你日子更好过

杰拉失落地回了家，拉蒂莎跟她说忘了她爸爸吧，和爸爸一样，是个混蛋

将近一年以后，拉蒂莎生日那天，爸爸打电话给她，电话里哭了，说他离家是因为他发现他爱玛瓦超过珀琳

并不是我不爱你和杰拉，懂吗？

她挂了他电话。

2

那样的方式失去爸爸，拉蒂莎从来不说起，人家问起来，她就说爸爸心脏病死了

这样简单，如果跟人家说具体是怎么回事，人家会觉得她和她家肯定有什么不对劲

不然他为什么会离家？

她胡来了，讨厌上学，无法集中精力，妈妈是做社工的，都管不住她，我要把你送回牙买加，拉蒂莎，在那儿你会被揍醒

好呀，随便，去加勒比度个假也不错

后来，她十三岁那年开了那个大名鼎鼎的派对，可是，妈妈第二天早上提前回家了，本该第二天晚上才回家的

那时候房子就会打扫干净了，所以到底是谁的错呢？

拉蒂莎还和一个男生睡在她床上（男生叫什么来着？想不起来了）

家具翻倒在地，泼的饮料，呕吐的污渍，烟烧的洞，窗帘扯破了，

有个灯打破了，塑料杯、烟灰和香烟头扔得一地，因为夜深以后，涌进来一批陌生人，她放弃叫人老老实实别嗑药了

管他娘的

她也随大流了

天啊！那天她可被揍惨了

她妈妈，按说不信体罚的，疯了一样冲她直扑过来，腰带、炖锅、鞋全招呼上了，还有熨斗，给她下巴上拉了道口子，到这分儿上，拉蒂莎明白过来，这是动真格的了，撒丫子就跑

在公园秋千上坐了一天

不理睬别人上来打探，你没事儿吧，孩子？包括附近独居的那男的，他从不跟人说话

请她到他家，喝杯茶，吃块蛋糕

当她是没脑子蠢货呢

这件事，她妈妈称为她们母女关系的“转折点”

拉蒂莎称为“严重人身伤害”，但她明智，没吭声，答应以后规规矩矩地，在家里她是做到了，不想落个终身残疾，也不想疯掉

在学校可没有，上学还是一样无聊透顶，得过且过，跟克洛伊和劳伦一块儿找乐子

还有卡罗尔，不过最后又不理她们了

卡罗尔一开始也不喜欢和她们玩儿的，后来干脆一点儿都不沾她们边，好像有人跟她说了，来上学就是要刻苦学习苦哈哈的

和她们这帮伙伴的信念正相反

卡罗尔成了最刻苦用功的学生，成天拿奖，臭屁得不行，跟臭脸金太太也无比近乎

几年前，劳伦在上班高峰的地铁上看到了卡罗尔，卡罗尔假装没看见我，我向上帝发誓，拉蒂莎，我离她脸就几英寸，盯着她看，她对我完全视而不见

就在最近，拉蒂莎在网上搜到了卡罗尔，某银行的副总裁（不会吧！**真的假的**）

看着非常专业，志得意满

不是她以前认识的那个卡罗尔

是另外一个人

拉蒂莎一直想让卡罗尔看看，她不是以前那个粗人了，不是当年配不上当她朋友的那个混混了。

3

超市熟食部经理今天迟到了，她去烤肉区看看，检查一下

都已就绪齐整，鲁帕平时在卖鱼的柜台，现在烤肉区顶替塔米，塔米上周被开了，她收的账对不齐，安保在后面办公室装了个隐藏摄像头

拍到她吃辣鸡翅，铁证如山，只能走路，这工作她做了七年，因为偷鸡翅被开除

她怎么想的？

通告全体员工，集体警示，虽然超市由于员工偷窃、顾客行窃、收银员和管理员的失误等等，每年都有近一百万镑的损耗

这是大型零售业的固有风险，尽管持续升级技术和安保，拉蒂莎一直紧跟形势，为下次升职做好准备

勤劳工作？

读枯燥公文？

就爱这个！

她很庆幸，她自己早年负责理货的时候没被抓到过，那时候她做得比塔米过分多了，但是她的理由更正当

是这样的

她有了第一个孩子，杰森，是德怀特的，意外怀上的，他不想用避孕套，说他会抽出体外射，显然没及时抽出来（很多次）

她没显怀，等显了已经太晚了

德怀特是店里的保安，第一次见面是在食堂，当时她正神侃，满嘴高深玄机

他侧身过来，悄声说，你身材真棒，拉蒂莎

一句话就够了

再加上那天下班后买了个巨无霸汉堡配草莓奶昔，一路甜言蜜语，拉蒂莎宝贝这个，拉蒂莎宝贝那个

就像他在她裸身上浇了蜜，再舔光

就是他说想对她做的，光是看着你我就硬了

他把她偷偷带回他家花园尽头车库改的公寓

他妈妈就在房子里看电视

早上又趁他妈妈没起床，把拉蒂莎悄悄带出去，他妈妈说过不让他带女孩回来

拉蒂莎想过他是不是也带过其他女孩回去，无所谓，现在他是她的了，她觉得跟他很亲密，特别是完事后他喜欢跟她说话

以前交往的男孩只想要高潮，不想讲话交流，更不想恋爱关系

她和德怀特在一起七个月了，就是这种恋爱关系，看电影，听音乐会，一般男孩女孩恋爱做的那些

她第一次对外人说起爸爸失踪，他是第一个，她跟他讲当时她多

难过，感觉被抛弃，还在他面前哭过几次，在此之前她从来没在别人面前哭过

你爸爸不该那样，德怀特抚摸她头发，不过，他不是坏人，他是懦弱，这种男人很多

这点她没想到过

爸爸是懦弱的人？

德怀特也是，结果发现

单位新来了个女孩，男生打十分（女生打三分）那种，对德怀特投怀送抱，一晃眼德怀特就成了：拉蒂莎是谁？

她找他谈，他说他已经有新生活了

新生活？咱俩又没出什么问题啊，德怀特

你把我逼得太紧了，宝贝，你太认真，要得太多，进得太快了，我还没准备好安定下来，你明白吗？

什么要得太多进得太快，你什么意思？我什么都没跟你要过

拉蒂莎给朋友打电话讲德怀特不好，絮絮叨叨扯到半夜，讲到最后还是大哭，因为她还想他，他怎么能这么对她？

我对他掏心窝子，他对不住我一片真心

她们表示同情，他就是条狗，拉蒂莎，你该找个比他好的，他配不上你，把他忘了吧，拉蒂莎也想忘了他，却发现自己肚子越来越大，并不是婴儿肥

她怀孕了

已经七个月了，像那些意外怀孕的女孩，上学的时候去上厕所，结果生了个孩子出来，惊叫天啊，见鬼，我都不知道我怀孕了

拉蒂莎找他

你是这孩子的爸爸，德怀特，我肚子里这个，她拍拍肚子

他俩在店外面，他马上要当班，他给她惹这么大麻烦，她怒火中烧

你是不是个男人，认不认?

她说是他的错

他说不是

可是

怎么可能不是他的错，他们做爱的时候，他不肯戴套，说真男人不戴套子，那样感觉不对

你早该知道，她说他

你也早该知道

妈妈气炸了，真的像火箭炸了，冲破厨房房顶，接着冲破上面的浴室房顶，冲破屋顶，直冲上天，最后妈妈平静下来，砰一声落回地球

我怎么碰到这种事啊，妈妈哀号

又不是你碰到，拉蒂莎顶嘴

被妈妈一记大巴掌扇下来，差点把她扇飞，快给她扇得卡到墙上——四肢张开成大字

像卡通动漫里那样

妈妈气到不行，说让拉蒂莎自己负担孩子，又在和拉蒂莎吵过一架后，把她赶出了家门，大骂拉蒂莎让全家蒙耻，我不相信啊，妈妈喋喋不休地说，我女儿成了未成年妈妈

你也好意思说，拉蒂莎回一句

妈妈使劲把她推出家门，用的力气太大，自己摔倒在路面，头差点摔裂

门吭一声关上，拉蒂莎冲着门大喊，花园的墙上面找到一块松了的砖，扔过去一把砸破了客厅窗户

失手

本来只想把窗户砸出缝，没想砸碎

还好，杰森在厨房里没事儿

即便如此，妈妈还是喊着说她要叫警察

拉蒂莎知道她不会真叫警察，不是吗?

她是没叫，她把拉蒂莎的东西都拿出来了，包括杰森

我整天工作就是对着你这种女孩，回到家再来一个我受不了

妈妈给了拉蒂莎一个救助电话号

都没帮拉蒂莎打电话

拉蒂莎住进了年轻妈妈救助宿舍，妈妈怎么能这样对她?她还带着小宝宝呢，这下子唯一能指导她带孩子的人也没了

有那么一会会儿，德怀特拿出了点男人的样子

设法和她同时当班，给她打掩护，让她能偷到宝宝需要的东西

她也不喜欢偷东西，又自己开导自己，超市的利润几十亿，还剥削穷苦的工人，这么一点点东西对超市不算什么

这是超市的错，给她的工资那么低，不这样的话，她哪有其他办法养活宝宝?

过了一星期，妈妈来接她回家，先训了一通话，你这个傻子，我那是给你个教训，你一个人照顾宝宝他就死路一条了，生在哪个家，没得选的，不是吗?

拉蒂莎给妈妈一个大大的拥抱，说她太爱妈妈了，谢谢谢谢谢谢你妈妈

巧的是，杰拉十六岁学校毕业后就一直没工作，所以，拉蒂莎去上班的时候，杰森就由杰拉照看

杰拉喜欢孩子，很想自己也要个孩子

拉蒂莎想这怎么可能，杰拉整天在电脑上打游戏，只带杰拉出门儿去公园，Tinder 上找人约会，没成过

每次约会，杰拉都早回家，说这人不合适

有两个人帮着带杰森，拉蒂莎感觉担子从自己肩上卸下，转到她们肩上了

妈妈嘴里说，我还有没有爱可以拿出来，不知道啊

但是，拉蒂莎看她带杰森，很明显她对杰森的爱是无穷的

杰森让妈妈笑得那么多，比爸爸走后拉蒂莎带给妈妈的笑要多

那个时候，拉蒂莎 · 卡尼莎 · 琼斯，十八岁，超市收银员，单身，单亲母亲，带着个孩子，不会有男性排着队要和她认真谈恋爱

有家夜店，她每月和劳伦、克洛伊一起去一次，在那儿认识了马克

马克是电工，在斯特里特姆有自己的公寓，穿着很潮，和她跳舞时没有拿硬了的身体压她

他们安排了一次约会，看电影，吃披萨，还去了葡萄酒吧——她第一次进葡萄酒吧，他请她喝香槟，一路为她开门

运气这么好，她不敢相信，被他那双勾魂眼看着，感觉自己性感妩媚，香槟让她泛起浪漫情怀，当晚就在空荡荡的停车场，他车子后座上，和他发生了关系，没用保护措施

两人亲热，他低声耳语，看见你那一秒，我就知道我们要在一起的，早就盼着和你成为一体了

那一刻太过美妙，她打开身心，接纳这个男人，他可以做杰森的爸爸呢

带来的结果只有一个，就是她有了燕特丽，燕特丽至今都没见过

爸爸，拉蒂莎打过马克留的电话号码

是个空号

到了这时候，拉蒂莎十九岁，有两个孩子，没有男人，把自己日子过成一团糟，焦头烂额

妈妈和杰拉帮她，她感激不尽，因为她其他的朋友是自由身，都离她远远的，因为她已经不是了

朋友显然不想跟个单亲妈妈走得太近，怕受牵累，她这个单亲妈妈，是要被两个孩子再拴十六年了

朋友们岂不也要

被拴。

4

拉蒂莎第三个孩子，是特雷的

特雷是老同学的哥哥，比以前那些男人有提升，因为他是体育老师，她中学母校的（这么巧?!!!）

她记得她开派对那天，特雷带着他那帮死党到场，引起一片骚动

他一进前门，拉蒂莎就看见了；还没来得及下手，卡罗尔已跟着他离场，卡罗尔看着喝高了，站都站不住

周一上学了，拉蒂莎直问到她脸上，跟特雷上床了没有，卡罗尔说怎么可能啊姐们，不敢看拉蒂莎眼睛，肯定在扯谎（一定是）

特雷在脸书上约她，可能认出她来了吧，也可能不记得她了，她脸书上放了好多两个孩子的照片，显然也没让特雷打怵

多数男人看了会觉得她很无趣

他的头像照，光着上身，摆出黑帮大佬架势，拉蒂莎看得出来是硬装的，因为他眼神透着温顺

其他照片都是他自己和哥们儿的，没出现过女人，说明他不是勾三搭四的渣男，等他遇到命中注定的那个女孩，才会真心揉入

约会那天，她精心打扮，穿一条亮片紧身裙，绑带高跟鞋，打定主意，不到第十次约会，决不发生关系

到时一定要他戴套子

约的是在商业街上的加勒比餐馆见面，但他开车来她家接她，这很有风度

车里聊天很轻松，车子开过街道，聊到他们都读的佩卡姆中学，说起金太太的段子都乐，金太太现在还在学校，还是遭大家恨，还是外号臭脸

他没带她去餐馆，直接往他家开，说是准备了私密浪漫晚餐，不要去闹哄哄的餐馆，让一帮男人色眯眯盯她看

这叫她怎么拒绝呢?

结果发现他和别人合租，他只有一间房，里面一张床，一个衣柜，一个洗脸池，她想掉头就走，但他说，我一直想着和你跳舞，来跳一个吧，拉蒂莎，咱们跳吧

完了我叫外卖，印度菜

他放上约翰·传奇的歌，揽拉蒂莎入怀，她心想，也好，跳个舞没什么大不了，但是，架不住他动手动脚，不一会儿两人间就炽热难耐

她生完孩子一年了，到现在

一直

没有性生活

她没打算来真的，只想调个情，跳着跳着，特雷拉开他裤子拉链，拉她手塞进他裤子

好了，特雷，我要走了，你能送我回去吗？算了，不用了，我坐公交吧，我真得回家陪孩子了，不能再出娄子了

她说

在脑子里说

实际，在床上，给他打手枪，没来得及反对，他已经进入她身体，连第一次约会都算不上，更不用说什么等第十次约会，她没有思想准备，他大力挺动，把她弄疼了，他大石头块般压在她身上，她挣扎着想脱身，我不想要，还不想，你下来，好吗，特雷？

她大声说，他毫不理睬

她不挣扎了

挡不住他

是她惹的他

不管了，让他继续

最后他喘息着

做完了

半压着她

她肋骨快给压断了

睡着了

她不敢动弹怕弄醒他

她想回家

她真的要回家去，陪杰森、燕特丽、杰拉、妈妈

等他身子偏过去了一点儿，将将够她抽出身来，她悄悄溜出门，就怕他醒过来叫印度菜

在街上走啊走，走到一个公交车站，等了不知多久，车终于来

了，天很冷，她衣衫单薄，要换两次车，花了三个小时才回到家

冲澡冲了很久很久

想着是他做得不对吗，还是她自己的错

她该留下来的，跟他谈谈

说不定他会说，他没听见她说不要

或者说，她太迷人，他克制不住，太想要她

这话听着顺耳

他按捺不住

自己

她有点儿期待他下周打电话过来，嗨，那天你怎么走了？我还没跟你说呢，那天跟你多开心，这周末去看电影怎么样？

她等的那个电话，一直没来，等来的，只有乔丹的出生

这样，她有了三个孩子，杰森、燕特丽、乔丹，她还不到二十一岁

三个孩子，长到大，都没有爸爸

拉蒂莎开始趁午餐时间，走后街，穿小巷，走很远，静静心，躲开老肯特路轰隆隆的车辆和废气

想把这些事儿，把自己，想想明白

怪自己，太傻了，真傻

妈妈一时怪拉蒂莎没用，一时怪自己养了个没用的孩子。

5

拉蒂莎完成了超市早间巡查

准备开门，放早到的人进来，他们喜欢在没人的过道，推着购物

车飕飕地，通畅无阻，不用担心撞到老妇人和小孩

门开好了，她就上楼到办公室，收邮件，看看又有谁装病不上班，按制度规定，病假第七天才需要提供医生的病假条，很容易让人钻空子

她自己钻得最多，她最清楚

现在她是良民，定要抓住那些不守规矩的，比如卡特，圣诞节前两周申请休假，她没批，就请病假

从泰国打来电话

十天以后提交了个病假条，不知哪个骗人的外国医生开的，肯定是，她不接受，他还大闹一场，长途电话里大吼大叫，说要投诉她，她淡定说道，你交得太晚了，卡特，再说谁都知道，泰国根本就不在欧盟，所以泰国的病假条什么时候都不算数

你爱怎么做就怎么做，卡特，那是你的权利

若是从前的拉蒂莎，早就吼回去了——去投诉啊，看看给你什么好处了吗，你这破样，现在的她，克制住了，觉得自己不赖

现在重生的拉蒂莎

在夜校读了两门高中课程

真把她折腾坏了，费那么多脑子，还要背东西，直头疼，看书看得眼睛疼

读这些课，耗光了她一半脑细胞

还剩一半，用在读公开大学一个线上零售管理学位

现在读到第二年了，在职读的，还要读四年

现在重生的拉蒂莎

快三十了，如果碰不到真的适合自己和孩子的男人，宁愿单身

电子和家电产品区经理蒂龙，似乎对她很有好感，她在观察他的

行为，查证他是不是玩弄女人那种，目前看下来还不错

他单身，没结婚，没孩子

她会继续观察，不会草率行事

如果真有那么一天的话，可能永远不会有那一天

她时间最长的一段关系是和卡马尔，九个月，正经约会过，见了他朋友和家人，他在她家住

妈妈觉得他不错，杰拉喜欢他，因为他和杰拉打电脑游戏，孩子们也喜欢他，因为他给他们好多糖吃

五个人的合影放在他 Instagram 上，看着像一家人

后来分手了，因为他虽然喜欢她的孩子，但也想有自己的孩子

她虽然喜欢他，但不想再做生育机器

该放手了，两人都同意，当面讲清楚，成熟的决定

他这方面没有撒谎，劈腿，不道德的行为

和他分手后，她交往过几个派对上认识的男人，发现其中一个，另外还有一个女人，一天早上，她从男人公寓出来，那女人堵住她对峙

另一个男人，周旋在好几个女人之间，看他手机短信、Tinder、WhatsApp、脸书就知道

趁他睡着了她偷看的

两个男人，她都毫不留情给甩了

即刻生效

现在重生的拉蒂莎

还跟妈妈、杰拉住在家里，带着杰森（十二岁）、燕特丽（十一岁）、乔丹（十岁）

她和燕特丽睡双层床，阁楼改造了给两个男孩睡，杰拉和妈妈有

自己的房间

杰森是长子，最聪明，最喜欢学习，可能因为是长子，最有责任感

所以她对杰森特别偏爱，不敢相信，那时他在她肚子里好多个月，她竟全然不知

想着就有点儿心酸，没有妈妈摸着肚子跟他讲话，他一定很孤单吧，怀后面两个孩子她都这样做的

燕特丽是独女，长得跟她最像，迷你版的自己，也最贴心，拉蒂莎坐在桌子前打个哈欠，燕特丽会过来说，该去睡一会儿了，妈妈，我给你倒一杯热牛奶加蜂蜜吧？

乔丹随特雷，她怀疑也继承了特雷的性格

乔丹被学校休学了，在家里惹的麻烦最多，让他上床睡觉，他不睡，摁着他在床上睡觉别起来，他非要起来，偷钱，找哥哥姐姐挑事儿，禁止他出门了，他偷偷溜出去玩

最近，她发现他在家里电脑上看黄片

孩子们有三个妈妈

拉蒂莎是最严厉最法西斯的：要做作业，要听话，要讲礼仪

妈妈是最好讲话的，对孙辈的调皮捣蛋也惯着，可比当年对她宽容

杰拉是最怪的，现在压根儿不出门，也不去看心理医生，维生素D摄入不足，面色苍白，整天黏在电脑上，不知道搞什么

几周前，爸爸突然出现

拉蒂莎下班回家，发现爸爸坐在客厅他那张老扶手椅上，仿佛他从没有离开过

还是那么大的块头，发辫灰发比黑发多，肚子不小

看着她进屋，一脸欣赏和喜爱

和玛瓦合不来，分手了，这才是他真正的家，他想家了

看妈妈的态度，没有要赶他出门的意思，倒像是她对爸爸的爱汹涌澎湃奔流回来

杰森和燕特丽盘踞沙发边上，该拿眼前这个据说是自己外公的庞然大物怎么办，想不好

乔丹已经想好了，往外公身边凑，外公伸出一只胳膊，等乔丹近了，把他搂住

乔丹仰脸儿对外公灿烂地笑，小脸儿天使一般

她意识到，小儿子生活里需要外公在。

第三章

雪　莉

1

雪莉

（还没当金太太）

到了佩卡姆中学

维多利亚时期的老济贫院，两头别扭地接着两座长方形混凝土楼

门前那条路以前叫贫民路

通到城堡大小的大门

她穿着浅灰色外套和铅笔裙，粉蓝上衣，灰领带，黑色漆皮高跟鞋，和一身傲气

穿过森然大门，进了木镶板入口

大厅两侧，有宽大楼梯通往楼上

她左右两边各有长长的走廊

她到得太早，学校空无一人，教室阳光漫溢，她一间间游走，想象学校的菁华流入她灵魂，对，正是她的灵魂

她不会是个好老师，但会是个伟大的老师

一代代劳动人民的孩子们会记得她，帮助他们找到自信，相信自

己能成就自我

学有所成的本地女孩，回来反哺家乡

她考进大学，读历史专业，毕业后考了教育证书，是父母（温索姆和克洛维斯）的荣耀

成就了一番事业的，是她，不是她那几个哥哥

他们什么家务都不用做，自己的衣服都不用洗，这些活儿，她都得一个人在周六早上全做掉

他们从不做饭，吃饭时，要先分给他们，吃完这份还要额外添给他们，因为他们在长身体，最诱人的甜点，他们要来超大一份

想什么说什么，没人管，而她露出一点点反抗意识，就被关进自己房间，管住自己的嘴，不要乱说，雪莉

有些事儿，他们犯下了会被收拾，她就不会——没经允许出去玩儿，放学不准时回家——但那是因为她一直很守规矩

大家都觉得托尼和埃罗尔肯定会成足球明星，未来的贝利，世界杯触手可及

到了十六岁，初露的锋芒没有发展到专业级水准，青少年俱乐部球员身份到期终止

中学辍学，做了办公室工作

没去温布利踢球

家里的成功传奇是她

雪莉走过实验室，里面是培养皿、干燥器、显微镜、移液管

走过色彩缤纷的美术课教室，里面挂的几幅画很不错，还有敞亮的木工室，内有工作台（仅限男生）

走过家政教室，不锈钢料理台和燃气灶，培育下一代家庭主妇，

全职的主妇，可知妇女解放运动日渐式微

她不会这样

她和伦诺克斯说好了，结婚后，他做饭，她打扫卫生，他负责采购，她做熨烫

一点儿争执都没起

有伦诺克斯，她很幸运

教室的墙上装饰着流程图，人体结构图，行星绕太阳运行，已灭绝哺乳动物的海报，有一张世界地图，地图上英国面积可与非洲匹敌，殖民时期制图师的遗留物，蒙混了几百年，甚至在当下也没显反常，她走到三楼自己教室，墙上按规定挂着英格兰历代国王王后肖像画

有一张大英博物馆图坦卡蒙黄金死亡面具展的海报，她带学生去看过，排了好几个小时的队

公元前一千三百年的英俊少年法老

她班上的女生都爱上了这个古埃及少年，神魂颠倒

还有一张巨石阵巨石的图片，日落时分，巨石神秘矗立威尔特郡平原，也是一次难忘的学校旅行

高大窗户对着运动场，窗户中间墙上贴着尼尔·阿姆斯特朗登月图，下书：这是我个人的一小步，也是全人类的一大步

就像她

她走的每一步，都是给这些孩子激励和提升，一个孩子也不落下

她把裙子拉拉平，理一理领带和烫的鬈发，木桌子排整齐，黑板擦干净，白粉笔在木盒子里，一切准备就绪，给这所多文化背景社区综合学校的混合能力编班开课

新学年第一天，阳光明媚的教室涌进来一群小天使，叽叽喳喳的，满是见到新历史老师的兴奋，新老师比他们大不了多少，也是

满心欢喜

太阳跃出云层，照在她脸上，注入活力与精华

那天，一个个班级进来上课，点名的时候，她抓紧记住每个学生的名字，老师对每个学生个人的了解，对建立和学生的融洽关系，很重要

丹尼，迪瓦纳，德西玛，戴温，多琳，大卫

珍妮特，詹妮，杰姬，杰泽尔，克里斯，马克，莫妮卡，马修

罗丝玛丽，莱尼，劳埃德，基思，凯文，海伦，伊恩

莎朗，雅思敏，贾斯明，杰史文，马琳，梅琳，伊考

格伦福德，加里，格里，蒂姆，汤姆，特雷弗，托尼，特里

克维库，克瓦库，卡瓦米，温斯顿，斯米塔，利亚，阿夸

朱莉亚，朱尔斯，朱莉，朱丽叶，贝弗莉，布伦达，查斯，玛斯，罗里

雷米，耶米，阿比，阿尔蒂，埃迪，卡尔顿，金斯利，沙布南

上帝保佑学生们，她的使命已开启——让历史课不枯燥，能和现实联系起来，因为我们要以史为鉴，避免重犯前人的错误，加深对人类的自我认知，对不对，同学们？

坐坐好，不要动来动去，我们大家都不是孤立存在的，孩子们，后面的不要讲话了，谢谢，我们都属于一个连续体，生生不息，跟我读，未来在过去，过去在现在

孩子们仰起晶亮清澈的脸望着她，有点儿雀斑，有点儿泛油，有几个大一点的女生脸上不该化那么浓的妆，但是都乖巧，听她的话，肯定很受她鼓舞，她那么热情，性格可亲

几个小捣蛋也不例外，凯文、基思、特里，铅笔盒上贴纳粹万字符，外套上公然别着国民阵线徽章

针对这个，她给他们讲希特勒的“最终解决”，给他们看，二战结束时美军解放贝尔根-贝尔森集中营的照片

学生震惊，生出无数个问题

老师！老师！老师！

不，照片里这些人不是行走的骷髅架子，他们是战俘，他们当时还没死，这些是毒气室，这儿是万人坑，坑里面才是骷髅，这张图画的是集中营里女人做活儿，累到子宫都掉出来了，你们看见了吧

你们传下去看，都好好看看

碰到教室里有种族矛盾

大家来看，这张照片，拍的是1965年密西西比私刑，对，这个黑人被吊死在树上，脖子断了，这群小孩在边上拍巴掌喝彩，他的罪名是看白人女子的眼神不尊重

老师！老师！老师！

没有审判，从街上直接把疑犯抓走，吊死，枪杀，打死，烧死

同学们，对偏见不加控制，结果就会这样

她抓住了学生的注意力，深受学生喜爱，每到学期末，学生送的礼物铺天盖地，诸如自制卡片和蛋糕、复活节巧克力彩蛋、圣诞礼物、水果篮，抱都抱不过来，她都不好意思抱到满是人的教工休息室（那不是给自己树敌吗？），直接放进车后厢了事

雪莉

得到校长韦弗利先生表扬，称赞她是天生的好老师，和孩子们合得来，尽职尽责，教学技能堪称典范，学生成绩突出，为她的人民增光

这是给她做的第一次年度工作评估

雪莉感到重担在肩，要做一名伟大教师，并代表

全世界每个黑人。

2

教工休息室塞满沙发、桌子、扶手椅、衣帽架，有个软木布告栏，上面钉着课间监管轮班表、明信片、《消防指南》和一张广告画，画中女孩未着上衣，十六岁不到的样子，最多十六岁

老师们进进出出，学生敲门问这个那个，去开门的老师怪烦的，又有什么事儿了，莫伊拉—比利—莫娜—露丝—勒罗伊?

能让我们太平吃顿饭吗？一顿也好

一屋子烟臭味儿，雪莉都忍了，虽然眼睛刺痛，头发也熏得一股味儿，每晚都得洗头

这些老师真是，邋里邋遢的，她想，裙子高跟鞋齐齐整整的，坐那儿，看他们吃奶酪番茄三明治、猪肉派、酥皮肉馅饼，是他们自己带的，不吃学校食堂卖的那些恶心糊糊

她吃咸鱼大蕉片拌酵母面包

希望没人注意到，不想跟别人解释

她左边是玛尔戈（地理老师），喜欢穿飘逸的花裙子，嬉皮风长发编成两根细辫子，盘起来绕在额头，如一轮光环

玛尔戈教书为了攒钱，攒够了就踏上心灵之旅，去果阿静修，在那里，她会找到自己（首要任务）和丈夫（第二项任务），离开这个，这个，她手一挥，比画眼前的一切

她俩一块儿开始的，联手对付老势力，老古董们没几个知道教学法是什么

雪莉喜欢玛尔戈，因为主张“权利归花儿”的玛尔戈喜欢雪莉，

接受雪莉

雪莉右手边是凯特（英国文学老师），也是雪莉的朋友，立志三十五岁前当上校长，信心百倍，成竹在胸，雪莉和玛尔戈只有点头称是的分儿，绝对的，凯特不当校长谁当？凯特父母都从政，他们嘴里说出什么来都是坚定不移，据凯特说，凯特只有跟上他们坚定的步伐，不然就被压垮

坐对面的约翰 · 克莱顿，熊一般，一把大胡子，能养一窝虱子，牛仔外套看着脏乎乎的，旧到露线的灯芯绒裤子，大脚上一双磨得不成样子的破凉鞋

他在看报纸，头版印着一张嫌犯大头照，隔着咖啡桌上烟灰缸和茶垢杯子看过去，大头照中黑人男青年目光凶狠，表情可怕

她希望他把报纸收起来，对着她看这份报纸，感觉是针对她，她脸上有点挂不住

她想跟凯特和玛尔戈说说，她们会有兴趣吗？会表示同情吗？能理解吗？她们像是从没留意她的肤色，至少是从没提起过

她想告诉她们，那种感觉，就好像她个人被媒体恶意针对

走在街上，经过别的女人，公交车上坐在别的女人边上，这些女人立刻神色慌张抓紧手里的包，可是她从没偷过东西，连从妈妈钱包里拿一分钱都没有过，大部分孩子都当成年仪式干过的，没从学校文具柜偷拿过铅笔，更不用说大学常发生的从公厕拿卫生纸，室友们把成卷的卫生纸塞在毛衣里，或是塞到包里，带回寝室，不听她劝，把赃物倒在餐桌上，这些人实际就是小偷

碰到一些负面的反应和状况，雪莉就容易认为是因为她肤色引起的，她也不想自己太偏执多疑

母亲说，人家不喜欢她，不一定什么原因，除非人家明白说，不要假定别人因为你什么种族就不喜欢你，雪莉，说不定人家正好不顺，也有可能他们脾气不好

雪莉对外采用礼节性的魅力攻势，对不喜欢她的同事也不例外，比如蒂娜·劳里（体育老师），每回雪莉坐她边上，她起身就走

还有罗伊·史蒂文森（物理老师），走在她前面不给她留门，有三次，她肯定这是故意的

那个佩内洛普·哈里法克斯（生物老师，高中部主任），学校走廊里迎面碰到，雪莉一次次（越来越少）跟她打招呼，佩内洛普看也不看她一眼，盛气凌人地打她身边扫过，宛若俄罗斯帝国女大公走过卑贱农民

佩内洛普

是教师例会上唯一发言的女性，开会时，众人在礼堂围坐成个大圆圈，礼堂平时也兼作运动馆和食堂，空气里有新鲜汗味和不新鲜的卷心菜味儿

佩内洛普居高临下的嗓音，划破阿尔法雄性领袖男老师的轰鸣

这会场是男老师的网球场，以专业网球运动员的力道，你来我往打得煞是热闹，雪莉和其他女老师想插个话，讲得不够坚定，费劲表达，观点还没说完，就被阿尔法男切断

连凯特都是，平时喋喋不休的，也被堵了回去

雪莉恨的是，她们都认了，让男老师，让佩内洛普

为大家所有人做决定

五月的一个下午，傍晚时分

耳听得上千双脚狂奔出楼，跑上车道，留下学校一片创伤后死寂

针对学校考试表现差强人意的问题，佩内洛普指出，一半学生太笨，不讲规矩，应该勒令他们休学，甚至开除

她指的是哪一半，大家都明白

对捣蛋闯祸的，皮特·班尼特这种的，佩内洛普一向只是留堂处理了事，温斯顿·布莱克斯托克这一类的，就要休学

下一步就是开除

她这种老师，应该强制退休，雪莉认为

老古董出局

新秩序上台

新兴势力

她

雪莉看不下去了，站出来表态

我不同意，佩内洛普，我们不能抛弃这些学生，男老师听后，不安地动来动去，雪莉感到嘴发干

我认为，我们应该为学生创造更平等的社会，她说下去，有人故意咳嗽，示意她继续讲的，让她闭嘴的，都有，她一概不管

咱们这些学生，她着重指出（有些学生可能佩内洛普和她都教过），还没有机会证明自己，就被判定不行，老师直接说他们太笨，笨这个词儿是你刚才说的

考试好是好，本身没有问题，但是，并不是每个人都能在压力下发挥好，也不见得都能很早体现智力优势，学生的才智可以习得，可以由我们老师培养出来，我们不仅要做老师，我们还要关心学生，对学生有信心

我们不帮他们，谁帮他们

是不是，佩内洛普？

屋子里一下凝滞，有激动，有凝神静止

佩内洛普没让大家失望，我反正不是做社工的，她说，拿捏出累极的语气，显示受不了雪莉这种天真没脑子，你跟一个有十五年经验的老教师单挑，开口之前，也得想想，你做这工作满两个学期了吗？

老教师是真有数，知道自己说什么话

就是现在

看

我

正

说的。

3

当晚，雪莉在家跟伦诺克斯讲话，三句话不离佩内洛普，从那以后，他俩讲话多半也绕不开这话题

伦诺克斯在厨房做泰国椰子咖喱鸡，她坐在门侧小折叠桌边，开门就是小院子，周围差不多的逼仄公寓，后窗能看到她家小院子

平底锅中大葱片和蒜蓉嗞嗞作响，飘出香味

他们刚搬进租的这处公寓时，楼上有对夫妇抱怨说，活了七十年没闻过这么恶心的味道

现在你们闻到了，雪莉心想，当他们面把门一关

智力不是天生的，伦诺克斯，是习得的，尽管佩内洛普她不那么认为，还当着大家面批判我，她这样还敢自称女权主义？

雪莉喝一口冰镇葡萄适，这个五月的夜晚反常地暖和

我不是个势利的人，你也知道，我上的文法学校，劳动阶层出身，我信奉平等至上主义

然而，事实是，权力和特权等级制度不会消失，这点历史学家都清楚，这是人类天性，是所有时代所有社会固有的，在动物王国同等存在，所以我也不会假装说不是这样

我是老师，我的职责就是要帮助弱势学生

伦诺克斯把姜蓉拌入红咖喱糊

她欣赏他背笔直，蓝衬衫，领口没扣，没有肚子，腰带束上去很服帖，身体线条没一处走样：肩膀、二头肌、臀、大腿、小腿，他规律健身的功效

她就想要这样的男人，体格一看就能扛起她，扛真的人，不是比喻

她就想要这样的男人，平等对她，有责任感，有正经的职业规划（事务律师），不（怎么）喝酒，不嗑药（偶尔一次），不赌博（足球也不赌）

伦诺克斯在去皮鸡块上，抹一层柠檬草、青柠叶、椰奶酱，这顿晚餐一定很美味，伦诺克斯严格遵照菜谱，一字不差，做出来一般都很好吃

他不喜欢冒险，她也是

文法学校的设立，起码给了一个公平竞争的机会，伦诺克斯，她接着说，聪明的孩子有机会接受更好的教育

不然，那些公学出来的人还会操控一切，像十九世纪九十年代，哪像在二十世纪八十年代

双眼灶上炖着珐琅锅，锅有缺口，水开了，伦诺克斯从食品柜里

搁着的印度香米超值装中，舀出一些米，放进锅里

咱们的三军统帅，英国女王，就是典型的例子，不然她怎么可能登上权力顶峰，管你是爱她还是恨她，社会流动性原则，我争论的是这个

伦诺克斯把香菜茎剁碎，撒在热气腾腾的盘子上，每晚尝试世界各地不同菜式，他们的钱要攒着还房贷，只能用这种方式旅游了

他们已经这样游过了地中海和中东，最近跳到了东南亚

她期待着品味咖喱浓郁稠厚，顺喉咙美妙滑下

今晚他们会做爱，等买上自己的房子，就要孩子

他们认识是在查贝敦一家布鲁斯地下室，唱盘机放着肯·布特和约翰·霍尔特，他俩都随音乐跳起来，屋里有环绕音响，厨房里一锅咖喱羊肉，他们和其他非洲-加勒比年轻人撞来撞去，城里别的酒吧保安不会放他们进室内

就算进去了，也不太可能听到他们喜欢的音乐

他俩约会了几个月，互相了解

他跟她说，他父母是圭亚那人，小时候，父母移民英国利兹，为了全力打拼生活，把他送到哈莱姆

他跟着麦特姑婆长大，姑婆是杂志记者，督促他刻苦读书，哪怕他因此不招同学喜欢

你要抓住当下，奋发图强，以后会受益终生，姑婆说

那时，妈妈先是在牧师巷公交车站后面饼干太妃糖厂清理大桶，后来到马歇尔街的莫里斯超市邮购仓库做包装工

爸爸先在罗宾逊钢厂，做夜班和周末班，拿生活工资，后在利兹邮局，工作时间和薪水都有改善

一挣到了够养家的钱，立刻就把他接回来

又生了三个孩子

伦诺克斯到了利兹，深信自己能比父母做得好

在中学里，他是好学生，但他很快发现，在学校以外，人家当他是坏人

全国人民的敌人，因为他的肤色

从十二岁那年开始，他十二岁看着已经像十五岁，走在街上被警察拦下搜身，被大人当着大家面粗暴执法，努力不哭，有时还是忍不住哭了

搜完，警察撂下一句，走吧，小子，这次算你走运

非常可怕，恐怖，我吓到腿软，他跟雪莉说，那是他放下防备，第一次跟雪莉讲到，每次，我都庆幸没被暴打，没死在警车或牢房

我是个好孩子，不跟流氓混，不打架

在学校外面，我开始穿正装，伙伴们都笑我，别人以为我入了耶和华见证会

我是个好孩子，每周六下午走路去利兹中央图书馆，借足下周读的书，因为我要饱览群书

麦特姑婆教我积累学识，不主观臆断

我要做事务律师，说不定做到刑事大律师

现在，再有警察耍那一套，我让他们知道我是律师，他们脏手乱放前，就要好好想想

雪莉的哥哥们也是从青少年时，就被警察骚扰，雪莉早就替他们忿忿不平

所有黑人男性都得学会应对，所有黑人男性都得咬牙忍下

警察杀了人，打了人，就能自己负责调查，给自己开脱罪名

每周与伦诺克斯约会，大学最后一年发展到同居；一毕业，就一起搬去了伦敦

雪莉·科尔曼小姐最后做了雪莉·金太太

周六的晚上，他们会去看场电影，午夜去派对或夜店，踏着情人摇滚、雷鬼乐、灵魂乐、放克乐，舞到清晨

一年两次赶着打折季采购必需品，她每两周和大学走得近的女同学聚一次

最好的朋友阿玛，阿玛是另外的，和那些人不一样

她俩在新十字文法女校时成了朋友

这所学校输送学生进入专业人士阶层，工作地在布莱克希斯，格林尼治、布罗克利、电报山一些好地段，不会去佩卡姆贫民区

那年她俩十一岁，全年级就她俩是黑人，很惹眼，万有引力，互相接近

阿玛更腼腆一些，雪莉自觉要保护她；阿玛父母是受过教育的社会主义者（不像雪莉爸妈，没受过教育，也没有政治意识），她们十多岁时，阿玛参与当地青年剧院，自信了，走上特立独行道路，声讨体制

十六岁，阿玛对雪莉公开了自己同性恋身份

一开始挺让人反感的

感觉是对她们友谊的背叛，但雪莉没流露她真实想法，因为不想伤害阿玛

还好，阿玛没有就此穿男式内裤，没在冲澡间偷瞄女同学，也没对雪莉试什么，在阿玛面前，雪莉对自己身体开始觉得不自在，有段时间，在对方家里过夜时，睡在一张床上，有点儿戒备

没几天，她决定，只要阿玛对自己没有特别的意思（没有任何这

方面迹象），而且只要她不跟别人讲，那会让自己因为女同关联也名誉受损，那就没什么关系

想得倒美

学校里一出来，阿玛就嚷得全世界都知道，当是一件很骄傲的事儿

她存在的整个目的，就是抵制她反对的正统派，把它砸个粉碎

再怎么都是实现不了的，还折腾什么呢?

对着阿玛这么个佩戴徽章的张扬朋友，雪莉得包容她，不然就没有朋友可做，雪莉生命中不能没有阿玛

她爱阿玛

作为朋友的爱

还有

雪莉没有多少机会认识新朋友，社交圈都是大学时期的朋友和教师同事，阿玛却基本每天都在艺术圈儿结交新朋友，也算雪莉的朋友吧，各种各样的

大部分是同性恋，虽然她不太懂，也不喜欢，但是，这些朋友的离经叛道，很有趣味，她喜欢和他们相处

只要对她好就行，多数确实对她很好

他们都很有个性魅力和艺术气质，激进大胆，跟我很不一样，我这人比较实际，求稳，她跟伦诺克斯说

伦诺克斯说她过度解析了

伦诺克斯和阿玛惺惺相惜到不行，他觉得阿玛个性独特，这让雪莉感觉自己没啥个性

有阿玛在场，伦诺克斯更活络，斗嘴耍贫，插科打诨，更开朗

他们笑雪莉是老好人（好像伦诺克斯自己就不是似的），阿玛的性取向他毫不在意，据他说，麦特姑婆就是没出柜的女同

姑婆和一个特殊朋友加布里埃尔住了很多年，后来她去世了，姑婆床头柜上一直摆着她的相片

他记得，小时候在家里窥探，橱柜里发现一个盒子，装着一些相片，是麦特姑婆和加布里埃尔三十年代的相片——戴着单片眼镜、领结，穿骑马装、灯笼裤，抽雪茄

他以为是参加化装舞会

他希望麦特姑婆生前就能没有顾忌，自由做自己，他回英格兰后不久姑婆去世了，她若是还在世，他会去看她，让她讲出心里话，告诉她，他同意的，不知道用“同意”这个词对不对

雪莉喜欢他思想开放，即使她持不同意见

她并不是保守或者反对同性恋，她是一种本能反应，觉得不自然，不正常

即便她想说服自己不要反对，也没用。

4

春去秋来，雪莉逐渐成长为一名经验老到的教师，始终致力为学生争取奋斗的机会

她很清楚，学生面对的不利条件太多，班级学生人数过多，资源匮乏，孩子的家庭作业，家长一点儿都帮不上

这些家长，自己当年辍学，去工厂打工，或是学手艺，有的进了少年犯教养所，在那儿睡双层床

她不像教师行业那些混日子的，她常跟伦诺克斯唠叨，那些人能少做点事就少做点，身为教师该担的职责，他们公然不屑一顾，好像是

个负担，可这些人不知道吗，他们能有份工作，就是因为这些职责要他们实现

不成样子，后来，撒切尔政府开始实施教育总体规划，就更不像话了

教师要求增加工资，举行三天大罢工，彻底失控

公众对教师大失所望，纳粹式当局趁机强力推行可怕的国家课程，雪莉自己的教学法本来成效卓著，但在强制实施的新课程大纲下，她的教学自由受到严重限制

呵呵，多谢了

紧随其后推出的是学校排名，随之上马一整套计算机化数据录入、填表、数据统计、评核，还强制开毫无意义的教师例会，一周两次，即使压根没什么可讨论的，也照开不误

接着，盖世太保总部强制实施教案，给雪莉不断扩大的戒律中又添了一个咒语：国家课程！排名！教案！

林林总总，应接不暇，拨不出时间精力，处理教室里鲜活个体学生不断变动的需求

她也没法再在写学校报告时自由发挥，她挺喜欢写评语，点评学生的进步，让家长知道，孩子在她这里，她很上心

现在，她只能在一溜儿现成的泛泛评语中，选着打钩

没法再在评语中写，她鼓励学生坐直，集中精力，写慢一点，学生的字因此大有进步，作业写得更清楚了，所以老师能给打更高的分

也没法再写，学生原来是班里搞怪耍宝大王，在她的建议指导下，不再搞事儿了，把搞笑细胞转到戏剧社团，参与演出学校的《白雪公主与七个小矮人》，展露才华

除非报告中没有这个问题

但是从来没有

盖世太保接着又要求每位学生每年提交一份最佳作业集，从平时的课堂作业或家庭作业中精选，一丝不苟地手写，占用了多少小时的宝贵教学时间，给学生无尽的压力，归档以备父母或学生新学校检查

你猜怎么着?

从没有人看

她是什么呢?

官僚荒诞无用体系中一个齿轮

雪莉每早开车到学校

还有几分钟，人群就会从贫民路上涌入，打破安定

学校是个庞然巨物，堵在她肚子里

像水泥

八十年代已过，九十年代上位，解决掉的问题，没有新产生的问题多

更多　在校生的家庭挣扎在贫困线上

更多　失业、贫困、毒瘾、家庭暴力

更多　学生的父母坐过牢，“进去过”，或者属于该去坐牢的

更多　学生需要午餐免费

更多　学生在社会福利部门名册中或关注下

更多　学生野性难驯——（她又不是驯兽员）

到了新千禧年前后，学校都要定期抽查，从学生书包里翻出大到足以把犀牛开膛破肚的匕首

袜子里藏着手枪

黑帮招募的人，差不多这一类的，在校门外晃荡

校园里毒品市场欣欣向荣，取代了小卖部

女生遭受性侵犯不断增多，更多女生自己还是孩子，就做了妈妈

学校在大门装了金属探测仪，配了保安，每扇门都设密码，走廊装了摄像头

对着毕业班，她知道该鼓励他们继续升学深造，但实在忍不住想告诉他们，以后父母看他们，探监时间是怎么安排

特别是那些社会渣滓、怪物、智商不足 70 的（优生学？妙极了！）、潜在杀人狂，还有其他那些精神病，坐在她教室后面，打打闹闹，一刻也不消停，她上课竟然也得扯着嗓子喊

她从前课堂管理多么出色，学校让她指导初级教师，怎么做到沉着冷静，树立威信

那种威信，她一句话，“就是神谕”，现在呢，学生跟她胡捣，她就胡捣回去

由于你干了这事儿，全班放学都给我留下

现在她会担心，在某个黑沉沉的冬日下午，她一个人走过停车场树篱时，会被那帮“甲类”最危险的家伙捅倒或枪杀

最糟糕的一个，学校最有希望成为未来无期徒刑犯的那个十一年级学生，约翰尼 · 朗森，每回她批评他扰乱课堂秩序，他就一门心思想破坏她威信

有一次摩他自己裤裆，隔着裤子勃起了

她跟他各执一词

没有证据，没有证人

小混球

要是能把这些混小子送回从前的教养所多好，让他们干上一两天

苦力，压石头铺路，粉碎骨头做肥料

一天做十二小时苦力，挣得几口面包稀粥，晚上没有铺盖就睡硬地面

多少次了，她苦口婆心跟他们讲，一代代的改革家、活动家、工会会员、牧师、做善事的人、作家、政客，在议会，在上议院，为他们争取获得教育改善自我的权力

说了一遍又一遍，说得自己都厌了

他们

从来

没有

听进去

此外，一周五个晚上一丝不苟批作业，几十年做下来，现在她深恶痛绝

她书桌上这摞狗屎，都是些半文盲写的，教室里搅得她无比痛苦

混合能力编班？她竟然还批准了，根本没提高学生水平，反把学生水平压下来了

这点，她和佩内洛普·哈里法克斯倒是意见一致

最怪异的是，她们互相回避那么多年，现在新晋教师当权，她们被冷落，倒是团结起来了

她们在教师休息室坐在一起，看那批年轻教师蹦跶，各种族的都有，自以为是，当她们两个是无用的老古物，视而不见

其实佩妮比雪莉明显大很多

她们特别讨厌每学期开始，博士刚毕业进来的那些，幼稚，推崇卖弄什么“建构主义”教学理论

满嘴理论观念，没有实践经验——傻×

傻×傻×傻×，她和佩妮低声嘟囔，岁月流逝，新人有的走了，留下来的也活力不再，她们看了心中暗爽

有个老师，二十二岁那年来的，刚来时俨然时尚达人，衣服穿小号的，现在呢，穿着个松紧腰带裤子，拖着脚走，也叫她们直乐

你也有今天啊，亲爱的！佩妮悄声对雪莉说，两人笑成一团，也不管同事投来奇怪的眼光

同事们心想，这两个老古董瞎乐什么呢

雪莉和佩妮坐着吃三明治，缅怀过去的好时光，当年教学没有过度官僚化，学生也没有为争地盘打个你死我活

佩内洛普退休后，雪莉的最强盟友没了

她想转去私校，找一所女校，都是中产阶层女生（最好都在十三岁以下），知道说请和谢谢，知道不招老师烦

她想学生乖乖的，讨老师喜欢，对，就是这样

不要挥着枪，嚼着口香糖，吸K粉，怀孕的那些人渣，流氓恶棍

她希望她的学生，有家长“辅导”做作业，整得个个都像神童，同样的中产阶级大骗局，她和伦诺克斯也用在他们自己两个女儿身上

她现在就是中产阶级一分子

所以，中产阶级万岁！

问题关键在于，她大学毕业论文写的正是来之不易的《1944年教育法》，实现全体学生免费就读

逼不得已，她也不能背弃曾经的理想

不像那些同事，纷纷逃往美好私校，回来吹嘘他们学校评核报告优秀，私校排名遥遥领先

学校有划船和马术俱乐部，曲棍球、英式橄榄球、壁球队

奥运会规格的游泳池，接受过奥运会训练的体育教练，设施齐全的剧院

学校旅行去喜马拉雅、比利牛斯、智利，甚至会去马尔代夫“研究海洋生物”（得了吧）

炫耀他们在美丽的历史保护建筑中教书何等享受，家具松蜡清香扑鼻，没有混着青少年体味、漏水小便池和呛喉咙眼睛的工业消毒剂（健康和破安全！）的冲鼻味道

谢天谢地，他们逃离了伦敦最烂学校，他们会说，眼睛看着她，满是同情

那你什么时候走呢，雪莉？

她真想过申请去一所好点儿的公立学校，是因为前一天她做了个梦，梦中她变身高中校园枪手，冲入学校大会，血洗会场，全部学生一锅端（令人不安的是，这个梦并不是噩梦），烟雾弥漫中拖着机关枪离开，恍若一当代罗圈腿黑人女性版克林特·伊斯特伍德

一天晚上，她真的拿着申请表，书房中坐下，填上名字，进行不下去了

雪莉·金

一想到要被陌生的评委团面试，一条条细审她的智力、技能、教学理念（如今每个老师都得有教学理念）、她的性格（哈哈哈）、着装、身体语言、外表（有外表可言吗？）

她就想着收到拒信了

“亲爱的金太太：

本岗位此次招聘，申请人均拥有极强实力，很遗憾，我们决定录用一位更年轻好看，身材苗条，经验较少，更有热情，单纯好骗，安分

听话的申请人

您这样满腹牢骚的老工作狂，应即刻退休!

此致”

雪莉发现，一直以来，她想要什么，都是手到擒来，她怕是承受不了被拒

她进大学的时候，只有最聪明的学生才能读上大学

申请第一份教职就拿到了，在学校走上下坡路之前，她做得也很顺心

佩卡姆黑麦区早年破破烂烂，房价实惠，她和伦诺克斯买下房子安了家，现在房价上去了，他们房贷已经还清

她在很年轻的时候就找到了意中人，结了婚，不会落得彷徨多年不知这辈子能否碰到真命天子

读书时带伦诺克斯回家，她父母一见他就很喜欢

跟雪莉说可以多带伦诺克斯回家

只要有伦诺克斯在，妈妈眼里基本没她了，她的历史学学位，本来让她比哥哥们高出一筹的，叫伦诺克斯的法律学位一比，一点都不出挑了

她妈妈眼里，伦诺克斯做什么都不会有错

在她眼里也是，现在的丈夫，一如当年两人初遇时，一样的合拍，一样的忠诚可靠

他还是负责买东西，但做饭只在周末做做，工作日他们吃外卖或加热即食餐，家务清洁工做

她还会和朋友约了吃饭，看电影，喝酒

周五下班后，伦诺克斯晚上会和年轻同事去科芬园的潮店红酒

吧，半夜回家，心情愉快，一身烟味红酒味，下巴油乎乎的，那是从地铁站走回家的路上买烤肉串吃得

他还在做事务律师，专长人身伤害与医疗事故，压根没往刑事律师方向转，刑事律师压力太大，报酬低

他的选择很正确

周日的早晨，他把咖啡给她端到床上，然后做爱，之后读报纸

现在两人做爱更深入，情意绵绵，以前是怯怯的，还激烈

做了三十多年，对对方还很有欲望

近来他迷上了观鸟，花园里布满了他的多种喂鸟器，适合喂他喜欢的小型鸟类——金翅雀、蓝冠山雀、鹪鹩，以及胆子大，在地上蹦来蹦去的知更鸟

可惜的是，喂鸟器漏下来的种子，引来了鸽子，鸽子喜欢把粪拉在花园里桌凳上，纳粹暴徒一般，园子里趾高气扬踱步

她郑重警告，一旦看到有老鼠

她立马就要拿出猎枪

伦诺克斯是个足球迷，和朋友们看现场球赛，唯一的不良习惯是电视上看球过多

那是他主要的感情出口，在她看来，听着隔壁房间他随球场上风云变幻，忽而大吼，忽而惊叫，又是欢呼又是嘘声，时而长叹，利兹联踢的时候尤甚

女儿他亲自带，两个女儿凯伦和雷切尔，差两岁，是他们生命中的明星

兼顾工作和小宝宝很不容易，她妈妈特别来帮把手，晚上和周末

伦诺克斯也都下力气做活，虽然他很乐意给孩子换尿布，但是半夜起来喂奶的事他不做

他在客房睡，晚上不受打扰

女儿断奶以后，周末，他和雪莉妈妈就带两个女儿去海边，让雪莉在家趁机好好休息

整个周末雪莉大睡两天，感激有妈妈支持

阿玛帮着看过凯伦和雷切尔一两次，她一般都太忙，温索姆也怕她会在带小孩子的时候喝酒抽烟

凯伦和雷切尔拿阿玛当小姐姐看

亚兹以前没有那么能讲，让人挺舒服的，后来她发现了言辞的力量，就没那么招人喜欢了

为了两个女儿能进西敏的英格兰教会灰衣医院中学，她和伦诺克斯连着五年每周日去教堂

实在是折磨，因为他俩虽然是基督徒，但不是去教堂的那种

凯伦现在是药剂师，雷切尔是计算机科学家

女儿都已比她出息。

5

雪莉在父母的退休屋中度假，退休屋是爸妈在一小块家族地皮上建的，全靠拿英国的养老金过日子

雪莉坐在门前阳台最喜欢的藤椅上，不由感慨又熬过了一个灾难学年

手头一本桃乐丝 · 库姆森的最新小说，借着灯光阅读

月光洒在加勒比海上

大家都睡下了，伦诺克斯睡在大双人床上，清爽的白亚麻床单，她妈妈每周换洗两次

他们全家来看妈妈，对妈妈好，她忙里忙外，感到是有人需要她的，做的又是她最擅长的，照顾人，特别是她自己的独生女儿

雪莉的生命意义就在每年夏天的那一刻，出租车抵达岸边，一家人拉着行李箱，走上细窄小径，小路尽头是父母家

到了，那座美丽的小屋，玫瑰粉色外墙，四周繁花环抱，花儿都在温索姆精心照料培育下

她也会一样地悉心照料雪莉

她有六个星期幸福快乐的好日子，之后就要回那个给废物开的破高中，到时她会亲自再选几个学生，专门指导

卡罗尔毕业后，每年她都这么做

卡罗尔

单亲家庭的孩子（他们不都是吗？）

进校两年，数学思维极强，学校重点培养，计划让她提前两年考GCSE中考数学

过早了，后来发现

她被三个女生带坏了，那几个女生是闯祸精，老师们见了没有不怕的

三人帮的头头儿拉蒂莎·琼斯，很聪明，不比别的孩子差，顶嘴她最拿手，不管什么指令发给她，她只回你一句，凭什么我要做啊？

她老是早下课，因为我来例假了/我不舒服/我奶奶刚去世了，金太太

自打雪莉教她，她奶奶去世了好多回了，雪莉也都忍了

克制住自己没说，你奶奶不是上学期去世了吗？写你那篇文章

去，小滑头

排在她后面的是克洛伊·汉弗莱斯

家里往上数若干代都有职业罪犯，据她的社工反映，她已接过家族接力棒

三人帮最后一个是劳伦·麦唐纳森，据可靠（保密）权威（学校护士）称，劳伦有性病，是她与学校（高年级）男生乱来染上的，其中有一个还是学校校工（年纪不大），如果传闻（厕所隔板）可信的话

总之

你看

没

想到

奇迹真发生了，因为，有一天，午餐时间，卡罗尔来找雪莉了，那时卡罗尔十四岁（这孩子胆子不小，因为雪莉知道自己在学校外号“恶龙”，这算好的了，最差的外号是“臭脸”）

两个外号都乱画在黑板上多少次

就等她进教室发现

教师休息室不知道哪个白痴同事，告诉卡罗尔，金太太在她自己车里，吃午饭——没人打扰

她的三菱车很舒服，把副驾驶座放倒，正边吃火腿泡菜番茄三明治，边听平安调频的舒缓音乐

卡罗尔敲敲车窗

雪莉把车窗摇下来，感觉自己开始绷紧

有什么事儿吗?

打扰了，我想跟您谈谈

谈什么?

我要奋起直追，老师，金太太，我要刻苦用功，上大学，找个好工作什么的

是什么激发了卡罗尔幡然悔悟，雪莉一直不知道，也不重要了，重要的是，从前的尖子生来找臭脸辅导学习了

欣慰啊！鼓掌！哈利路亚！

此后，她给卡罗尔做好安排，保障卡罗尔得到最好的资源和帮助，把每门课都读好

包括从慈善机构拿到捐助，额外给卡罗尔买了课本、笔记本、文具，甚至还买了一台电脑

条件是，卡罗尔接下来在学校的四年，每月都要和雪莉上一次个别辅导课，这样雪莉可以掌握她的学习进展情况，确保她精力集中在学习上

这套方法卓有成效，这孩子进了世界顶尖大学之一，雪莉功不可没

总结下来，卡罗尔天分很高，误入歧途，在她这里，雪莉重燃热情，不忘投身教育的初心

教育的力量，能改变人的命运

在卡罗尔之后，雪莉每年都选几个有潜力的学生个别辅导，那种明显智力超群的，家里指望不上，如果没人帮，将来可能沦为妓女瘾君子之类

这些学生虽然最后走的路子各有不同，但雪莉确实给了他们更好的机遇，几乎都升了大学

有几个没读大学的，一个做了砌砖工，一个是水管工，他们挣得比大学生可能还多，如果报纸上说的是真的话

最懂礼的学生，还专门回母校感谢雪莉，带着礼物

这个个人辅导项目，让雪莉的教书生活过得下去一些，但是还到不了让她期待每周工作日开始的程度

也不足以让她在每周工作结束时，有那种充实和成就感

她第一个，也是最大的成就，卡罗尔，从来没有照她的要求，回来跟她汇报过，一次都没有，连个电话或是感谢卡都没有，从卡罗尔毕业离校到现在，已有十多年了

让雪莉感觉

被利用了。

温索姆

1

温索姆

在做饭，全家最爱吃的烤面包果，炸洋葱百里香浸制的飞鱼，配菜有烤黄西葫芦、茄子、青瓜、煎蘑菇配香草柠檬酱

海风透过纱窗吹进厨房，纱窗白天防苍蝇，晚上防蚊子

回到家乡后，她喜欢健康饮食，吃自家菜园子种的菜，新鲜捕捞的活鱼

从海里到她厨房

新鲜直达

雪莉，伦诺克斯，他们的女儿雷切尔，雷切尔的女儿麦迪逊，都来了

托尼，埃罗尔，凯伦，还有他们家的人，今年夏天也来，稍后到

温索姆喜欢家里人带着朋友到她这里来；阿玛来过两次了，阿玛中学认识雪莉以后，就一直很喜欢雪莉

妈妈都想自家孩子有好朋友

阿玛以前话不多，参加青年剧院后变了，变张扬了，喜欢穿奇装异服

温索姆跟雪莉说别学阿玛，穿衣服要随大流，不然会被排挤打击

温索姆错了，阿玛就从来没被排挤打击

阿玛十几岁出柜的时候，温索姆担心，这可怜的孩子一辈子就毁了，怕雪莉也染上厄运，事事不顺

这点她也错了

法式落地对开门望出去，门前阳台上，雪莉喝着红酒，放松身心，出神凝望大海，似是世间无一美景，比得上眼前大海

她在这儿的做派像个游客，她要这里什么都无可挑剔，自己穿一身白：上衣、裤子、舒服的凉鞋

度假时我只穿白衣服，妈妈，象征着我要涤荡尘埃，心境澄明

温索姆很想说，你是说你在这儿不帮忙干活儿

不过她不会怪雪莉的，女儿要是有什么烦心事儿

唠叨起来可是没完没了

雪莉刚从英国回她这儿，总是很憔悴，脸色苍白，在家里养上两周，雪莉会神采焕发，身体也会从城市生活的紧张焦虑中解放出来，走起路更有情致

在巴巴多斯待久了，都会这样

雪莉假期结束时，她的样子，她的步子，都会是真正本地人的模样，不是严寒气候里长大的那种，老觉着全世界跟自己唱反调

像雪莉那样

老是跟别人发牢骚吐槽

雪莉又在

抱怨她那破学校烂工作，温索姆建议她，不如不做了吧，去做教育顾问什么的，雪莉回说，我不要你提建议，妈妈，我只要你听我讲

雪莉

从来不满意自己拥有的：身体健康，工作轻松，先生魁梧高大，女儿外孙女乖巧可爱，有漂亮房子车子，没有债，每年免费到热带度假

日子好辛苦啊，雪莉

和温索姆比比，温索姆的工作要从早到晚站在双层巴士车尾的敞开式登车台

雨雪纷飞，冰雹交加

扶梯爬上爬下，一天一百万次，脖子上挂着重重的售票机，腰挎大钱袋，车子越开到后面，袋子越重，落下了圆肩背痛的病根，到现在都没好

要对付逃票的，少交票钱的，那些人赖着不下车，骂她蠢婆娘、笨蛋、外国佬

一大群学生打闹抢着上车，跟交通高峰期西装革履的上班族蜂拥而来一样

上层有人打架，她只能按铃，让克洛维斯看到电话亭就停车，她好下车打电话报警，因为那时候还没有手机

晚班更难过，醉汉暴躁发狂，吐得到处都是，动手打人，有人被刀捅死

在她当班的时候

她也不是抱怨，她知道这个工作好在没有老板盯着她，路上相对安静些的时候，和车上老乘客说说笑笑也挺好

温索姆冰箱里取出鱼，刮鳞，去骨，用她最快的刀切片，冷水冲洗，白醋里浸过，再清洗干净

碗里备好了桃金娘胡椒、大蒜、香菜、百里香、油调制的腌酱汁，将鱼裹一层酱，锡纸包好，放入冰箱

料理台上的面包果，把茎用刀切下来，现在单用手拧不下来了

绿绿的面包果很大，外皮有密密麻麻的疙瘩，她在面包果顶上划个十字，外皮抹上菜油

放进烤箱，烤九十分钟

出炉喷香可口，全家人享用，营养美味

她自己很有感恩心

感恩她老了能回巴巴多斯老家，她的英国朋友们只能待在英国，迟暮之年操心着暖气费，怕熬不过眼前严冬

感恩她一下飞机，热浪扑面而来，关节马上舒坦了

关节老毛病再没犯过

感恩他们卖了伦敦的公寓，能买下海滩边这座房子

感恩她和克洛维斯活到八十岁，养老金够花，只要继续节俭持家，以后也不需要为钱的事儿烦神，她这代人本身就俭朴，必需的东西才买，不会想要什么买什么

背债，为了买房子，才值，为了买新裙子可不行

温索姆常怀感恩，感谢拥有的一切，感谢耶稣带她回家，过上舒坦日子

感谢耶稣，她回家交了新朋友，从美国、加拿大、英国回来的女人，请她加入了读书会

她以前是公交售票员，她们不介意，她倍感荣幸

伯纳黛特以前在多伦多公务员系统做秘书，没结过婚，男朋友有时候晚上会过来，其他晚上，他在别的女人那儿

塞利斯泰因对阴谋论如数家珍，在弗吉尼亚的中情局做文员，和来自艾奥瓦的约瑟芬同住，她瞒着大家，其实不必

黑兹尔在布里斯托开了第一家黑人美发店，后来她先生特雷弗早

期老年痴呆死了，她把店卖了，回老家一个人住

多拉结过三次婚，一次丈夫死了，一次离婚，现在的先生叫杰森，是管理顾问，她是读书会里文化水平最高的，是六十年代英国第一批黑人教师

读书会每月读一本书，第一本读的是特立尼达作家塞尔文的《孤独的伦敦人》，这本书写在英国的加勒比男性，做坏事，对女人不好，书里女人都没有机会讲话

大家都觉得该扇这些男人脑袋一巴掌，一致决定首先着重读加勒比女性作家的作品，她们更成熟更可靠，读完她们的再读男作家的

温索姆觉得自己现在也是很文艺的人了，有了阅读的习惯，以前她读过的大部分只有报纸

她最喜欢的作家是牙买加的奥利夫 · 塞尼奥尔，特立尼达的罗泽 · 盖伊，巴巴多斯的葆拉 · 马歇尔，安提瓜的牙买加 · 金凯德，瓜德罗普的玛丽斯 · 孔德

最喜欢的诗集是《我是记忆很长的女人》，圭亚那女诗人格蕾丝 · 尼科尔斯所著

“我们女人/无人赞美/无人倾听”

有一天，读书会上大家激烈讨论，不是争论，是辩论，辩的是如何判断一首诗是不是好诗，是基于读者读了有共鸣，还是因为诗歌自身是好的

伯纳黛特认为，好不好应该由文学专家决定，她们只知道自己喜不喜欢

温索姆表示同意，自己不是专家

塞利斯泰因说，诗歌是故意写得那么难懂，只有少数人才能读懂，让其他人云里雾里看不懂

黑兹尔认为小说书比诗集更有价值，因为小说书字数多，诗集是宰人的

（温索姆认为黑兹尔不该在她们的读书会里）

多拉说，不存在什么客观真理，读者对作品产生共鸣，觉得这个作品好

那就是好

华兹华斯、惠特曼、T.S.艾略特、泰德·休斯，他们的作品，咱们加勒比人能读出什么特别的来？

这些名字温索姆记下了，等着去图书馆查查

每周聚会结束后，她走路回家

太阳悬空高照，游客离开海滩，回酒店，去餐馆

她满脑子是刚才的辩论，揣摩将来如何提升自己的辩论技巧

今天

她往海滩方向看，看到伦诺克斯和克洛维斯往拐角处去了，克洛维斯最近新买的二手渔船泊在那儿

还在修补

以前那艘渔船进水，克洛维斯差点淹死，一路用水桶不停往外舀水，才撑到家

筋疲力尽爬上岸

旧船慢慢飘走，埋葬在海中

两个男人都穿着齐膝短裤、短袖棉衬衫，都没多少头发，后背宽厚，双腿健壮（伦诺克斯有点儿罗圈腿，她觉得很性感）

他俩赤脚走在沙子里，步伐轻松，身高体型现在也相仿了

克洛维斯身高缩了一点儿，伦诺克斯体型宽了一点儿

温索姆还是想要他，不是克洛维斯，是伦诺克斯，她跟雪莉说，有这样一个丈夫雪莉很幸运

雪莉说，他有我这个妻子很幸运

雪莉这人就是这样

伦诺克斯夏天在这儿帮克洛维斯修船

换甲板，装新发动机，装椅子窗户，封接，粉刷

这方面他比托尼和埃罗尔都强，托尼和埃罗尔更像他们的妹妹

我们这一年都工作了四十八周了，妈妈，我们是来休养的，他们抗议不干，一边大吃大喝，猛灌啤酒

她这两个儿子，工作后从初级职位做起，一步步升上去

托尼在警察厅做犯罪判决

埃罗尔是儿童服务中心的支持经理

他们可能还记恨小时候被克洛维斯打，背上屁股上都留下了疤，但是七十年代养儿子确实不易

克洛维斯要确保他们不被黑恶势力打倒：警察，光头党——还有他们自己

父母要帮孩子打下扎实基础，直面自己，应对社会

她对雪莉不用那样

女孩相对管得不那么严

雷切尔和麦迪逊睡意蒙眬进了厨房，麦迪逊挪过来要她抱，她抱起麦迪逊，麦迪逊说我爱你，太婆，她深嗅孩子秀发，麦迪逊的头发几乎是直发，坐飞机前一天洗过头，头发有洗发香波的清香

她教雪莉的，雪莉又教给雷切尔，上飞机要整洁干净，穿着体面

天有不测风云

要喝沙士吗？她问她们

雷切尔从冰箱取出饮料，拿到桌子上，不像雪莉，雪莉会说，要的，然后等着用人端给她

外婆你也喝一点吗？雷切尔很礼貌地问，孙辈中，雷切尔最体贴

温索姆开始切蔬菜，备齐食材做调料，百里香、盐、黑胡椒粉、辣椒片、柠檬碎、葵花子油

跟我说说您和外公怎么认识的吧，雷切尔突然问，一下下抚摸麦迪逊的背，麦迪逊困困地睡在雷切尔大腿上，看着很不牢稳

温索姆肯定是表情很诧异，雷切尔又补一句，我想听听你们的故事，外婆，麦迪逊大了以后我讲给她听，我想知道外婆以前自己的日子都什么样的

孙辈的生活，他们愿意讲，温索姆都听着，他们没问过温索姆的

她知道，年轻人整天自己那摊事儿就够折腾的，顾不上别的，挨爸妈剋了，还有她在这里，安慰开导，疼爱他们

温索姆很是欣慰，雷切尔会问起外婆在没做妈妈时的生活，外婆以前自己的日子，用雷切尔的话说

只是，她就没有这样的时候，她先是做女儿，然后是妻子、母亲，现在是外婆、太婆。

2

五十年代到英国后，没多久，我就认识了你外公，雷切尔，是在兰仆林一个酒吧，西印度群岛人聚会上，我正好坐在克洛维斯 · 罗宾

逊旁边，他家是六人湾的

我俩的父亲都是渔民，但离得还有段距离

跑到几千里外，我们才真的交往上，他到英国已经两年了

他跟我说，英国这儿不容易啊，姑娘，不容易啊

那年冬天，我们开始恋爱，我慢慢适应英国的天气和文化

有他在身边陪着，给我出谋划策，我挺感谢的，虽然他长得不是特别好看，算不上潇洒倜傥，我曾经梦想未来丈夫要那样的，后来成熟了才明白，做梦是容易的

梦想成真很难

我们常在周六晚上去欧典阿斯托利亚，周日下午去斯托克韦尔公园，克洛维斯没有一次让我在外面受冻等他

他一点儿都不像老家过来的那些男人，他们搞诈骗，乱来，一个接一个换女人

全英国到处留下混血孩子

孩子从小没有爸爸

我们结了婚，住进图庭一处合租的房子，一屋子租客，我们住一个单间，在过道里拉个帘子隔出洗脸池，马桶是个纸板隔间

开始攒钱买房子，那时候，普通人多攒些年头，还买得起伦敦的房子

然后，克洛维斯冒出那么个蠢主意，用我们的积蓄，搬到英国西南去

他听说那里天气暖和，他能找到打鱼的工作

他到世上，是来做渔民，他说，不是在工厂累死累活，吸着有毒

化学品做化肥的

我们两个都是坐十二个小时的班

克洛维斯说他渴盼着去海边，能再自由呼吸

我委实不想再嫁一个渔民，身为渔民的女儿已经很苦了

以前我要凌晨四点起床，跟爸爸哥哥出海，还要在摊上做活，给鱼去骨刮鳞，夏天，哥哥在珊瑚礁潜水捞海胆，装在网里带给我——海胆身上的黑刺还在动，怪吓人的

我要用勺子把海胆一个个敲开，挖出里面金色海胆籽，去鱼市上卖这道美味

可我能跟克洛维斯说什么呢？那个年代，雷切尔，女人要听丈夫的

离婚很丢脸，只有对方通奸的情况才能获准离婚，婚姻不如意，就是困一辈子

我们在帕丁顿坐火车，到普利茅斯，他去海运公司找活儿，也在港口的渔船那里打听机会

他以为有他那样的经验，找份工作轻而易举

我看着他在码头和岸边找渔民去问，戴一顶英式鸭舌帽，脚穿英式大靴子，脱帽跟人打招呼，六十年前那些大胡子男人，像从《旧约》里走出来的

他回到家，一个字不用说，单看他走路的样子，我就知道，为他难过——也为我自己

看得出来，这地方大部分人都很穷

怎么会有活儿给陌生人做呢，更不用说是给他

一天晚上，我们坐在港口护坡上，风呼呼地吹，吃旧报纸包着的

炸鱼薯条，英国人从前是这么吃的，你看你一脸嫌弃成那样，那个习俗确实不好

我劝他别做白日梦了，还是回伦敦吧

他说，温妮，我想再往南走走，到锡利群岛那些小岛试试，那儿更暖和，肯定有很多打鱼的活儿

克洛维斯，你如果想打鱼，咱们不如回老家吧?

温妮，我打定主意了，一定要去那儿试试，直觉告诉我可以

如果是在二十年后，雷切尔，我当时就会离开他

如果是在三十年后，结婚前我会是已经和他同居过，可是在当年，到那时我才发现，他要我像个没脑子的傻瓜跟着他搬来搬去，这个男人，我并不了解

好吧，我说，锡利群岛这名字听着挺美的，可能地方也很美吧

我挎上他胳膊，让他放心，有我陪着他

咱们去看看就知道了，亲爱的，他说

我们坐公交，换火车，沿海岸一路南下，错过了车就步行

雷切尔，你想象一下我们当时那场景，六十多年前，一个黑人男人，一个黑人女人，克洛维斯身高一米九多，我矮他三十厘米，穿着我最时尚的裙子、大衣、高跟鞋，因为我们得看着体面，一人拎一个行李箱，走在乡间小道上，有车子开过，都减慢车速，瞪着我们看，也有冲我们骂的，看来当地人多数从没见过有色人种

碰到没人肯让我们借宿的情况，我们就在火车站过夜

走过很多地方，有些名字很美，我写下来记着了：卢港，波尔佩罗，福伊，梅瓦吉西，圣马维斯，法尔茅斯，圣凯弗恩，利泽德，缪利翁，波特莱文

到彭赞斯后，搭每周一班的船，到了圣玛丽斯岛

“锡利群岛最大的岛屿”

一上岸，岛上当地人岂止是不友好，简直就是充满敌意，这两个猴子一样的家伙，到他们小岛上来干什么？

我们走在大街上，整个镇子都僵住了，我抓着克洛维斯的胳膊，感到他在发抖

他必须坚强，为了我

克洛维斯到码头上打听，人家说，你不能在这儿工作

我们进小餐馆，人家说，你们不能在这儿吃

我们进酒馆，一屋子人看我们，侍者说，你们不能在这儿喝酒

我们找住处，看到有个房子窗户上贴着房间出租的牌子，女主人说，你们不能睡我这儿，因为床单会被你们肤色染黑，那个年代的人，就是那样态度恶劣，愚昧无知，想什么说什么，毫不顾忌，不管对你有多大伤害，因为那时候还没有反歧视法

我们找警察投诉，警察对我们说，你们只能走，再也别回来

我们坐渡轮回到彭赞斯，晚上看到一个教堂，去敲牧师家的门，看到帘子动了动，没人来开门，当晚我们睡在教堂门口

克洛维斯，我说，我跟你说过，这儿不值当的，咱们直接回伦敦吧，伦敦人见到黑人不会大惊小怪

你别指挥我该做什么，温妮，我自己有主意，我要再去普利茅斯试试，普利茅斯沿海，天气也比伦敦暖和，离乡下也不远，咱们有了小孩，他们可以像在巴巴多斯一样自由自在地到处玩，放心吧

直觉告诉我，都会好的。

3

克洛维斯真找到工作了，体力活儿，在普利茅斯做装卸工

把大桶和重袋子从船上扛到仓库，从仓库扛上卡车

和其他装卸工处得不错，不少人都是见多识广的老水手，不会以为他是火星上来的

下了班一块儿去喝酒，有时只喝到有几分醉意，不好的时候，喝到烂醉，回到家

那时我已经安顿孩子们睡下，三个孩子

三年里生的

从早到晚是我一个人带孩子

我听到别人从身边走过骂我们，没有几个人是友善的

不管去哪家商店，都要最后一个才轮到我买，哪怕我排在第一个

雪莉坐黑色婴儿车，我推着，两个儿子用安全绳拴在我身上，一边一个，路过的车子故意往水坑里开

门前台阶上有人放了只死老鼠，是我发现的

家里前门上被人白漆涂了**“滚回家”**，是我天天在家面对，后来克洛维斯刷了新漆盖住

每个夜晚，是我一人在家担惊受怕，怕有人从窗户里丢进沾满汽油的布

雷切尔，在普利茅斯住的那段时间，我学会一件事，那就是，如果你在一个地方待得久了，待人接物处处得体，又有教养，人家会接受你的

贝雷斯福德太太是个上了年纪的寡妇，离我们家只隔了几户人

家，她是第一个和我讲话的

她弯腰摸摸推车里雪莉的脸蛋，雪莉抓着她手指不松手

小孩子没有错，贝雷斯福德太太说，我们这儿住着挺好的，罗宾逊太太，大家了解你们以后会好的

她递给两个男孩棒棒糖，我来不及反对，他们早一把抓过去了，我不让他们吃糖的，英国人这个习俗也不好

贝雷斯福德太太第一次来家里，带了个重奶油蛋糕，我给他们一人尝了一小片

有一天放学后，她为我和孩子精心安排了一顿茶点，介绍我认识当地教会的赖特太太和密辛南太太

那是我第一次到英国人家里，现在我还记得清清楚楚，如在眼前，当时很想自己家人也有那样一个家

客厅木地板铺着一块花纹图案地毯，玫瑰花的墙纸，屋里挂了许多画，厚重的梳妆台上摆着几排盘子，当装饰品似的，我觉得有点怪，窗帘沉甸甸的，长沙发豪华阔气，在我看着是，托尼和埃罗尔看着也是，他俩在沙发上又跳又蹦，我叫他们别跳了，贝雷斯福德太太不好意思开口说

她教我在煤火上烤面饼

茶里加新鲜牛奶，不用炼乳

先倒茶再加奶，不要先倒奶

贝雷斯福德太太

请我们去教堂，我们一家五口走上教堂门前大道，她和赖特太太、密辛南太太迎上来，当我们是多年未见的老朋友那样

她们每人手拉起一个孩子

带我们走进教堂

公园里，妈妈们一看到孩子跟我们在一块，就赶紧把孩子喊走，好像会染上麻风病一样

小孩子不在乎什么肤色，雷切尔，他们是被父母洗脑洗的

托尼和埃罗尔先后进了艾佛丁小学读书，放学都是哭着回家，因为在学校被人喊“黑煤灰”

被老师刁难，责打，在教室角落面墙罚站

不是我们干的，妈妈，他们叫屈，我们没干

我和克洛维斯反复跟儿子说，时时刻刻都要规规矩矩的

我们知道儿子调皮，但是他们不坏

有一次，我在学校大门口等着接儿子，看到两个高年级男生突然扑上去打托尼，托尼还手打回去，儿子很勇敢

我往托尼那儿跑，校长莫拉伊先生先我一步到了，一把抓住托尼外套后颈，把他押回楼里

两个欺负他的男生哈哈大笑，拍拍灰，拣起书包，什么处罚都没有，大摇大摆出了校门

雪莉上小学以后，一样被人喊黑煤灰，放学哭着回家，克洛维斯多少次去学校，找沃森先生，让他教育学生别欺负雪莉，都没有用

后来，学校又来了一个有色人种女孩，是个混血儿，叫埃斯特尔，肤色较浅，头发也是浅色，秀兰·邓波儿那种鬈发

埃斯特尔是那种人家见了都说好看的原住民长相

她妈妈长发，垮掉一代风格的，宽松黑裤子，贝雷帽，马龙·白兰度式破皮衣

我穿着比较正式：连衣裙长度到膝盖下，开衫，大衣，紧身裤袜，鞋子，头巾在下巴下面打结系好

维维恩在校门口跟我搭上话，她是画家，埃斯特尔的爸爸是欧非混血的南非人，南非种族隔离流放到英国

种族隔离，欧非混血的南非人，这些都是什么？

雷切尔，你别一脸惊诧，那个年代一般人不知道什么种族隔离，总之，维维恩不久就不再想法儿跟我做朋友了，无所谓，我们本就没有什么共同点——我们的女儿也不一样

早上老师们迎学生进校，对埃斯特尔态度都很好，大都对雪莉视而不见，雪莉那时太小，没注意到

埃斯特尔五音不全，却在学校圣诞剧中扮演圣母马利亚，独唱

雪莉嗓音那么好，演一棵棕榈树，站在舞台后面

和一个兔唇的男生

还有一个畸形足的女生

第二天，我告诉克洛维斯，你留这儿吧，你孩子的妈妈要回伦敦了

带着孩子。

4

温索姆从厨房窗子看到两个男人又出现在视线内，烈日炎炎，在海滩上转悠，没听她唠叨，两人都没擦防晒霜，也没戴遮阳帽

从前，黑人以为自己不会被太阳晒伤，结果患上皮肤癌

就是现在，多数黑人男人也不愿擦防晒

好像擦了就不够男人似的

伦诺克斯在体格和性格方面，都和克洛维斯很像，她可能不愿意承认，是非常像

温索姆揣摩着，雪莉选中伦诺克斯，就是因为这个吧，潜意识里

伦诺克斯让她觉得熟悉、亲切

温索姆自己也中意这个女婿，可能也是这个原因

是丈夫更年轻、性感的变体

再过几个星期，他们把船整修到能出海

接着

把船体缺的木板都补全，装好新发动机和螺旋桨

接着

后退几步，欣赏自己手艺

接着

把一瓶朗姆酒在船头砸碎，下水首航

天亮前下海抓飞鱼，一路放下鱼线，钓剑鱼和长嘴鱼，一开进外海，往海上撒下一层甘蔗渣和棕榈叶，作为掩蔽，下面放上篮子，慢慢释放鱼饵，飞鱼群聚拢来吃，就用渔网兜牢拉上船，虽然年纪大了拉渔网更费劲了，克洛维斯说，回家后背痛，她给他按摩

他生命的价值和意义，打鱼是很重要的一部分，让他感觉自己是个真男人，出门做活儿，养活家里，退休以后也不变

麦迪逊在雷切尔腿上醒了，迷迷愣愣看看四周，醒醒神儿，从妈妈腿上滑下来，摇摇摆摆走出门，看到爸爸和外公踩着珊瑚色沙子往家走，跑上去迎他们

在他俩中间站定，他们一人拎她一只手，把她晃起来

景象温馨

雷切尔感谢温索姆信任，外婆，您的故事太不平凡了，您是先驱者

我和外公就是去了外国而已，雷切尔，没有什么先驱不先驱的

我觉得你们很厉害，等一下我去陪妈妈坐了，只有妈妈在这儿的时候，我才不用担心她，其他时间我都怕她工作压力太大，会中风

雷切尔，你不用操心咱们雪莉，她就喜欢有东西可以发牢骚

六十年代，我们一家子回到伦敦，在佩卡姆住下来，买了一座炮弹炸过的房子，花了十年修缮

再没说起要跑到哪个地方不被人家待见之类的事情

克洛维斯专心致志做三件事：上班，带孩子，修房子

他发现自己很喜欢亲自动手，像同代大多数男人，周末在家做修理维护

穿深蓝背带工装裤，照着操作手册，学着抹泥，通管道，修电器，砌砖，做木工活

一开始，温索姆很喜欢这种一年开头能一眼望到尾，没有意外波澜的生活

除了一些房顶漏水、孩子阑尾炎紧急送去医院的突发事件

时光流逝，他们也能自我调侃以前的西南探险记了，那时，克洛维斯还年轻，冒进蛮干（他承认），她很恼他

温索姆没能一眼望到的是，她丈夫踏实居家过日子了，她反倒希望他再多点儿热情和冲劲儿

温索姆刚到英国时，渴望安全稳定，克洛维斯给她熟悉和亲切感，关注她，对她很好，那时她正需要有人关爱，于是迷上了他

发展成爱情，丈夫身上有很多让她喜欢和欣赏的品质——他从来不会狠心无情，从没上过别的女人的床，对她的需求，都是包容体贴

问题是，他没有那种特质——那种刺激感

雪莉读书时，第一次带伦诺克斯回家吃饭，伦诺克斯就像杰克森

五人组乐队里的大孩子，出现在她家门廊

他元气十足，满满的青春活力，喇叭裤绷得紧紧的

温索姆感到她从来没对克洛维斯有过的一种东西——勃发的欲望，激情，管它叫什么

她使劲控制自己不盯着看伦诺克斯的巧克力色皮肤，让人想舔一口，他聪慧的眼睛，眼白纯净，克洛维斯因为小时候在海边大太阳下晒得太多，眼白泛黄

他留着修剪齐整的短发，贴身衬衫勾勒出健美体型

她想两手摸过他全身上上下下，摩挲他的蛋蛋，感受他在她手下硬起来

克洛维斯引大家进了客厅，大家喝着可可茶，直勾勾地盯着伦诺克斯看

小情侣手握手坐在沙发上，她和克洛维斯坐在扶手椅里，陪着闲谈

她注意到，克洛维斯讲话压低了嗓音，想给这大学生留下好印象

雪莉明显是恋上伦诺克斯了，他将来要当事务律师，雪莉自豪地告诉他们，然后当刑事大律师，说不定有一天会当上法官

他太优秀了

雪莉真幸运

不知不觉间，大家已到门廊，客气道别，谢谢款待，你要再来啊

她和克洛维斯挥手告别，目送他们穿过佩卡姆黑麦公园去地铁站，到国王十字，换乘火车去利兹

温索姆关上门，上楼去卧室，我有点儿头疼，她跟克洛维斯喊了一声，他已在厨房听上了雷鬼地下电台，没听见

她在卧室床上躺下

她这是怎么了?

也许是更年期后女人情绪波动更大，这个阶段会过去，就像绝经会过去

雌激素下降

卵巢衰退

可是她不想这个结束，她让雪莉多回家过周末，当然可以带着伦诺克斯一起回

伦诺克斯来了，见面亲她左右脸颊一下

进屋以后，亲热地拥着她，雪莉很高兴妈妈和男朋友关系这么融洽

四个人一行去看电影，或是去餐馆吃饭，回来的路上，两人一组，走在佩卡姆夜晚的街头，克洛维斯和雪莉走在前头，她和伦诺克斯跟在后面，她喜欢伦诺克斯胳膊揽着她腰

她主动和克洛维斯做爱次数更多了，把烦躁发泄出去

克洛维斯十四岁就辍学了，可不如伦诺克斯，伦诺克斯讲话用一些大词儿，问责制、赔偿、互利互换等

这些词儿，她都要查词典才知道

除了家人聚会，克洛维斯对其他社交不感兴趣，回伦敦后他就戒了酒，也没兴趣看电影，去派对，玩到凌晨，不像雪莉和伦诺克斯，他们周日早上恋床，在床上喝渗滤咖啡壶做出的地道咖啡，一边读报纸，据雪莉说，然后我们出门去吃早午餐，妈妈

温索姆没听说过早午餐

她希望自己体型像女儿那样匀称窈窕

她希望自己有雪莉那样的学历和机会，雪莉有这些，所以能吸引到又有魅力又有野心的男人

这个男人娶了雪莉，生了雷切尔和凯伦

她多次主动提出帮他们看孩子，因为看完孩子，伦诺克斯会开车送她回家

在车里跟她讲话，有时在强调某个点的时候，手在她膝盖上按一下

告别时吻她，停留的时间有点儿过长，温软双唇流露热情

是不是她自己想象出来的?

她开解自己，她被伦诺克斯吸引，不是对克洛维斯和雪莉的背叛，因为她并没有付诸实施

如果实施了，那就不一样了

如果有一天，克洛维斯不在家，他出现在门口，扑过来

她肯定是没法抗拒的

她确实没抗拒

一天下午，他来按门铃，知道她那天晚班，正在家，而克洛维斯在上早班

他下午请好了假，进门后把门关好，吻她，克洛维斯从来没那样吻过她，因为刚认识时，克洛维斯就说深吻不卫生

打那之后，她就舌头好好地在嘴里，绝不伸出去

从来没碰过别人的舌头，直到现在

伦诺克斯解开她穿着做家务（擦扶手）的围裙，围裙下面她穿了一条夏天的裙子，他解开裙扣

拉下尼龙衬裙，脱下吊袜带吊着的长筒袜，她老派，不喜欢穿连裤袜，不舒服，大腿摩擦会起红疹，要擦凡士林

展露在他眼前的，他似是喜欢的，随着他的手，她发现自己，透过自己的身体，发现他的身体

她湿得厉害，顺着腿淌下来

这个女人是谁？让女婿各种姿势跟她交欢

这个女人是谁？给他口交，还很享受？她对克洛维斯只做过一次，事后还吐了

这个女人是谁？与年轻男人同步，他在她体内射了多次，因为他性欲旺盛一身劲儿，能一直做下去，她也能，做到两人精疲力竭，因为她完全是没有脑子，只有身体了

直到

厨房里闹钟响了

她得去幼儿园接凯伦和雷切尔了

两人冲过澡，穿好衣服

出了家门

分头

他

先走

那天晚上，她睡不着觉

感情与道德开战

猜猜谁赢了？

她快五十岁了

理当把握住这个

他

那个周日，家庭午餐后，她安排跟他两个单独在厨房洗碗，趁机跟他约好，下周再见

这样持续了一年

每周见一次，有时两次

周末，他们带雷切尔和凯伦去海边，让雪莉休息休息

孩子们睡下后，他们同睡一张双人床

这事，他们从没谈到过

伦诺克斯有需求，由她来满足，好过他找别的女人

跟女儿分手

后来，伦诺克斯跟她分了，或者说，不再找她了

没有解释，没有商量，没有借口，没有同情

跟一个中年女人上床，是不是醒悟过来了？和丈母娘上床，愧疚了？雪莉又和他做爱了？雪莉之前是真不跟他做爱了吗？

他是不是有别人了？

温索姆一直不知道真相，因为她问不出口

那以后好长时间，伦诺克斯都不直视她眼睛，只要能避免，连她脸都不看

雪莉注意到了，她和伦诺克斯不像以前那么要好了

没有啊，我多喜欢他，你知道的，雪儿

他唤醒了温索姆那种情欲，又不再来满足她，她真希望没有过

他给她尝了尝，又撤下去了

她不恨他，反而更想要他

他进入她的性幻想：与他在异国情调酒店，度过销魂旖旎下午，她穿着性感内衣，看着比实际年龄年轻

幻想中，什么都可以

即便在现在，几十年过去了，他夏天来度假，看到他衬在某种光线下，她还能感到那种诱惑

伦诺克斯和克洛维斯坐在白色长凳上，麦迪逊挨着他俩

雷切尔躺在克洛维斯午睡用的条纹吊床里摇着，他们讲到了什么，哄然大笑，不是雪莉讲话逗的，雪莉没有幽默感，很可能是笑麦迪逊说的什么话，很可爱的话，因为麦迪逊人就很可爱

伦诺克斯抬头瞥了一眼，发现温索姆正看他，他热情自然地挥挥手

这么多年来，他没露出过一丝丝心领神会

雪莉夸口说伦诺克斯永远不会出轨

温索姆总说，雪莉是找到好男人了

你很幸运，雪儿，你很幸运。

佩内洛普

1

佩内洛普的父母乏味无趣，没有感情，机械呆板，一步步爬向死亡

她十四岁的日记里记着

很不幸

因为她自己活泼生动，奔向前方精彩人生

她日记中

也写道

她父亲爱德温是个测量员，在约克长大，佩内洛普日记中写道，父亲做什么都卡着点儿：准点起床，准点出门，准点回家，准点吃饭，准点睡觉，准点过一辈子

父亲讲过的话，没有一句有意义的，她写道，没有一句不是从《每日电讯报》上照搬的，他每晚下班后必读这份报

他唯一有趣的一件事，她写道，也是最不体面的：院子棚屋里，他的工具箱里面，藏了厚厚一信封色情明信片，从来没想到女儿把自己相框钉到卧室墙上也需要找工具用

佩内洛普的母亲玛格丽特，也是无趣得可怕，虽然母亲的背景有

些外国成分

她出生在早年刚成立的南非联邦，母亲的父母是英国人，借 1913 年《土著土地法》的东风，卖了他们在约克郡赫顿柯尼尔斯经营不善的大麦农场

《土著土地法》规定，土地所有权的 80%以上，归有能力照看土地的人所有，母亲说

就是白人

我们

母亲说，为了整个社会的进步，必然要发展经济，为此，当地土著必须把土地交出来

这样他们就都迫切需要找份工作，劳动力很便宜

佩内洛普，我父亲在那儿买了个大麦农场，但是没做好，因为农场工人不勤快，一肚子怨气，还偷东西

同行建议他抓住重犯，绑到树上用鞭子打

杀鸡儆猴

他对偷庄稼的也同样惩罚，似乎很奏效

那以后，工人好像老实了，有进步

有一天，他骑马巡查，一帮作乱的农场雇工冲出树林，如一群发狂动物，猛扑过来

他还没反应过来，已经倒在地上，马鞭落入他们手中，抽打他

可怜的父亲差点儿死掉

你外公的精神一直没恢复，佩内洛普，外公低价卖了农场，全家搬回英国，住到亲戚家，他没再工作过

搬回英国我安心了，远离那些土著的仇恨，残忍伤害父亲的土著

那儿也不适合白人女孩成长

我不喜欢土著男人看我那种眼神

佩内洛普的母亲在文明的英国成年，她说，跳跳舞，结交朋友，周日和一群朋友骑车去乡间，里面也有几个混混，他们人倒很有意思，一伙人在郊外野餐，随身小酒壶装了金酒，喝得微醺

半夜溜出去，一起去乌斯河裸泳

离家有段距离了，就把裙子提到膝盖以上

那个时代，女人在公共场所吸烟被认为很不文雅，她毫无顾忌当众抽烟

只有留短发穿男人衣服的腐化女同志才行，佩内洛普

一次派对上我认识了你爸爸，他比我大一点儿，没秃顶前他很帅气，每周六晚上，我爷爷奶奶家门厅那个落地大摆钟敲响七点整，他的电话就来了

他开始周日去我们教堂，到我工作的商店外面接我

我一直想上培训学校，当小学老师，我们那个年代女人能做的工作不多，小学教师是其中一个，但是已婚妇女不能工作，佩内洛普，那我一旦结婚就不能教书了

既然以后做不长教师，去上培训学校也就没什么必要了

你爸爸和我认识的那些无赖男人不一样，他不喝酒，很理性，符合我对婚姻的要求

我父亲那时已经死在精神病院

那是全家又一个难关，你爸爸很容易进入了我的生活，给我陪伴和安慰，带我在乌斯河上划船，虽然从来不游泳、跳舞，也不喝酒

那些他都认为不是女士该做的

求爱三年后，我们结婚了

我真怀念跳舞，跳舞多么开心啊，我常想起从前，从前的我

不知道那个我去哪里了

佩内洛普的母亲停下不说了，回头继续做活儿，织毛衣，做针线，做饭，打扫，熨衣服，还有其他她天天做的事

留下没讲完的话悬着

佩内洛普很难想象母亲曾经也叛逆，也爱交际

事业和家庭，母亲只能选一个，未免太不公平，她心疼母亲

母亲盼的是逃离南非的野蛮，佩内洛普是盼着上大学，工作，逃离父母的禁锢生活

结果，有一天，父母告诉她，她是领养的，曾经对母亲的同情和惋惜，瞬时化为乌有

取而代之的，是汹涌的怨愤

撒谎瞒她这么多年，太可怕，虽然多年后她慢慢理解了父母的用心，最可怕的，是父母的冷漠

这种冷漠下，她父母是什么人，她会在世上成为什么人，这些问题，暴露无遗

你不是我们的亲生女儿，她十六岁生日（真会挑时间）午饭时，父亲告诉她

她被遗弃在教堂台阶上睡篮里

他们想着等到她大了，能理解了，再告诉她

不知道谁把她放在教堂门前，没有出生证，没有留纸条，没有线索，什么都没有

他们一直想生个孩子，好多年了，都没成，在孤儿院看到她，那

时候收养手续很简单，他们签了文件，把她带回家

讲到这里，在这一刻，他们没补充说一句，他们爱她，这句话，他们从没对她讲过

父母把她当自己孩子养大，在那一刻，她多想听他们说一句，他们无条件爱她

但是没有

父母仍跟平常一样，她已经泪流了一脸

父母还坐在高背椅上，守着椭圆餐桌前的固定位置，餐桌铺着流苏边桌布

木餐巾环上刻着每个人的名字，父母打开箍着的餐巾

开始吃饭，周六的午餐有羊排、薄荷土豆、黄油豌豆

他们递肉汁

递胡椒

递盐

佩内洛普一块土豆卡在喉咙里咽不下去，起身就跑，冲到楼上自己卧室，泣不成声，哭倒在床上，多么希望妈妈会来看看她，竖着耳朵听，等着有拖鞋声上楼梯，敲敲门，开门，拍拍她背

还不敢奢望拥抱

但是都没有

她听到的是，她一直以为是父亲的那个人，刚出门跟他弟弟（已经不是她叔叔了）打高尔夫去了，每周六下午都去

曾是她母亲的那个人，估计正坐在壁炉前，给她最小的侄女琳达（已经不是佩内洛普的小表妹了）钩白色毛线鞋

佩内洛普能听到楼下收音机传出喜剧声和笑声

对父母，这就是个平常的周六下午

那以后，连着几个月，佩内洛普的眼泪止不住，一个人偷偷地哭，背着父母，他们不赞同这种感情外露

背着学校的朋友，这么没脸面的事，不能让她们知道

她是个孤儿

私生子

没人要

被遗弃

她和父母那么不一样，现在看说得通了

父母不是她的父母，生日也不是她出生的日子

她和父母没有血缘关系，也不属于同一传承

可怕的念头不断涌现，反复折磨自己

亲生父母怎么那么狠心抛弃她？扔在教堂门前，像丢一袋垃圾

要是还没被人发现，就被老鼠咬了呢？还有狐狸？晚上冻坏了呢？

他们怎么能狠得下心？他们究竟是什么人呢？不知道亲生父母是谁

又怎么能知道自己是谁呢？

查不到书面文件

她是个弃婴

没有名字

没有身份

神秘莫测

后来

佩内洛普在梳妆台镜子里仔细打量自己，实在再清楚不过，她长得没有一点儿像爱德温和玛格丽特的地方，现在他们在她这里，只是爱德温和玛格丽特了

爱德温小个子，脸色苍白，蓝眼睛，鹰钩鼻，看面相就是那种任何情况下都不会流露感情的人，即便偶尔开怀大笑，听着都像破了给自己立下的不能逍遥快活的规矩

玛格丽特个子更矮，勉强算得上一米五，头发稀疏，灰眼睛，脸色灰青

婚纱照看得出她从前挺美的

现在，她的样子

憔悴

不堪

佩内洛普完全不一样，身高近一米七五，女孩中的高个子，天然微翘丰唇，淡褐色眼睛，是学校有名的美人儿，金黄鬈发带点儿红，玛丽莲·梦露式鬈发，鼻子周围“浅浅一层雀斑”，皮肤夏天一晒就变棕色，时髦极了，泛着光泽，那种在圣特罗佩晒出来的

全球旅行的富豪才有的

佩内洛普下定决心要上大学，嫁个宠爱她的男人，当老师，生一堆孩子

填满她体内刺痛的大口子

那种感觉

没

了根

没

人要
没
人爱
没
希望

谁
都
不是。

2

身份撕裂，支离破碎后不久，佩内洛普锁定了贾尔斯

她需要有人把她再拼接回去

贾尔斯十八岁，是文法男校的橄榄球队长，何等出色的男生，希斯克利夫般的外表，带着冠军的自信，那些不怎么样的男生，无法望其项背

谁会不想成为他圈子的一员呢？贾尔斯大帝，贾尔斯沙皇，约克贾尔斯一世

她在日记中写道

除了据传是女同的，学校每个女生都暗恋贾尔斯

佩内洛普费尽心思诱捕贾尔斯

每早埋伏在他下公交车那一站，待他下车后，假装碰巧遇上，大胆大步走在他身边

和他边走边聊，还好算聊得来，不缺话题，别的女生想挤进来，

她一把给隔开，已是驾轻就熟，但她喜欢有他橄榄球队队友加入进来，大家呼啦啦奔下山

就她一个女孩，跟着一群体育健将，他们男人味儿十足，又炫酷，胡吹海侃

别人见了都露怯

主动让路

或者被挤出局

被她

她和贾尔斯开始肆无忌惮手拉手，藏身成群结队的身着绿白校服的同学中间

在她学校门口分开时，他与她吻别，当着大家的面，分外刺激

这两样行为，任一样，都够她被喊到校长面前开除的

她有什么可怕的？她在恋爱，会跟贾尔斯生孩子，开创她自己的血脉，她十八岁订了婚

同班那些女同学，还在为粉刺和婴儿肥烦恼，怕将来没人要

她觉得她们真可怜，又胖又丑，而且极有可能以后要一个人过一辈子，多可悲

她是天之骄女

实话说

特适合她

教师培训学校毕业后，佩内洛普很快就和贾尔斯结婚了，他已经是土木工程师

一切都很完美，一如她梦想的，贾尔斯对她体贴入微，嘘寒问暖，温柔的爱抚，轻抚她面颊，吻她后颈，让她感觉自己被珍视，

被需要

贾尔斯的工作薪水很高，他们搬到了伦敦坎伯韦尔，住在坎伯韦尔林一座华美的大宅子，那个区并不富裕

室内装饰他交给她自由发挥：威廉·莫里斯壁纸，Uniflex 餐桌餐椅，De Sade 模块式沙发，厨房的墙包了棕色软垫人造革，橘黄长绒地毯，浴室清一色牛油果绿塑料

她做饭是大胆实验，他让她放手探索，试验结果出来，有的太咸，过甜，烧焦了，没做熟，湿嗒嗒，黏成一团，太稀，太费咬，一咬就碎，块儿太多，有时要用锤子凿子才能敲开酥皮底托、手工面包、烤肉，他都没抱怨过

很快她就怀上了亚当，教书的事儿只能往后推，发展事业还有的是时间

一年后，经历十二个小时分娩，莎拉出生了

孩子才出生，她很乐意在家带小宝宝，对孩子是爱也爱不够

她心中的洞，贾尔斯的爱已经填上了，但是她对孩子的爱是铺天盖地，无边无际

她爱自己爱孩子的感觉

但是

两个奶娃儿在她鼓胀的胸上吸奶，过了三年这样的日子，她觉得要被娃儿吸干了

老实说，感觉有点儿吸血鬼式

莎拉还处在喉咙咯咯发声、口水嗒嗒滴的阶段，亚当开发了（无奈）话语能力，听亚当呜哩哇啦，一天下来，身心俱疲

这种感受，真不好受，她渴盼开始教学生涯，平衡她眼下不甘心的大地母亲角色，她尤其感觉被边缘化了，与时局大事脱节，因为报纸

上连篇累牍地报道，全球爆发各种文化革命，包括女性解放运动

与此同时，她却深陷小孩屁屁和呕吐物

贾尔斯如今上下班路上读《泰晤士报》，自觉智识过人，甚是自我膨胀，下班到家，想聊聊天下大势，她呆头呆脑实在不开窍，他只得作罢，一声不响吃饭，吃完去书房了

她去哄孩子们睡觉

她跟他提出回去当老师，咱们又不是请不起保姆

他说，上班有老板，到家有丈夫，两个主人，这不可行

他是开玩笑吧？看他脸上表情又不是

佩内洛普逼自己去参加母婴咖啡早茶会，只为能出门走走。她与其他年轻妈妈——除了都是当妈的，没有多少其他共同语言——交流怎么管孩子、丈夫，以及最新必做菜，洛林咸派、肉酱意粉轮着来，还要一直看住孩子，孩子扭来扭去一刻不停，把大人胳膊绕得狂转，目光如电四处乱扫，防着捣蛋鬼爬上楼梯，头朝下反跳下来，或者拆下火炉挡，去抓滚烫的火炭

佩内洛普日记中写道，她的脑细胞噗噗爆裂，如星星，一个个消亡湮没

63号的米尔德里德灵感迸发，提出她们组织一个“国家酥皮馅饼日”，召集社区多多宴饮，佩内洛普真想学孩子，仰天狂嚎

谢天谢地

紧要关头，她发现了格洛丽亚，当地的图书管理员，借童书和还书的时候，能简短聊几句比较有脑子的内容

格洛丽亚机智地成功偷订了六本贝蒂·弗里丹的《女性的奥秘》，满心欢喜

隔着橡木柜台对佩内洛普和盘托出

说她把这本书推荐给谈吐斯文的年轻妈妈们，她们工作日到图书馆，推车推着孩子，或是拖着娃儿，娃儿一般都在又叫又闹

一看就知道，格洛丽亚说，这些聪明的妈妈，被娃儿给折磨坏了

弗里丹的书，佩内洛普看不够，她把书藏在橱子里，跟扫帚、吸尘器和熨衣板一堆儿——很稳妥，她知道贾尔斯从来没打开过这橱子的门，他说那是她的“窝”

读下来难以置信，美国受过教育的家庭主妇，照道理应该安心做妈妈，理家务，实际内心却感到不满，又不能讲出来，那么多可怜的女人，困在郊区的家里，围着灶台转，洗衣做饭，做不了有意义的事，比如治愈失明之类

到那时，她才意识到，她一直以为这是她个人问题，其实远远不止，很多女人，大批的女性，都有这种问题，被丈夫要求待在家里，但自己更想去做技术性工作，不浪费自己的才智，她们和她一样，被琐碎庸碌快逼疯了

佩内洛普着手对贾尔斯展开游说，让她恢复工作，贾尔斯还是坚持要她留在家里，因为有史以来，这就是天经地义的：

我打猎——你持家

我挣钱——你做饭

我给你孩子——你带孩子

贾尔斯，英国劳动阶层妇女就能工作，第三世界国家几亿女性，她们也可以做妈妈和工作两不误，她表示忿忿不平，贾尔斯只是笑她

她们都可以，我怎么就不行？她随时随地继续游说，每早给他把茶端到床上，他收拾准备上班，屋子里他到哪儿她就跟到哪儿，他

在卫生间待得太久，她就隔着门跟他讲（你在里面做什么呢？），一边宣讲她的解放运动，一边给他做早饭，吐司夹蛋，在他吃早饭时，在他穿上大衣去上班时，因为，总有办法，会有办法，她会让他改主意

终于，有一天早上，他一拳砸穿前门玻璃，大吼他没一拳打上她脸算她走运

把门一摔走了

房子留给她了（这点他真不错）

亚当和莎拉的监护权也没争，都给了她（对他是个负担）

她找了个保姆，在家边上一所新成立的综合学校，佩卡姆学校，找了份教职

在大学朋友的婚礼上认识了第二任丈夫菲利普，就在六周前，邮差走上花园小路，递过内有离婚判决令的信封

标志着她正式

恢复自由身。

3

菲利普很不一样，他是真优秀，杰出心理学家，在朋友婚礼上对她大展魅力

音乐转为慢曲，两人在舞池浪漫缠绵

当晚去她酒店房间继续

认识他以后，佩内洛普因为离婚产生的种种情绪波动（后悔，难

过，孤独，厌恶自己，气愤贾尔斯竟是个大男子主义）

烟消云散

她很快发现，菲利普是阴蒂男，与他做爱，她才算明白了

不像贾尔斯：左边一点儿，右边一点儿，上面一点儿，下面一点儿，对了，贾尔斯，真聪明！

菲利普很清楚，知道在哪儿，不用她指点着，知道该做什么

而且，他很体贴，很敏感，想让别人更自信

他们婚礼没有大办，只有两个见证人出席，她不想整全套的，怕带来霉运

菲利普卖了他在海格特的大房子，搬进她的四层大房子，前屋客厅做他私人诊所

现在，她是出门上班的，丈夫待在家里，可以说很叫她满意，虽然丈夫在家是工作

仍然很有象征意义

开头几个月不太好过，特别是莎拉，非常想爸爸，有时晚上她要起来再抱着莎拉哄睡，后来孩子们喜欢上他了，叫人欣喜

菲利普赢得孩子的心，是通过多触摸孩子，关心孩子（不像贾尔斯），跟孩子聊天，听孩子讲话（不像贾尔斯），给孩子读书（不像贾尔斯），辅导他们做功课（不像贾尔斯），她在边上批改学生作业

菲利普还有一处很不一样，他很想去了解她，了解她内心深层的真实自我，表面的亲和与讨人喜欢之下，真实的佩妮，了解她作为女人和母亲的经历

他对她这样用心，她很欢喜

他也不强求她守那些老规矩，不像讨厌的贾尔斯，那个暴龙兽，

信奉男性优越

菲利普了解现代的东西

是个新时代男性

她在日记中写道

到目前为止，一切都很好

直到她发现，菲利普原来一些好意的追问，当遇到她做了什么他不喜欢的事，或者不能随他的意的时候，会变成那种侵犯性的审问

特别是她以一个思想解放的女性身份，对一个思想解放的男性，坦率说出自己观点，本不该有任何问题

你这负面行为，咱们来看看，是什么刺激的？他会隔着餐桌上吃了一半的晚饭，探身问她，深深注视她眼睛，让她觉得，怎么描述那种感觉呢？心理上被强奸，对，就是这个

佩妮，你小时候都经历了什么？他会问，你怕被抛弃，这个问题特别明显，咱们来挖挖你的潜意识记忆吧？

我的潜意识记忆还是原样别动吧，她说

那咱们探究一下你被压抑的性欲吧，看看是什么影响了你个人的提高和改善？

或者

佩妮，你深挖一下，为什么你要一天三次反复地洗马桶？

因为你小便在马桶圈上了，亲爱的，她气冲冲回嘴

他问，她为什么同样一遍遍地去扫厨房地板？

因为你吃烤面包和饼干掉了一地屑啊，踩过以后又带得满屋子都是

他问，玻璃酒杯为什么冲也不冲，就堆到晾干架上

她的回应是，干脆把酒杯直接砸地上

他问，她为什么不喜欢他的朋友（都是黑框眼镜，高领黑毛衣，自以为是的知识分子），她说，老实说，菲尔，他们不是我喜欢的那种人，很想跟他直讲，他们跟你一样，我觉得，你也是

他问，她为什么反对他订《花花公子》杂志，她不是认同性革命的吗？她难道不希望有个思想解放的男人吗？她真就这么迂腐老古董吗？

她的回应是，抱起一摞杂志，到院子里，那儿烧着一堆落叶和修剪下来的蕨类，噼啪作响，杂志直接扔到火里

他说她不该喝酒太多，佩妮有两个：没喝酒的佩妮，很讲道理，还有一个喝醉的佩妮，不讲理

她说他这要求真可笑，晚上喝一瓶红酒不算多，菲尔，那斯堪的纳维亚人早饭喝伏特加，地中海人中饭晚饭喝红酒呢？再说了，你跟朋友晚上在酒吧喝酒就可以，我在我自己家里喝点酒就不行了？你老婆有这么讲究的欧式生活习惯，你应该庆幸

好了，把核桃面包、软奶酪、无花果酱递给我，亲爱的

佩内洛普得出结论，两个人还在恋爱中的时候就结婚，不太好，最好是等上几年（十年，二十年，三十年，永远不结婚？），激情消退了，现实逃不过去了，再看你们是不是还合得来

她自己承认，她跟贾尔斯，在第一个孩子出生后，性吸引没能恢复，两人的关系就出了问题

她泌乳的乳房，更丰腴的身材，贾尔斯都不是太喜欢；他没说过，但是，从他看她的样子（嫌弃的表情），和他的行为（不想碰她），她能看出来

生了孩子以后，她的腰再回不到从前的苗条，胸也失去弹性，她

多怀念从前

他不再夸她美得惊人，从前他一天要夸好几次

她才发现，她离不了这种夸

现在听不到了，她多想听上一句

感觉自己好丑

但是

她决意不放弃第二任丈夫，希望他也不要放弃她（像贾尔斯），即使他已开始忘记她的性需求大全

或许他是嫌麻烦，管他什么原因，现在他也采用她前夫无趣的传教士体位抽送

她想过了，还是将就着过吧，如果再离一次婚，太丢脸了，还会被大家排斥

第一条规矩：已婚夫妇的晚宴不会邀请单身女人

孩子学会了躲着他俩，他们喜欢菲利普这个继父，对菲利普还是很好，佩内洛普觉得很过意不去，让孩子年纪小小就经历两次破碎的婚姻

孩子们长大后离家那时候，妈妈和继父实际是各过各的，相互没有话讲，激烈吵架就更没有了

还都住在家里，但各有各的地盘，两台电视，两个电话线，厨房里他占一头，她有另一头

后来，很俗套的，他找了个年轻版的她，是他的客户，梅利莎，十九岁，北欧金发女

佩内洛普每周例行搜查时，在厨房垃圾桶发现了用过的避孕套

当晚，她手端一锅滚水，把他堵到冰箱跟前

他承认了，跟这个梅利莎有段时间了，不敢告诉她；他出轨，对佩内洛普倒没什么（她说服自己），她恨的是他跟一个比她自己女儿都小的女人，背着她，在他们家里

他说跟年龄没关系，鉴于梅利莎的童年过去才没多久，他帮梅利莎挖掘压抑的记忆相对会容易些，你知道的，帮她解决她个人的问题

她怀念贾尔斯了，他起码不是菲利普这种怪胎心理猎食者

只可惜，贾尔斯已在香港娶了第二任（印度）太太，他在那儿的工作是桥梁建造，住在一个热带离岛，自家花园养了许多鸟

据亚当和莎拉汇报

孩子们长到十来岁，贾尔斯能当他们成人来对话了，就开始叫孩子暑假去他那里过

孩子们很喜欢比他们小很多的同父异母印度混血弟弟，拉维-保罗和吉米-德夫

她但凡说一句弟弟的不是，孩子们就说她种族歧视

政治正确有多失控，在她孩子身上可见一斑。

4

孩子们长大离家后，怪胎菲利普搬回了他在海格特的房子——他自己的房子一直留着，她自己的她也留着，留下佩内洛普一个人

她一个人住了几年，找了个很好的非洲清洁工，叫布米，大致打扫打扫房子，大部分房间都空着，似乎有点浪费

佩内洛普决定把空余房间租出去，楼上的房间改成出租间，租给日本学生

日本学生很整洁，安静，讲秩序，有礼貌

她去收房租，租客对她鞠躬，感觉真不错

她不喜欢单身一人，但是人到中年，要找个伴儿，不那么容易

男人不再关注她，她在看到合适的男人时，又不知道如何巧妙地暧昧调笑，吸引男人注意，因为她从来不需要这样做的

年轻时，男人自动被她吸引过来，她只需回应即可，或优雅，或轻佻，或（现在她理解了）轻慢

现在折磨她的问题是：男人压根儿不想约你出去，你怎么设法让他约你?

通过中介安排的第一次也是最后一次相亲，一见她进门坐下，未来的结婚对象（至少看书面条件符合）站起身就走了

这辈子第一次，她都有点儿希望自己是同性恋了

她读过一篇文章，文章里说，中年男性通常喜欢年轻女性，而中年女性和年轻女性都喜欢中年女性

可惜，她一丁点儿女同性恋细胞都没有

佩内洛普现在看的那些女性杂志认为，女性不应由自己找什么男性伴侣所定义，依靠男人是脆弱的表现

与她年轻时读的杂志很不一样，说法截然不同

她想法子开开心心的，为自己一个人买东西，一个人睡觉，空床上醒过来，建筑工地工人不再吹口哨挑逗她（她以前还很反感来着）

欣然正视镜子里自己的中年身体，不再拉着脸认为看不过眼，因为女性身体，不管身材如何，尺寸大小，都应该全盘接纳，不是吗?

佩内洛普想摈弃杂念，爱自己，接受自己

就从把家里的全身镜处理掉开始吧

上班也应该开开心心的，为了争取这份工作的权利，她放弃了第

一次婚姻呢

起初，她喜欢教当地的贫困学生，学生父母在英国有隔代纳税，虽然她知道大部分学生将来不会有太大出息

识数的，在超市做出纳；既识数又识字的，做打字员；考试成绩足够好的，继续升学

对同族的孩子，她有这种责任感，后来移民和移民的孩子涌入，学校人口构成变了，她一点儿都不喜欢

十年间，学校从以英国工人阶层孩子为主体，变成了多文化族群，学生来自多个国家，有些国家语言中没有“请”和“谢谢”

这能说明很多东西

她看不惯，女权主义日渐式微，聒噪的多文化党大行其道，总是一肚子气，被那些没礼貌的高年级男生气的，还有自我膨胀的男教师，还是一副天下都是他们的作风

多年前她刚开始工作时，这种男教师盛气凌人，惹得她掉眼泪

从来不让她参与谈话，除了为看她的乳房

教师休息室里，她只能坐那儿一声不吭，被物化，与其他年轻女教师一起，还有布告栏里贴的无上装模特海报

有的女生被男老师骚扰，偷摸，女生投诉这个男老师摸她的胸，那个男老师打她的屁股，另一个男老师手伸到她裙子里，有人认真对待处理过吗？

她知道有两个男老师与女生有过“关系”

没被怎么样，都安全脱身，没受过处罚

男教师

下班后去绿龙酒吧喝一杯，从来不会想到邀请她或是任何其他有

子宫的老师

男教师

在教师例会前就做好了决定，她们只能接受他们决定好的既成事实，根本没法参与在午饭时、走廊里或者前一天晚上电话里就开始的决策过程

她花了多年才明白，她不笨也不傻，吃了多少苦头，才学会自己主动插进男教师的辩论，逼他们说说清楚，他们讲的是什么，让他们承担责任

吃了多少亏，学会了把对手打倒在地毫不留情，特别是对加勒比老古板雪莉这种自命不凡的年轻新人

她日记里这么写道

多年前，教师例会上，刚出教师试用期的雪莉，对她大肆批评——她可是学校里唯一敢跟男人对抗的女性

圣人雪莉怎么不去批那些夸夸其谈喋喋不休的大男子主义沙猪？反倒来批她这个女强人，是她号召大家申请通过《同工同酬法》和《性别歧视法》，两个法案最后都经通过成为法律

改善了全体职业女性的处境

过了很久，她才原谅圣人雪莉，之后两人成了朋友，工作上的朋友。

5

佩内洛普

每晚从学校下班回家，金毛寻回犬汉普汀克在家

它总在家等她的，总想让她抱抱，听她唠叨几个小时也不烦，她出门时它会呜呜不舍，她一进门就来迎她，跳起来要她抱

名字来自她最喜欢的七十年代男歌手英格伯·汉普汀克，棕色皮肤的性感男神，在电视上出现，牙齿如打磨过的珍珠闪闪发亮，魅力无穷，令她不能自已

和他水平最接近的汤姆·琼斯，顶胯动作最有名，来自威尔士山谷的浑厚嗓音，她认为，汉普汀克比琼斯性感多了

也和大学时的姐妹会又联系上了，她在婚姻期间与大家几乎没有任何联系，她们表示理解，也不跟她计较了

她跟大家说，贾尔斯只喜欢和跟他一样无趣的工程师及其（家庭主妇）太太来往，菲利普周围则是些伪知识分子和他们乏味的拯救地球派太太

她承认，已经丢失了自“我”，并入了婚姻中的“我们”，自己的姓也放弃了

佩内洛普·哈里法克斯变成了佩内洛普·奥茨比，再变成佩内洛普·哈钦森，最后又改回婚前姓

本来也不是她自己的姓

（身世之憾她没告诉别人）

她们最喜欢切尔滕纳姆一家健康水疗中心，一年去两次，她们称之为排毒/复原周末

姐妹们尽情欢乐，享用按摩、做脸、桑拿，畅饮偷偷带去的葡萄酒

喝酒是在离水疗中心前台古板员工最远的房间

那些员工根本见不得人找点乐子

佩内洛普

有个女友婚姻也破裂了，她心下略感慰藉，不觉得那样孤身一人，形单影只了

她俩可以一道去看戏看电影，出门吃饭，看展览，去她在普罗旺

斯原汁原味的乡间小屋，去阿尔卑斯和泰国做水疗

第二次婚姻结束后，女儿给她支持很大

是她最知心的朋友，佩内洛普总跟女儿这么说，时时提起，不止在她喝了几杯，凌晨打电话给女儿时

莎拉从没挂过她电话，一次也没有，妈妈，有我在的，不要做傻事啊，一定

佩内洛普没有自杀基因，女儿竟然会怕她自杀，她有点失落

莎拉交过男朋友，但还没爱上谁，也许是因为她看到了妈妈的下场

她说过想要孩子，她说，妈妈，我一有孩子，就不去上班了，我不想当职场妈妈

没问题的，佩内洛普让女儿放心，她说的是真心话

她只想女儿能实现自我价值

她走到现在，让女权主义政治那一套见鬼去吧

看看都给她带来过什么?

贾尔斯承担了孩子们的大学生活费，孩子们最喜欢的是他

孩子们是她拉扯大的，却没有对她特别青睐，她不免有些感伤

大学毕业后，亚当跑去得克萨斯做了石油工程师，中东也有个工作机会，好歹比去中东好

莎拉在伦敦西区一家大型经纪公司做演员经纪人，抱怨明星拿她当帮佣

远没有你想象的那么光鲜，妈妈

她与人合租一个房子，住在白教堂（为什么要住在脏乱的东区，佩内洛普搞不懂，那里只叫佩内洛普联想起维多利亚时期的贫民窟和开膛手杰克），隔周周六回家吃午饭

合租的室友都是年轻上班族，一半是亚裔
受过良好教育，谈吐文雅
所以并不像亚裔

冬天，佩内洛普一般会做莎拉最爱吃的西兰花和萝卜汤
和硬皮面包
夏天，做莎拉爱吃的色拉，有绿叶菜、西红柿、无花果、食用花、山羊奶酪
佩内洛普爱吃些有点儿腻的实在菜，比如意大利面和土豆、浓汤、香浓咖喱、太妃布丁这类最甜腻的食物
她喜欢吃完饭肚子饱饱的感觉
胃撑到快爆掉
不然心里空荡荡的

莎拉会毫无顾忌地聊她客户的八卦，佩内洛普很喜欢
这些客户，佩内洛普在明星名人杂志中看到，听女儿讲他们八卦，离他们最近也就到此了，她看这些杂志，借以忘却自己悲惨的现实生活，走入一个梦幻世界，看光鲜亮丽的人过精致完美的生活
即使她知道，这些杂志是针对大众好骗，开出来一剂灵丹妙药，吃下去包你开心，但还是能抚慰人心，看了并不会心生嫉妒
莎拉说，那些成名的演员，演了某个抢手角色，如果没有多少观众或报道，或者观众和报道很多，结果全是负面的，把他们的演艺事业给搞砸了，全都会怪在她身上
那些不怎么有名的演员，自己没成名，也怪她
她的客户里，那些同性恋都装着不是同性恋，已婚的胡来乱搞，我听说的那些啊，妈妈，你都不会相信，有个已婚的大牌演员，他好那

么一口，就是整一个玻璃桌子，让一个年轻漂亮女人躺桌子下面，他蹲在桌子上面拉屎

真的，娱乐圈这些人很烂，基本没人比得上，你跟这些人比不算什么，哦我不是那个意思，我不是说你烂，咱们大家都很烂，对不对?

她说

面包往汤里蘸，都快整个泡进汤里了

捞不出来了。

6

几年以后，前门门铃响了

隔着门，佩内洛普能看到莎拉和克雷格模糊的剪影

听到他们双胞胎女儿马蒂和莫利兴奋得吃吃地笑

她打开门，他们一拥而入，孩子跳到她身上，汉普汀克跳起来挨个人抱，莎拉在她脸上亲一下，克雷格老样子给她个澳大利亚式拥抱

他做电影声音制作，在一次首映式认识了莎拉，当时他负责音响效果，莎拉陪一个刚签下的小明星

午饭佩内洛普做了硬皮披萨，上面堆了高高的熏牛肉、番茄、奶酪（没放橄榄和辣椒，小孩子不喜欢）

还有一份蔬菜色拉，他们也不会碰的（她也不会）

她最喜欢莎拉一家子来，有他们在，她忘了平时的自怜自伤不能自拔（承认吧，佩妮）

午饭后，碳水化合物转为糖分，孩子们更有劲闹腾了，在她客厅里奔来奔去

克雷格的父亲是矿井地质师，克雷格小时候在昆士兰，跟土著朋友赤脚玩儿，他觉得小孩儿就应该自由自在，看来也包括在佩内洛普

家的客厅，孩子们打翻了一杯咖啡，互扔垫子，蹦到窗台上，想拉着窗帘荡起来，莫利差点儿把手指插到电插座里，克雷格这才吼孩子，别碰那儿，莫利!

莎拉抱歉地对妈妈笑笑，但也没批评孩子，怕被克雷格说扫兴

孙女淘气过分了，该有人扇她们几巴掌，佩内洛普很乐意执行——那是虐待孩子，克雷格认为

她不能做

她拿出两根棒棒糖，勾引她们坐到沙发上，她们一上钩，她就一只胳膊卡住一个，把她们揽在怀中（不能明显叫人看出来是勒住她们喉咙），给她们讲会说话的火车的故事

莎拉一家住在布里克斯顿一个公寓，在三楼，只在必要的时候佩内洛普才去她们家，比如双胞胎姐妹的生日（可惜每年都有）

家里白墙被孩子涂满了岩画，家具上斑斑点点的是孩子的颜料、签字笔、食物残渣，不知道是吐出来的还是什么，有豆泥，有化了的巧克力

佩内洛普小心翼翼蹭着椅子边上坐，尽量哪儿都不碰，就怕手摸到黏糊糊的东西，更叫人担心的情况是，摸下去，手湿了

佩内洛普用她专门的讲故事催眠大法声音，把双胞胎哄睡着了，两个胳肢窝下一边一个，睡得正香，莎拉决定就跟她讲吧，要讲这件事，没有什么时机是好的，现在就讲吧，妈妈，莎拉说他们要搬去悉尼住了，因为杜比音效请克雷格做负责人

佩内洛普的反应很直接，发作起来，情绪过激，无法控制

不多久，她脸朝下趴在她双人床上，听着她卧室门吱扭一声开了，莎拉在说双胞胎姐妹，去呀，去呀

她们小小暖暖（也很重）的身体爬上来，膝盖压上她背，坐在她脑袋上，用她们黏糊糊的小爪子擦她哭湿的脸

没事儿的，外婆，好了，不要难过了，外婆

一个觉得在她耳边吐舌头更好玩，另一个把她宽阔的臀部当蹦床

她才意识到，没法看着这两只小猴子长大了，她会多想她们啊。

第四章
梅根/摩根

1

梅根妈妈朱莉对梅根，像是十九世纪，哪有生在九十年代的样子

梅根回想起来简直荒唐。小时候的不顺当，多不公平，现在梅根自己讲得出来了

也能分析了，因为认识了碧碧后，生活就对劲了，她明白过来了

她妈妈是不加分辨奉行一贯的性别压制，比如梅根小时候更喜欢裤装，觉得比裙子自在，喜欢裤装的模样，喜欢有裤袋可以揣手揣别的东西，喜欢穿着裤子和大三岁的哥哥马克一样

她生长的时代，女孩穿裤装压根儿不该是个问题，可妈妈想她模样还要再漂亮可爱才是

要做最最可人儿的小可爱

妈妈认定要把梅根打扮成社会都认可的模样，其实就是些女人，从她记事儿起就对她外表评头论足

梅根小时候最主要的，就是要漂亮可爱，啥都不用做，什么都不用说，只要漂亮就行——漂亮本身就是目标

妈妈有她这么漂亮的女儿，多有面子，听众人纷纷夸女儿，说明她爱上非裔男人没有错，心里那个舒坦

生出这么招人爱的孩子

世界由此变得更美好

身为漂亮女孩，梅根应该庆幸知足了，哪个女孩不想别人说你多可爱多特别呢？

可就是哪儿不对劲，还小的时候，她就体会到，她这么漂亮可爱，是要听话的，如果不听话不顺从，就是辜负了那些要她漂亮可爱的人

其中妈妈又是最要她漂漂亮亮的

她常跟妈妈对着干，有个星期天，妈妈又逼梅根穿一件恶心的粉红蓬蓬裙，梅根赖在地上大闹

一刻不停，直到妈妈乖乖认输

妈妈算开明的，只在梅根的事儿上看不明白

有一次，周日午饭后，妈妈和苏阿姨在客厅喝茶，小小的客厅只放得下一张小沙发，两把扶手椅，一台电视

她听到妈妈对苏阿姨说，梅根这孩子有点儿不大对劲

长得那么美，怎么就没一丝女性气质

希望她过了这阵子就好了，我挺担心的

她最后到底会怎么样啊？

这时候

爸爸在车库，还有罗杰叔叔，她的两个表兄弟，哥哥马克，修补那辆爸爸还在开的老掉牙的福特

爸爸是马拉维来的，他吹嘘他们那儿什么都能修好：手表，钢笔，家具，衣服，灯，餐具坏了用强力胶拼拼图一样粘起来，对了，还有他女儿

爸爸执行妈妈的指令，那天梅根的裙子抗议（告捷，她穿上了红色牛仔裤）后，爸爸勒令她上楼，和她的芭比娃娃玩去

细竹竿腿大胸的芭比娃娃，是梅根另一大煎熬

大人要她几小时几小时地玩芭比娃娃，把娃娃打扮起来，跟娃娃过家家，还有深肤色的娃娃，认为她玩起来应该更有认同

有次她发脾气，对芭比们痛下杀手，用彩色记号笔把娃娃脸涂花，头发剪断，剪刀挖出娃娃眼睛，拆了几个娃娃四肢

结果被罚，不给吃晚饭，饿着肚子上床睡觉

每过一回生日和圣诞，芭比娃娃数量就见长，她的芭比娃娃收藏，在亲戚中传为美谈，好像是她自己要这些娃娃似的

在她床上，架子上，壁炉台上，窗台上，她在房间任何地方，都有娃娃诡异盯视着她，像置身恐怖片，噘着小嘴对她传达意念，怎么的，知道你讨厌我们，我们还就待这儿了

晚上，她把娃娃都塞床底下，第二天早上，妈妈又都拿出来，在屋子里重新摆好

唠叨着这些娃娃多金贵

梅根你是怎么回事儿呢?

接受梅根本来样子的，只有太婆，梅根的曾外祖母

每年夏天，梅根和马克都去太婆家过五个星期，太婆准许梅根和马克一起在农场四处转悠

从屋后策马一路到湖边，环湖一圈，疾驰穿过田野

直到她十三岁那年来例假了，最后那周，妈妈来了，说她太野了，以后会出问题的

不能让她离开你视线，妈妈对太婆说，她这个假小子倾向，得早

早给她灭掉

梅根躲在厨房门口偷听（坏习惯），听到太婆跟妈妈说，不会的，我自己小时候也是到处乱逛

妈妈还是说，不然的话，以后就不让梅根再每年来农场度假了

隔着厨房的旧窗子，梅根看着马克骑一匹小马驹出了院子，出去玩一天，背包里装了一瓶橙汁，还有三明治、水果和手机

他回头望望，耸耸肩，爱莫能助

那个星期，太婆教梅根做维多利亚海绵蛋糕，水蜜桃蛋糕，香草切片蛋糕，香橙芝士蛋糕

妈妈在跟前的时候，太婆就说，学学烘焙也没什么不好嘛

妈妈不在跟前，太婆说，梅根，咱们先配合应付一下，明年夏天你就又能出去玩儿了

不过马克不能说出去

马克没说出去

妈妈是护士，东北泰恩出生长大

有一点儿埃塞俄比亚血统，因为太婆的妈妈有一半埃塞俄比亚血统，从太外公斯利姆那儿，妈妈还遗传了一点儿非裔美国人血统

外表与白人几乎没有差别，家族一代代肤色越来越浅，引以为傲

却毁在了妈妈嫁给爸爸，爸爸是非洲裔，皇家维多利亚医院的护士同事，爱上妈妈不动摇，后来妈妈也爱上爸爸

每次说起来，据说都是这样的

妈妈说她不看肤色的，她看奇曼戈，看到的不是他的黑皮肤，而是他心灵透出的明亮

远远胜出其他追求者，真的，梅根，当年追妈妈的人可多了

梅根就奇怪了，绝大多数人，包括妈妈自己家很多人，看爸爸都

只看到肤色，怎么妈妈就看不见

结婚照里妈妈家人都不笑

杵那儿跟一排抬棺的似的

梅根是埃塞俄比亚、非裔美国人、马拉维、英国混血

这么分解下来感觉怪怪的，因为说到底，她只是完完整整的一个人而已

大部分人都认为她是混血，这对她也方便

学校女同学艳羡梅根的“天然小麦肤色”，她们花零用钱用晒黑床，就是想晒出那样的肤色

头发烫出卷儿，也是想烫成她那种金发螺旋卷儿，但并不像

她将来肯定会过得很好，同学都这么说，男孩也都喜欢她

然后她身材出现女人味儿的凹凸起伏，她很不自在，觉得不是她自己的样子

以至于不喜欢照镜子，讨厌未经她允许发育了的胸部

是两堆两栖怪物，瞪着乳头眼睛讥笑她

她以为会慢慢适应这身体，然而身体开始排斥她，十六岁，她剃掉了头发，找找感觉，只留一层好打理的头发茬子，喜欢拿手撸过发茬

备感无拘无束，轻轻松松，分外自在

只是却导致形势急转直下，大家都不依了，同学央求她把头发再留起来

你怎么对自己这样啊？疯了吗？

那些女生，她以为是朋友的，开始一个个远离，躲着她，怕被人看见和她在一块儿，太婆劝她，这种建立在发型上的友谊，本身就

有问题

梅根虽然苦闷但打定了主意，决不再假装符合性别常规

穿上了男鞋，黑色系带鞋，这种鞋穿着多舒服，走起路来感觉自己很强大，再没男人色眯眯打量她，她很喜欢

真是解放了

学年结束时，评选班级之最，她被评为：班级第一男人婆，班级第一丑——两个称号，粉笔乱涂在班级黑板上，黑记号笔写在洗手间白墙上

感觉像整个学校都在嘲笑她

那天，梅根最后一次放学，走出学校，留下学校里两千个孩子，他们在书桌前继续为前程读书，指望能拿几个文凭和证书

马克已经进大学了，学得很不错，她本来也要读大学

结果进了麦当劳打工，她申请的第一份工作

中间休息时间，大吃免费的鸡腿堡、四盎司芝士牛肉堡、比利时巧克力蜂巢冰沙

灌下无数添加剂，吃得自己像个充足了气的气球，随时会爆掉

现在她的生活就是这样了

麦傻瓜

麦搞砸

麦困住

麦万年。

2

梅根晚上在码头区，一起混的那些男女，都接受她的本来面目

一个局外人，和他们一样，鼻吸、注射、抽吸、口服，有什么用什么

可卡因、快克可卡因、K粉、大麻、致幻剂、摇头丸，都可以，只要能让她嗨，让她兴奋

开头她只是试试，到后来，瘾上来，一定要来一发，谁能给她，就跟谁睡

背顶小巷阴潮的墙，码头仓库后面，过道内，灌木丛里，脏床垫上

裤子上有血，月经终于来了，做测试，结果出来是阴性，都大松一口气

有女人喜欢她，她也跟她们睡

发现更喜欢女人

辍学后，父母认为她把自己人生给断送了，让她交房租

她每早必起床上班，哪怕她凌晨才吸得腾云驾雾地到家，满脑袋回响轰轰的重金属音乐，脑细胞熔合着呕吐物

爸妈在厨房里忙活，她悄悄溜下楼

出门，把家门啪地一关，震得整座房子哐哐的

上她的麦当劳班儿

麦香肠培根加奶酪贝果组成的麦早餐

一天晚上，梅根睡不着，万不该，上社交媒体偷窥以前同学的动态

学习成绩好的那些，晒她们高考成绩都拿了优秀，晒她们要上哪所大学了

其他的，晒找到了工作，男朋友跟她们求婚了，快生孩子了，晒夜夜笙歌买醉，在她们生命中最好的时光，泡夜店-派对-混音乐节-喝酒喝到高-嗑药嗑到嗨，逍遥自在好不快活，滤镜磨皮下肌肤完美，美图修出纤纤蛮腰，笑盈盈，朋友众多，恋爱甜蜜，其实呢，她知道，其

中有好几个，是那种很内向的，有贪食症的，被霸凌的，抑郁的，社交恐惧的

看她们的帖子，完全看不出来

还是使她猛醒

她拿定主意，当晚不去河边跟她的兄弟、死党混了，这些人接纳她为他们一员，他们活着就是为爽到下一发，脏乎乎的狗跟着，整一些小偷小摸，到码头区参加活动和去那儿餐馆和酒吧的正常路人，都很烦他们

梅根趁爸妈去马略卡度假，在家硬性戒毒

马克在参加美国营（正常），她待在家里，手机关机，看爸妈的录像分散注意力，毒素外排不停出汗，一身臭味，一天冲好几次澡，不停喝水，打颤，感觉身上有无数只蚂蚁在啃噬，把自己皮肤都抓烂，头疼欲裂，靠吃止痛片压住，还要控制不能过量致死

戒毒第九天，睡下了，睡了一整晚（幸福）

好多个月了，这是第一次

醒来后

重

生了。

3

十八岁生日那天，梅根走进纳尔逊街的文身店，店墙上贴满了文身的照片，什么身体部位的都有，你想得到的（以及想不到的）部位

她牛仔裤口袋里揣着过生日的钱，交给秃顶文身师雷克斯，他后

脑勺文着他自己的脸（年轻时候的，比现在好看）

她想文一个反映她人生经历的图案：火焰，她让他文一个火焰图案，表示她活在地狱之火中

雷克斯说，她这种青少年的激烈情绪，不会持久，文身可是持久的，她真的要文这个吗?

她想发脾气说别自以为是来教育她，但想想这人要拿个电动微针在她皮肤上刺好几个小时，还是忍了

针刺之下，慢慢地，疼痛化为带血的身体艺术

让这世界看看，她有多光火

也气气爸妈

很管用

她回家，亮出刚文的花臂

那时妈妈

已经做好生日晚餐，自制鸡肉派、薯条、豌豆泥、松糕、蛋糕、蜡烛

摆在妈妈最好的桌布上，一见梅根的花臂，妈妈一把掀了桌布，斗牛士那样夸张的大动作

桌上东西砸了一地，破的破，碎的碎

爸爸怒斥她惹妈妈生气，说要把她轰出去

她喊回去，她才生气，这是她的生日，让他们给搅黄了，然后也同样夸张地冲出家门，没带钱，也没带钥匙

只得转身回家，要爸妈再放她进门

爸妈二话没说放她进家

三人互相道歉

后来发现，只是表面上的

文身的事儿，妈妈放不下，她觉得那象征着女儿正常人的生活到

此为止

梅根看明白了，如果还跟父母住在一起，她永远都找不到自我

她把自己的东西装了一个黑色垃圾袋，拖下楼，不要爸爸开车送，不管妈妈请求她：我们会有办法解决的，我们爱你的，真的爱你，梅根，你说话啊

为时已晚，无济于事，梅根说（这句话她是听来的）

她搬去了青年旅舍，跟一些青少年一块儿住

决心过自己的人生

不再受

父母界定

在她的新独立共和国，头几个小时，她隔窗眺望，窗子框出一幅小小的天空

全是她的

随后几个月，她蜕去外界加给她的一层层皮，希望抵达自我的核心

她在想自己是不是本应生为男人的，因为她一点儿都不觉得自己是女人

她的问题，也许根源都在这里

下班回家，一屋子同龄年轻人闹哄哄的，透过隔墙都能听见

更显得她孤单

但她知道这就是她需要的

独处

体悟自己的感受

逼自己摒除外界所有声音，只听自己

像做冥想，专注自己的呼吸

片刻，或者是几分钟？

每次

找到

一瞬

平静

积攒起来，考虑下一步

就是上网，一切问题，网上都有解答

清晨寒意尚重，躺在单人床上，裹在厚厚的被子里，电脑屏幕亮得有点刺眼

逛网上聊天室，聊天室里是那些局外人，跟她一样的愤怒青年，她发现了跨性别的圈子，和各种各样的跨性别者交流

有时在线上说错了话，遇到一个叫碧碧的人，碧碧回复她说，谁要再把变性人和跨性别人士混为一谈，我就揍他，我发誓！这都搞不清楚，不能忍，跨性别人士做了变性手术的，才是变性人，懂了吗？

好的

好吧

梅根绝对要特别小心，一不小心就会踩雷，这两个概念她都不太明白，男性身份和女性身份，难道不是定好了不变的吗？她问碧碧

又错了！碧碧说，性别是社会建构，大多数人天生为男性或女性，但是男性气质和女性气质是社会取向，都不是先天的，你听懂了吗？

不懂，不太懂

这是“女权主义入门”的内容，你早干什么去了，梅根？做白日梦呢？

是啊，大概是吧，我原来跟爸妈住，对了，别生气，我就是好奇

嗯，挺懂事的，那我就放你一马了，你自己好好研究研究，真的

梅根发现，女权主义现在影响很大，她怎么会一直都没注意到呢？

她想起，女权主义者被妈妈贬为仇男的，每次提起来，妈妈都说，我可不是，我喜欢男人，喜欢家庭生活，我爱你爸爸，我怎么能是女权主义者呢？

爸爸会点头赞同，说几句类似这样的话：我也试过晾衣服铺床，那个水平，你也看到的

梅根跟碧碧说，她以为女权主义者就是仇男的，虽然她现在打出这几个词，才意识到，她其实一直不确定

又来了！碧碧开讲了，女权主义当然不是仇男！女权主义是关于女性解放、平权、打破对预期发展空间的束缚，你要自己思考，不要跟着男权制人云亦云，该成熟起来了，梅根！

我以为你会放我一马呢

那个，好吧，我又没忍住，以后我一定态度超级好

我就想做我自己，碧碧

哇，要求不高啊，不想改变世界吗？

我想先改变自己的世界，碧碧，一步一步来

赞赞赞赞赞☺

你在笑我

哪有，我是真的赞同你，大家都想做自己，过好自己日子，我这人超级酷毙无敌好的，真的

这要我说了算

哦哦，你这是一报还一报啊，哈哈

梅根仔细研究碧碧的照片，是亚裔，二十多岁，可能？厚厚的黑色方框眼镜，乌黑浓发大概到肩膀，表情严肃

非常

漂亮

梅根知道该成熟起来了，离开家就是为了找到一个点，脱离父母，开启自我独立

跟我再讲讲你了解的女权主义和性别吧，我知道我早就该知道，但是我真不知道，行吗？

明白，是这样的：女性天生是就有生育能力，能生娃，但并不是天生就要玩洋娃娃，女性为什么就不能叉着腿坐（当然是穿裤子的时候），男性化、男子气，到底说的是什么？大步走路吗？果断？掌控大局？穿“男性”衣服？不化妆？腿毛不刮？剃光头（哈哈），不喝红酒喝啤酒？更喜欢看足球，不喜欢看线上化妆课（哈欠），有些地方，有男人化妆、穿裙子的传统，那在咱们这儿，为什么男人化妆穿裙子就要被说“女人气”？分析一下，女人气是指什么？

问题是，梅根，上面这套什么符合性别常规的鬼话，虽然我很反感，但我就是感觉自己很女性，我老早就知道了，对我来说，不是想不想玩洋娃娃的问题，要深层得多

是涉及这七年来我的成长，我从戈帕尔转换为碧碧

雌激素，乳房，阴道

现在你知道了

碧碧先天是男人，现在是女人，梅根猜到但不敢问，怕被碧碧痛骂

梅根是个觉得自己本该是男人的女人，喜欢碧碧这个本来是男人的女人，而碧碧现在又说性别本身就有很多错误的既定期望，即使她

自己从男性转换为了女性

太乱太搞脑子了

她合上电脑，睡觉去，再打开电脑，碧碧还在

他们会网上文字聊天聊到深夜，第二天大清早又开聊，中间几乎不怎么睡，都承认暂时还不敢 Skype 视频或线下见面，就怕离了社交媒体的迷惑性幌子，找不到那种感觉了

让幻想再久一点吧，碧碧说，这种情况我碰到过，线下见面以后，两人面面相觑

碧碧住在海伯顿桥，是在利兹长大的

萨塞克斯大学文化研究专业毕业后，在养老院做行政，离父母越远越好，父母不理解他是困在男孩体内的女孩

他们的规划蓝图没法实现了，梅根，他们计划中，我要娶一个合适种姓的合适姑娘，生育家族下一代

结果他们的儿子是异装者，第二自我只能圈在卧室里，慢慢才敢穿上裙子化着妆出门去商店

在印度教社区，大家都认识你

我被赶出家门，断绝往来，别来找我们，你脑子有问题，你不是我们的儿子，而且你要搞搞清楚

你也永远做不了我们女儿

碧碧说，养老院的老人接纳她，作为一个纯粹的人，你是大家的碧碧，我们爱你，他们见证他转换为女性

碧碧觉得终于拥有了他出生时没能拥有的身体，也给我拓宽了思维，梅根，完全转换为女性后，我才意识到，有很多事情，以前作为男

性，我没有当回事过，不知道有多不容易

我怀念从前可以晚上一个人坐在酒吧，安静喝啤酒，不会觉得不自在，也不会被人搭讪

我也看不得那种电视剧泛滥成灾，拍年轻女人被变态杀人狂屠杀，尸体摊在台子上，开膛破肚，血淋淋的心脏在验尸官手里拿着

以前我喜欢看这些剧，现在，我觉得这些剧是对女性的强力压制，是恐吓她们——我们

下半夜一个人走回家，也特别小心，怀念从前进了商店餐馆，别人恭敬喊你一声先生，现在我讲话，别人绝对没那么当回事

这样呢，梅根，我亲身体会到了女性遭遇的歧视，所以，我转换性别后就成了女权主义者，多元交互性女权主义者，因为不仅是关于性别，也涉及种族、性别特质、阶级以及其他一些生活中我们只是做却从没有去想的交互性

好了，我扯起来没完了（没有头了），希望我没有说教腔太重，我老是收不住嘴

你呢？梅根，这些你都怎么看？你来讲讲啊，亲爱的

梅根说她还在摸索中，慢慢地来，最近在网上看到有几百种性别，吓了一跳，麻烦的是，这样就复杂太多了

花了好多时间，挨个查，评定，评估

跨性女，跨性男，非二元性别，这些性别，她都能懂，她碰到过其他国家的非二元性别，比如印度的第三性海吉拉斯，北美原住民的双灵，至于其他的那些性别，她完全搞不懂，比如波动性别——强度有波动的性别，多性别——有多种性别的，或者信号不清性别——像电视上的模糊雪花画面，还有，同步性别者说他们一天之内就可以换好几次性别，这都咋回事？碧碧，等我走到了跨性别宇宙的癫狂尽头，我都

快给累死了，这就是个跨性别疯子宇宙啊，赶紧把他们都关起来，钥匙都给我扔了，哈哈!!

碧碧秒回，跨性别人有权定义自己，你竟敢不尊重他们，你觉着奇怪，他们可不觉着，你这种腔调，什么都不懂还来打压我们，别在这儿指手画脚取笑我们，给我滚蛋!

梅根回骂一句你自己滚蛋

气头上一键点下去，发送

之后四天，一片死寂，梅根担心已跟碧碧友尽，再不会有碧碧消息，但她不想先跟碧碧联系

碧碧联系她了

三个字

出来见。

4

梅根与碧碧的历史性会面，在一个周六的下午，纽卡斯尔车站的尼路咖啡，专门挑的那儿，如果一见之下，互相看着不顺眼，谁都方便开溜，那时有几千个狂躁的足球迷，冲开栅栏涌入车站，全副防暴装备的警察押送，一有风吹草动，随时待命

梅根觉得，碧碧和照片里的一样精致——黑亮头发扎在脑后，没化妆，皮肤光洁无瑕，小骨架，牛仔裤，露肩蓬松毛衣，运动鞋

像跳舞的，小巧，线条紧致，看不出以前是男性

碧碧点了杯摩卡，跟梅根说，高跟鞋、紧身裙、脸上刷厚厚一层颜料，这种全套打扮，都是为了符合性别，并不是生理性别，所以他自

己喜欢什么就穿什么，这样也很自在，虽然别的跨性别女性可能认为，作为女性，就是要符合女性气质的刻板印象，其实大多数女人根本懒得理那一套

他指指车站周围过路的女性，你看看她们

碧碧竟然对梅根进行男式说教，很是叫梅根恼火，碧碧是个有男人自信的女人，不住嘴地又说道，女性装扮就是什么样的衣服都可以穿，包括这种松垮的，她扯扯自己蓝色牛仔裤

这还用你跟我说吗，梅根好不容易插上一嘴，指指自己身上宽松牛仔裤，肥大红白格子衬衫，袖子卷起来的（刺青花了那么多钱，当然得露出来），别忘了咱才是专家

可不是嘛，碧碧大叫，我还在这儿瞎教育你，你得说说我啊，别让我成了那帮自以为是的跨性女，以为自己比人家一辈子都是女人的还要懂怎么做女人

我会的，梅根说，一定会的，还好他们没有见面不到十分钟就吵了起来

两人接着滔滔不绝地侃，一刻不停歇

咖啡一杯接一杯下肚，侃到咖啡因扯着脑瓜子疼，又换到葡萄酒吧，感情随啤酒增长

桌子上握着对方手，别人疑惑地多看她们两眼——这是一个男人一个女人呢，还是两个女的？他俩见状都乐

梅根告诉碧碧，经过深思熟虑，最适合我的，还是无性别的概念，先天生为女性并没有问题，有问题的是社会对女性的僵化期望，现在我明白了，幸好我没去做变性

那叫性别确认，亲爱的，碧碧打断她

好的，别发火，我难免会出错的，对我要耐心一点儿，不然我会

觉得你太自大了

碧碧看样子是接受了梅根的适度再教育

说实在的，碧碧，我一直弄不明白补充睾酮怎么搞，我不想把皮肤弄粗，嗓子整低，弄大块头，增长体毛，也不可能去做阴茎成形，我不做

但是呢，这个东西，我还是想弄掉它，梅根指指自己衬衫下束胸勒得平平的胸

我的生活质量就能大大提高了，她说，聊到后来，更是打开心扉，夜里一起回碧碧在海伯顿桥租的小房子

十七世纪的老房子，房梁下垂了，地板也下陷

碧碧说，梅根可以住下

双人床上两人投入缠绵初吻

海伯顿桥

是一方小小乐土，适合喜欢有机的和环保主义的住户和商家

有太极、普拉提、冥想、瑜伽、整体疗愈课

有作家、剧场工作者、电影制作人、视觉艺术家、舞者、活动人士

有老派嬉皮士、新派非常规性别人士

还有家里几代住在本地的，已适应了六十年代起波希米亚文人艺术家迁入这里

梅根喜欢这里的鹅卵石街道，步行一段路，可以到科尔德河谷和哈德卡斯特尔峭壁，穿着亮色雨衣、步行靴，脚下漫步，嘴上漫谈，待上半天

梅根讲出心中困惑，生活在一个二元性别世界，怎样才能践行无性别身份呢，现在有那么多种定义和类别（有的正常有的不正常，她忍

住没说)，性别这个概念本身，最终可能会什么意义都没有，谁能记得住那么多概念？也许那样就对了，整个世界都不讲性别，这是不是个天真的乌托邦梦想？

碧碧说，梦想并不天真，反而是人类生存必需，梦想是把希望扩大和提升，乌托邦自然是无法实现的，在她有生之年，不太可能看到全世界几十亿人都接受彻底废除性别概念

梅根说，既然这样，那些听不懂她在唠叨些啥的人，要求他们对她使用性别中立代词，看来也是空想

碧碧说，这是向着改变人的思维迈出的第一步，像所有激进运动一样，肯定会遇到不少抵制，梅根要顶住，坚韧不拔

雨中，草地泥泞，他们深一脚浅一脚地走，雨后，一张嘴，还未说话，就是一片白雾

碧碧的拉布拉多乔伊，冲在前面，在室外开心撒欢，他俩也开心，都喜欢乡间

远离人类，心情愉悦

开始爬一个斜坡，小心走过打滑的岩石和青苔，穿越薄雾，进入一片无云的山谷，灰蒙蒙天空中太阳又露了脸，大地在身后渐渐远了

他们摘下帽兜，四周青翠山水，尽收眼底

梅根说，也许她该做非性别常规十字军的传教士，传播福音，让大家知道，性别是文明的一大谎言

是为了让男人女人安分守己，她对远方山水喊道，仿佛在讲道坛上传扬福音

声音回响山谷

你们听到了吗听到了吗听到了吗？

他们讨论哪些性别中性代词最好，比如 ae、e、ey、per、ta[1]，每个词都念念，看看是上口还是绕口，同样为“他的”和“她的” 也找了一些：hirs、aers、eirs、pers、ta 的、xyrs

梅根决定就用“ta”和“ta 的”，我自己的感受自己清楚，这个对我最重要，至于世上其他人，他们总有一天会跟上，哪怕是要通过一场静悄悄的革命，潜移默化，旷日持久，我有生之年也许看不到革命胜利，如果真有那么一天的话

你说得对，梅根，碧碧说，如果别人用错了你自己偏好的代词称呼，你也别不耐烦，他们就算想记住，也老是用错，他们脑子要大整合，才能适应，不容易的，要花一些时间

梅根笑了，你还好意思说别人呀

他们手拉手

在这人迹罕至的野外

感觉最安全。

5

摩根（不再是梅根）

自我认同为无性别已经六年了，也习惯了别人不用或者不理解 ta 偏好的代词，不会计较

一开始，ta 直想揍得那些人两眼发黑

---

① “ta”和下文中“ta 的”，英语原文分别是“they”和“their”。若直接译成汉语，容易与普通用法的“他们”和“他们的”相混淆，所以采用现今汉语交流中用法类似的“ta”和“ta 的”加以替代。——译注

国家剧院，《达荷美最后一位女战士》演出后的酒会上，人头攒动，ta 在酒会外面，靠着对着泰晤士河的那面墙，这部剧正是阿玛·邦苏编剧导演的

传奇的黑人女同戏剧导演

ta 还是剃的头发，每周一次，剃刀蘸着剃须泡沫，按一个方向跑一遍，换个方向再跑一遍，溜光锃亮一个光头

就好了——“头发”搞好了

ta 白衬衫袖子卷得高高的，露出花臂文身，赤红亮黄火苗爬臂升腾，黑色低腰牛仔裤，裤脚挽起，露着白短袜，脚上一双牛津雕花鞋

摩根暗自庆幸逃过了伦敦小圈子的炫耀自我碾压别人的闲扯淡

有几个人是被 ta 挡了路，不得不打了声招呼，但是都没停脚就走了，摩根想，趁这些人还没走，总得找他们聊上几句，大老远跑到伦敦，却从头到尾一个人，也太不像话了

然而，事实就是 ta 自始至终一个人，ta 在社交媒体上的形象自信又风趣，是因为有时间，帖子可以不慌不忙改好了再发，长词儿用谷歌查过再用，现实生活中可就是另外一回事了

截至目前，ta 没跟任何人说上一句完整的话

摩根逃到室外，点上一支卷烟，手持一杯装腔作势的假香槟（不是接地气的啤酒或拉格）

ta 遥望河对岸那些花哨的大楼

不稀奇，伦敦太多这种毫无美感不搭调的怪楼，一锅煮

摩根在伦敦总是迷路，干路支路杂乱无章，车流凶猛，把 ta 整得晕头转向，还有几百万人大步流星脚下生风的压力

如坦克部队势不可挡，轧平 ta 细长身体

ta搞不懂这帮城里人，他们净说乡下看着都一个样，其实这城市才乱得叫人发蒙

摩根在约克郡河谷、峰区、诺森伯兰野外，都不会找不到路

那里天空一望无际，视线没有遮挡

人的心理

健康

ta来了才几个小时，已经想念北方了，北方人更实诚、和善，不整假模假式那一套

伦敦人都当自己是全宇宙的中心，其他地方一概不存在，变着法儿编段子，损老北边乡下人，早饭吃炸玛式巧克力棒，周末喝到不省人事，尿在自己裤子里，都是些代际无业废柴

就在下午，摩根从纽卡斯尔坐火车过来，火车上遇到的两个伦敦人就是

比比划划模仿戏谑东北人解闷，压根儿没想到坐他们对面的黑人就是个土生土长的东北人

摩根也特想碧碧，早上刚跟碧碧分开，坐火车南下，明早就能又见到碧碧了

分开那么远，彼此都感觉不安稳，在一起六年了，已经很合拍

都喜欢清静，安安稳稳的，趣味相投

晚上两人坐在一起，碧碧在沙发上看书，碧碧要摩根也养成看书的习惯，开拓思路，激发想象和认知，跟我在一起的人，不能不读书

碧碧读非虚构类作品，最近推崇的是格洛丽亚·斯泰纳姆，摩根读惊险小说

做爱很有乐趣，互相探索对方重生的身体，共浴欢爱

照他们享受的方式

隔周的周五晚上到周日早上，一起去看太婆，帮着打理房子和农场，徒步远足

太婆对摩根的性别身份还是云里雾里的弄不清楚——可以理解，她在最偏远的这个地方，这个农场上，一住就是九十三年

太婆在她这个年纪，身体异乎寻常地硬朗，也异乎寻常地倔，就是不肯搬出农场住到房子里，摩根和碧碧都担心她，跟她说这个年纪最好是住到家里，但怎么也劝不动

上次劝太婆，太婆说，我生在这儿，死也要死在这儿，谁不让我，都给我滚

上次他们来看太婆，太婆说，她改了遗嘱，把农场留给摩根，只要农场一代代传下去，留在家族内就好，你把你所有非二元性别的朋友都请过来住，爱怎么过就怎么过，看家族里谁最有可能照看好农场的，你死了以后，就传给他：我那几个孩子，一到合法年龄，就一个个急不可耐丢下农场逃跑了，我干吗要把农场传给他们？到时候肯定是我还尸骨未寒呢，他们就已派了地产中介来农场瞎搞了

待缓过神来，摩根想，这辈子最让人激动的就这事儿了，不过先得应付家族其他人，他们肯定掀桌子不干，骂 ta 为了遗产哄骗太婆，甚至可能会提起遗嘱争议，说太婆精神不健全

碧碧很乐意参与，和 ta 商量着把农场改造一下，请那些改造了自己获得重生的人来住

对太婆有这样大胆激进的设想，表示很不可思议

摩根最近安排太婆做一个祖源基因检测，这种检测能找出与受测人有关系的血亲

近来太婆总说起她的妈妈格雷丝，格雷丝没见过自己的父亲，埃塞俄比亚的一个海员，叫沃尔德，格雷丝到死都不能释怀

我妈妈一辈子的不解之谜，太婆说，叹息沃尔德这个人是永远也找不到了

沃尔德，1895年，在南希尔兹港中途停留，让她外婆黛西怀上了孩子，然后开溜了

过一会儿，摩根也会从这个破酒会开溜

ta受邀为生活杂志《危险国度》写一篇有偿剧评，因为ta推特粉丝一百多万

晋身“网红”

不是高中辍学生，整日泡在网上，没有个像样的工作

ta跟碧碧打趣说，碧碧表示ta说的也不是不对

推特账号@跨性别斗士，记录了ta从假小子到非二元性别走过的道路，现在扩展到探讨跨性别议题，性别、女权主义、政治

方便做游说，参与抗议，表达愤怒意见

ta凭这推特账号，收到形形色色邀请：音乐会，首演夜，首映式，新书发布会，预展，酒店，前卫时装秀

对话剧、书、电影，怎么分析，怎样进行语境化解读，摩根一窍不通，没关系，关键是ta有那么多粉丝，ta的艺术批评和文章质量如何并不要紧

无需太久，正经的批评家就不再有存在的必要，就是那些所谓的“专家”，一直把持一切，大部分在伦敦，报纸上说的，批评意见要民主化，其中就包括纳入摩根这种推特读者超过正统批评家的人

一不留神，很容易让人冲昏头脑

碧碧提醒ta

碧碧让 ta 不要飘飘然，碧碧说，所谓批评界的民主化，降低了标准，可能会牺牲学科知识、历史与批评语境，让位给只会写一些赚眼球的妙语短句的，摩根，我不是说你哦，碧碧跟 ta 强调，你是真正的跨性别斗士，呼吁大众关注重大问题

有时候摩根觉得碧碧说的就是 ta

摩根

收到出版社的邀请，请 ta 写自传，ta 婉拒了，说 ta 无法想象一次写 280 个字以上，再说，ta 绝对不想写伤自己家的东西，出版商喜欢炒作那种卖惨的视角，“我是如何走出苦难童年的”之类

这方面，摩根和家里人的关系已经改善，现在处得都不错了

妈妈非常喜欢碧碧，那是肯定的，碧碧女性化呀

摩根已经发了第一条关于这部剧的帖子

刚在@国家剧院看完＃达荷美最后一位女战士，天啊，台上女战士太牛了！纯非洲女战士。霸气！震撼心灵，威震世界！喝彩，为＃阿玛邦苏、＃黑人历史很重要伙伴们，马上订票，不然就等着哭吧!!! @危险国度

已有 14 006 人点赞，转发 7 447 次，数字还在稳步增加

就此还会继续发帖：不可错过！惊世之作！一定要看，跨性女，跨性男，伪娘，阳刚女同，酷儿、变装皇后、多元交互身份斗士们，还有我的非二元性别伙伴们＃写给大家的非洲女性史

摩根

把红酒杯扔进了泰晤士河，杯子坠入水底，沉在河底的还有皮鞋之类的物件，以及罗马入侵前就深埋河床的酒杯

正如伦敦人在纪录片中夸耀的，而那些纪录片的主持都是些公学出身的傻帽

ta手里卷烟是第三支了，吸上最后一口，掐灭，准备开溜，去国王十字的酒店，酒店房间不便宜，方便搭第二天早上的第一班火车出雾都，ta看到有个站着的人看着眼熟，跟那人讲话的黑人，就是电视上那个叫罗兰什么的，一身亮蓝西装扎眼招摇

那不就是去年听ta讲座的那孩子嘛，叫什么来着？

去年，诺福克一所大学的国际妇女节活动上，摩根做了跨性别讲座，那孩子去听的

不可能注意不到她，她就坐在大教室第一排，夸张的非洲爆炸头，脸美得惊人，T恤上金发芭比图案下，叠加的是黑色涂鸦**“讽刺”**字样

很机智啊，这孩子，摩根心想，这样的我喜欢

摩根那是第一次去大学演讲，之所以答应下来，只为赚点讲课费补贴一下，ta在家边上酣醉寄怀酒吧做服务生的工资实在少得可怜，附近辍学那些人喜欢泡在这酒吧，都不挑，对酒杯沾着口红印子，碗盘缺个口，桌子没擦，马桶漏水导致地面小便成河要蹚着过，都不以为意

酒吧老板亚伦很喜欢摩根，因为摩根喜怒不定，动不动就甩脸子，而且ta这样一个光头非二元性别人，又酷又前卫，也是没谁能比了

这不是说反话，摩根也都当赞美听了

亚伦说，他请的员工如果都看着四平八稳，对人和颜悦色，他如果把酒吧拾掇得干干净净的，他的主要客户群反倒要流失了，他最快乐的时光就是当年在曼彻斯特的学联酒吧，周六晚上打烊前

他老想着再现当年那个氛围

跨性别是私人问题，摩根开讲，拿出讲话有底气的架势，大教室没有窗子，这是 ta 第一次进到大学校园，还是来开讲座，我对跨性别的定义，包括我这样的非二元性别、跨性男、跨性女和变装者，其他人对跨性别可能有不同的定义

别提多吓人了，多少双眼睛盯着你，站台上，台底下学生一脸严肃，都比台上主讲人有文化

亚兹，对了那女孩叫亚兹，抿嘴笑，对 ta 笃信不疑

感觉其他人像在看马戏团怪胎

他们不就是来自正常世界的青年嘛，打眼一看就知道，学校里盛行穿少女裙装

但摩根推测，等到她们毕业的时候，肯定会有几个已经进化到穿卡其裤、军靴，有文身，不输 ta 的文身

我只能代表我自己，摩根讲道，提醒观众，不要以为跨性别人士都一个样儿，我不是什么代言人，也不是跨性别运动领袖，我只是来讲一讲我自己的经历，讲讲我怎么成为非二元性别的，更确切地说，我认为自己是无性别

摩根望进台下年轻人的眼睛，他们面孔稚嫩，让 ta 觉得，二十七岁的自己是老江湖了

无性别的意思是，我对自己的性别认同既不是男性也不是女性，我是泛性恋，我感到性吸引力的对象，男性、女性、跨性都有，虽然我现在的固定伴侣是个跨性女，短时间内我也不会换掉她，当然了，我和谁上床本来不关你们的事儿，但是你们真想知道的话呢，这么说吧，我可选的数不胜数，面面俱到，完全不愁啊，朋友们！

台下一片爆笑，嚯，气氛调动起来了，一屋子人，摩根都给逗笑了——第一次

讲师桑迪坐在第一排，长头发染的蓝色，一条中古风格的裙子，她在推特上偶然发现了摩根，没多想就请摩根来做讲座，现在看到她请的特邀主讲人不负所望，也是眉开眼笑

摩根谈到成长经历，讲了近一个小时

讲到 ta 拒绝接受大众设置的理想女性标准（那时对女权主义还一无所知），后来精神崩溃（混在码头的那段迷惘岁月），离家出走（住进青年旅舍），找到了适合 ta 的伴侣，没提碧碧的名字（不要把我搅和进去，亲爱的，我这人比较古板，我只想跟你过个人的日子，不想成为你的公共形象品牌）

摩根发现给学生唠唠也挺有意思，他们不一会儿就听得入迷了，特别是当 ta 讲到决定做手术拿掉自己嫌多余的乳房

摩根没打算说这个的，既然学生们想知道，不妨说说吧，没什么好遮掩的

ta 跟学生们讲，乳房拿掉了，是种解脱，因为紧身衣穿太久了，别人没怎么注意到，爱人也无所谓，说 ta 爱的是摩根，不是摩根身体哪个部位

摩根说，伤口疼痛消了以后，身体立觉轻快，能趴着睡觉了，别提多舒坦

泡澡的时候，再不会有乳房像两个不沉的浮标飘在水面

回头就在那儿文上热带鸟，把 ta 的胸部变成一个华美艺术品

ta 讲完后，听众纷纷举手提问，盛赞摩根勇敢，ta 的演讲引人入胜，有教育意义，生动有趣

摩根觉得，这些年来，ta 通过阅读和与碧碧讨论，探讨性别问题，都没白费，后来 ta 又做了几次讲座

讲座结束后，这个亚兹跑上来跟 ta 说，ta 的大课（大课？）太精彩了，她也想做非二元性别，够觉醒吧？她激动不已，就跟要剪个最潮新发型似的

摩根给这孩子稍微泼了点冷水

她得明白，跨性别不是你突发奇想了去演这么一个身份，是要顶着社会的压力，勇于做真实的自己，跨性别的人，大部分在童年时期就意识到自己不一样，ta 说，语气尽量放平缓，因为听众开始鱼贯而出，有几个学生围过来听着，后来发现她们都是这个亚兹的朋友，其中有个女生像是索马里人，戴着亮闪闪的头巾，一个女生脸蛋红扑扑的像个挤奶工，一个卡戴珊式阿拉伯女生，拎名牌包包，穿低胸衣、高跟鞋，黑发又直又亮看着像塑料假发（大学生不都该是邋里邋遢臭烘烘的吗？）

要发自你内心，摩根对亚兹说，不能跟风，有些人成为跨性别，可能是一种政治立场，这也没有问题，只要是坦诚的，相互支持，是真心无法接受社会强加的性别

而不是为赶时髦或者出于觉醒

多年前出现的政治女同性恋就是这样，选择与女性建立亲密关系，是因为受够了男性的性别歧视

而不是因为对男性不再有兴趣

这是摩根在第二波女权主义运动杂志《余肋》的在线典藏中读到的，这杂志早已停办

也不知道 ta 对亚兹是不是太严厉了点儿，看不出来，亚兹无所适从，还是拉着摩根和她那帮跟班一起去了学校咖啡馆

她们一点儿不见外，抓着 ta 问个没完，给 ta 猛灌卡布奇诺，对跨性别议题完全不当回事，摩根也不绷着了

这是很少有的（据碧碧说）

那个索马里人瓦里斯开玩笑说，在某些穆斯林社会，男人扮成女人不难，出门只要从头到脚罩好长袍，没人能看得出来

那个像挤奶工的考特尼说，她想转换成男性，然后只要银行不插手，她父亲就得把家里农场传给她了，就不能传给她弟弟了，她就是为了农场这事儿才搞清楚了“长子继承权”的意思

那个像卡戴珊的内奈特说，她绝对不能做男人，因为她太喜欢穿高跟鞋了，话还没说完就被同伴痛批她压根就没搞懂

她们倒摇身一变成了专家似的

眼下亚兹又出现在国家剧院，给摩根解了围，让 ta 不会觉得融不进环境

原来亚兹就是阿玛 · 邦苏的女儿，还跟 ta 第一次见她时一样，一点小事就雀跃不已，感染力特强

我竟然撞见摩根 · 马林加君了！你说酷不酷？！你打“好您了”的大北方，跑到伦敦来，你铁定喜欢伦敦的吧，是要搬过来吗？你跟这儿绝对吃得开，人见人爱，今晚这剧厉害吧？你见过我妈妈了吗？什么，你还没见她？她就是（老）女同界女王啊，我是很为她骄傲的，还好还好，今晚不错，我不用拦着她为首演惨败而从亨格福德桥上跳河了

我关注你推特的，你看见了吗？对了，你有一百万粉丝呢，估计没看见，你发的所有推文我统统转发，不是跟踪纠缠哦，是支持你!

什么意思，你这就要走了，不行不行，进来啊，跟瓦里斯和考特尼打声招呼，她们见到你要开心死了，希望普罗塞克酒还没被喝光，因为今晚来的都是些老酒鬼，真的

那些人喝起来可是没够。

海　蒂

1

海蒂

太婆

年已九十有三

坐在长厅内宴会桌上座，这座格林菲尔德宅子建于两百多年前

宴会桌满满登登坐着她不断壮大的基因库后代

及其配偶

她左右两侧分别是她两个孩子，都七十多岁

艾达·梅（名字取自斯利姆的妈妈）和桑尼（名字取自斯利姆死于私刑的弟弟）

接下去是四五十岁的孙辈

朱莉　护士

苏　售货员

保罗　健美运动员出身的健身房经理

玛丽安　秘书

吉米　汽车技工

马修　管道工，个体经营

艾伦　警察（大家对他都敬而远之）

二三十岁的曾孙辈也都来了，都是做啥工作的，天晓得

玄孙辈另外坐一桌，都叫什么名字，大部分记不得，有几个大人看着他们，防着他们拿吃的扔来扔去，就是不填到嘴里

还有刚出生的小宝宝，她是第一次见——莱利、佐伊、诺亚

这些名字她能记得

几个小时内不会忘

大家开吃圣诞午餐，餐桌中央一只火鸡硕大无比，因其超乎寻常的块头与强健体魄，荣幸被选中

她使劲儿灌它吃，喂了一整年，昨天拧断它脖子，拔毛，放进冰库，今天一早放进烤箱

其他的菜，摩根和碧碧帮着弄的：烤马铃薯（海蒂自家土豆坑里种的），馅料，甘蓝，约克郡布丁和黑布丁（都是海蒂自制），豌豆（海蒂自家冷冻的），肉汁

房间的一面墙，满满地挂着妈妈生了霉的织锦壁毯

另一面墙是熏黑了的石板壁炉，体积巨大，不点火的时候能站一个人在里面

现在壁炉生着火，火焰呼呼地往上蹿

屋里有棵圣诞树，村里小比利（现已年逾六旬）从远处斯利姆说的那片冷杉林砍来的

小比利每年装点一棵圣诞树：灯、小精灵、金属丝、小摆件、松针，乱七八糟的，特别是她喜欢光脚在屋子里走，冬天也不例外

多少年来她一直腿脚灵便，这是秘诀之一，脚趾伸展，两脚抓地，与大自然其他兽类一样

蹄子，她那是

蹄子

波利娜每周给她泡一次，修指甲，锉脚，去死皮，擦上润肤油——海蒂自己不愿用润肤油，斯利姆 1988 年走了以后，她就不再往自己身上涂这些化学品了

波利娜说，不擦脚会裂的，细菌可就开心了

她就依了波利娜，其实只要保持毛孔畅通，身体自己会出油

跟家族里女人说这些没用，她们什么乳膏和有毒的东西都往自个儿身上招呼，美其名曰“美容”

然后不明白怎么就得上了癌

圣诞树下堆满了礼物，纯粹为着互送礼物，与宗教无关，圣诞节应改名叫圣贪节

打着基督的旗号大吃特吃，纵情享乐

斯利姆去世后，她没再费神准备过圣诞礼物，也懒得再跟大家说别送她礼物

送她那么些东西，没一个她想要的，手套、纸巾、药盒、拖鞋、电热毯、开盖器，她那么有劲儿的手难道还打不开个瓶盖吗？

悉数交给小比利拿到慈善商店去

送她的都是她用得着的，不是她想要的

斯利姆，包好了，在圣诞树下

就等着跳将起来，让她吃一惊

圣贪节这样那样的节目，海蒂只坐那儿，不声不响

满屋子喧哗吵闹，反正什么也听不见，不愿戴助听器，戴着耳朵遭罪，声音失真

孩子们也不在意，自顾自热闹，就当她不在，对她不上心，她讲什么本来他们大部分也都不听

她坐在椅子里，看他们玩耍，没人来烦她，正合心意，盹着了，人家来戳戳她，看她怎么了，等于是摸她脉看还有没有气

她醒过来，大喝一声，哎——干什么？哎——怎么了？他们一定失望极了

艾达·梅和桑尼等不及要领他们自觉该得的遗产，可惜有她拦着路——格林菲尔德农场在她家族手里传了二百多年，决不能落到他们手里，然后转手卖给俄罗斯人中国人那些外国人，建豪华酒店，改成高尔夫球场

他们总缠着要她去住养老院，安排好她的“授权书”

那就是把她的命授权给他们决定，她不要太清楚

她是这么想的

要是她楼梯上摔下来，当时没人在，没人叫救护车，那就这样吧，到她这个年龄，说走就走了，摔一大跤，她就完了

要是他们想逼她离开农场，她会温和顺从，说一句，等我一下，我去卫生间，在自己房子里最后上个厕所，你们没问题吧

一进卫生间，她就用斯利姆留下的战时的手枪，开枪爆头自尽

他们会看到她脑浆喷溅卫生间墙面

那场景，他们一时半会儿忘不了

再说，他们基本都没资格继承遗产，除了圣诞节，平时一年都不露一次面

就是圣诞这么一次，那些懒鬼还要耍滑头，碰上下雪了，结冰了，他们就说从山下村子里没法上山

太婆，车开不上来，她1952年就有的那部老电话里嗞嗞啦啦传来他们的声音

这老电话比年轻人那些手机好用，他们一天到晚看手机，一天看个几百遍，脑子都疯了

她报纸上读到的

老电话用着还好好的，干吗要换掉，电话搁在前门边台子上，连着电话线，电话线连到插座里

讲电话就应该简短，站着讲

她是这么想的

这些厚脸皮的亲戚，她叫他们干脆走上山，不就两英里山路，是有点儿陡，但是也没听说他们谁有恐高

村子也不算村子了，是个空城，只有一个小商店，一个酒吧，几年前合作社都关了（七十年代合作社刚开的时候竟然还有人抗议）

现在是家“艺术画廊”，可笑的是一年只在夏天开两个星期，她怀疑是为了逃税

邮筒还在，或者说是“从前那个人们还相信鸿雁传书，写信寄信的年代，传下来的博物馆展品”

对了，夏天有农贸市场——还能有什么别的

其他商店都改成了度假屋，业主是约克和利兹有钱的南方人，律师、医生、学术界那些人，想“逃离眼前生活，奔向远方”

每年夏天来待几个星期

推高了房价，年轻人被挤走

再加上农场上的工作机会少，导致乡村社区被毁，据《农民周刊》说

始于五十年代联合收割机的兴起

她认为是

近年外来廉价劳动力继续加剧这种情况，方便了农场主，但外国劳工工作双倍努力，工资只拿本地人的一半，对本地人很不利

本地人只付出一半努力，拿的是双倍工资

格林菲尔德走向衰落也不奇怪，还有全世界的农产品涌入英国

全球化？扯淡

附近不少农场要靠救济，她不要，当年她一个人经营农场的时候一无所有，向欧盟申请过，来了一些当官的，看到当家的是她，掩盖不住的惊诧，她的申请最终被拒

她当然要投票支持脱欧了，她是这么想的，政治是个人的切身选择，她父亲在世时，她投保守党，因为那是父亲的希望

她不想父亲失望

斯利姆在世时，她投工党，因为斯利姆说他相信“人民”，她也不想让他失望

对他忠心不二，一直投工党

几年前，她头一次自己拿主意，投了绿党，因为喜欢绿党的环保立场，反感工党的好战

上次大选她投了独立党

斯利姆看了肯定不高兴

问题是他不在

家人总算步行或开车上了山，赶在宴饮开始前那一小会儿，挺幸福的

众人一拥而入，身着节日服装：裙子露着膝盖，那膝盖，多少年前就该藏严实再不露出来，腰带勒不住满肚子肥脂，年轻人的衣服紧

到能看到衣服下心脏怦怦跳动

小宝宝裹在毯子里，一把塞到她怀里，拍合影，边上宝宝爸妈不安地盯着，就怕她抱着孩子的时候倒地死了似的

餐桌那头儿开始热闹起来了

桑尼的儿子吉米，是她长孙，带了一桶啤酒来，正一杯接一杯地喝，看那架势，不如直接就着出酒龙头喝得了

其他人带了好几箱红酒，还有给孩子们喝的大瓶气泡饮料，这种饮料孩子喝了就上蹿下跳，烂牙齿

电视上做过试验，往气泡饮料里放了一颗牙

她跟他们说过的，这些人听吗?

现代父母带孩子就这样

吉米现在缓过来了（因为严重人身伤害进去过两次），眼看这又要开始了，一般他是头一个，他跟他两个儿子瑞恩和肖恩脾气最暴

对弟弟保罗推推搡搡的，因为保罗有事儿得罪他了，保罗可不听他训，搞不好要动手，哪儿破个口子，瘀肿几大片，断几根肋骨

海蒂听不大清他们说什么，三兄弟最小的那个，警察艾伦，也站起来了，神气活现装老大，给两个哥哥拉架

一不留神，两个哥哥会掉头揍他，以前发生过

没人喜欢艾伦

他第二个老婆谢丽尔也不喜欢他

去年跟他分了

艾伦学校毕业后当了警察，他打小就是尿包，被哥哥们欺负

有了执法力量撑腰，整个人都不一样了

有次问她，农场的现金收入她付过税没有

他是好心问问呢还是吓唬她，她吃不准

艾伦对你是什么个态度，你摸不清

对他的看法再也不一样了

吉米呢，打小就是人见人爱，在桑尼那儿从来都是想干什么就干什么，桑尼现在对他失望透顶了，谁让桑尼不听斯利姆的，斯利姆让桑尼对吉米严加管教，趁还来得及

谁不顺着他的意思，他就大发脾气，长大后发展成为暴怒，青春期打架斗殴，走上地痞恶棍道路一去不复返

第一个老婆带着孩子离开他就是为了这个，当时孩子们还小

他打官司争取了监督探视权，直到孩子们成年

她家族里的破裂婚姻不知有多少

吉米和保罗像是又和好了，到院子里抽烟去了，艾伦看着他俩出去，你永远插不上脚，是不，艾伦？

隔着窗子，她看到他俩跟别人站在干草棚下，外面天寒地冻的

为了隔三差五吸上口尼古丁，这么一趟趟出去他们也觉得值，尼古丁早晚会要他们的命

报纸上说了，现在吸烟的人少了

看她家族可不是这样

她的孙辈看着更像白人，不太像黑人，因为桑尼和艾达·梅都找了白人

孙辈都不认为自己是黑人，她猜他们都冒充白人，斯利姆要是还在，看到了不知多难过

她无所谓，他们觉得好就好，能混得过去的话，愿他们好运吧，干吗要背着肤色的重担，拖自己后腿呢？

她唯一不乐意的，是他们都不乐意接受奇曼戈，奇曼戈是朱莉医院的护士同事，马拉维人

他们这种行为，海蒂很看不惯，他们不该这么不开明

但是家族人一代代越来越白

不想有任何倒退

奇曼戈小伙子人不错，跟斯利姆一样，勤奋努力，不急不躁，叫人如沐春风，后来赢得了他们认可

他没放弃他们（应该放弃的）

她请奇曼戈来农场，为家族其他人的行为跟他道歉

是奇曼戈让朱莉给孩子们买黑人图画书

奇曼戈说，孩子们看的书，里面的孩子，样子应该像他们

朱莉跟海蒂说起，海蒂觉得特别愧疚

上世纪四十年代，她自己孩子那时候有这种书吗？

她以前不是个合格的好妈妈，是吗？

摩根和摩根的伴侣（现在都这么称呼）碧碧待到了新年，海蒂最喜欢有他俩在，因为他俩是真的喜欢她，喜欢帮她做活，喜欢待在格林菲尔德

摩根很珍惜在农场的时光——从她很小的时候起就是，这小孩问题一大堆，妈妈朱莉不喜欢她，因为她不听妈妈的当个芭比娃娃

摩根成了性倒错并不意外，海蒂不觉得有啥

开杂货店的那两个女人

赫敏（是妻子，穿着打扮是妻子）

和露丝（是丈夫，穿着打扮是丈夫）

妈妈说，村里人接纳了这对爱侣，虽然没人说起过，等妈妈作为约瑟夫妻子搬来农场后，她们又是第一个跟妈妈友善往来的

妈妈说，她们会来农场看她，格雷丝，有什么我们能帮的吗

海蒂大一些了，她们常请海蒂和妈妈去喝茶，海蒂和妈妈从农场带上一篮子苹果、梨子和樱桃

妈妈说，听人说赫敏是贵族家庭出身，露丝是她家园丁的女儿，她俩一成年就私奔了

二战后不久，两人于一年内相继去世

那以后，海蒂一直给她们墓上献花

所以，摩根也像她俩那样，在海蒂这儿根本不成问题，但是，前阵子，摩根弄得过头了，那天她跟碧碧照例陪海蒂走过田地，宣布说，太婆，现在我的自我认同，既不是男性，也不是女性

摩根吧啦吧啦讲了一堆，倒不如讲中文得了

海蒂直接问她看过医生没有，因为亲爱的，你这是疯了吧？

摩根没再作声，三人闷声不响回了屋，她和碧碧提前一天走了

碧碧生理性别是男性，海蒂不觉得有什么，因为打一开始认识碧碧，就不觉得他是女的，这还说得过去

但是，自称既不是男的也不是女的，这就太荒唐了

摩根再来农场，是隔了两个月，不是两个星期（即便是摩根，她这次也气得不轻），海蒂正经跟摩根讲，你听我说啊，你整的那一套，我一个二十年代出生的人，压根儿弄不明白

你想当什么人就当什么人，咱们不用谈就是了

有意思的是，虽然摩根变成什么性别儿园非约束之类的玩意儿，但

其实什么都没变，除了把名字从梅根改成摩根，这倒无所谓，海蒂能接受

还好没改成雷金纳德或是威廉之类

海蒂绝不会配合她称她为“ta”而不是“她”

摩根看着还是老样子（像个男孩），做事老样子（像男孩），实际上还是老样子（梅根）。

2

海蒂转而关注艾达·梅

艾达·梅坐在餐桌旁，佝背缩腰，她在工厂制鞋，用刀切割鞋模

一做四十年，那都是什么活儿啊？落下驼背、风湿，那种活儿

她的头发还是拉直了染的，向后梳，发根新长出的灰色头发看着扎眼，脸已经垮了，只留一张嘴，盛着她所有的困苦，宛如袋子拉绳在嘴边抽紧

她在跟坐她对面的桑尼讲话，桑尼有肺气肿，呼哧喘得像斯利姆从前演奏的音乐搓板，在贝灵顿的矿上做活，后来矿关了，就在酒吧做，退休后几个月，禁烟令才颁布，迟了，他吸进去的尼古丁比氧气多

从午餐时间抽到酒吧打烊

二十来年

他指不定会走在海蒂前头

或者海蒂走在他前头，都有可能

家族这些人，非要住他们那些房子，都是集中供暖，把不健康的空气吹一屋子

细菌温室

长厅平时风呼呼的，现在壁炉火烧得正旺，噼啪作响，热得她有

点儿受不了

这农屋的窗框都是缝，四处漏风，室外一般倒比室内暖和，人家跟她抱怨，她说，这样人能活得久，什么天气都不惧，冷点儿有什么，她在边界附近这个偏僻地方住了一辈子，一直就这么冷

多少次了，她下楼后发现，长厅窗户下，积了一堆堆的雪，是暴风雪吹进来了

如果还没化，她就用铲子再给铲出去

(不铺地毯最好)

她不反对用木柴生个不大的火，这是上帝要人类取暖的方式，家里这些懒虫，来看她的时候，叫他们去柴房砍几小时柴火

就叫苦连天的

这些孩子，现在在她眼里，就是些不中用的废人，谁叫他们不愿留在农场，在农场上他们就可以身心健康

她是只想孩子们好，可是孩子们不听父母的啊，是不？

他们小时候日子不易，这个她不否认，他们想离开农场，她也理解，但是，艾达·梅后来在工厂做了那么多年，做到恨，桑尼去了矿上干活；他们该回家，过室外生活，按上帝的安排劳动，在地里做活，农场这份遗产，他俩要投入进去才能传承

艾达·梅和桑尼小时候，有次，在冬天的集市上，被人推倒

两人刚还就在她身后，眼巴巴看着妈妈买棉花糖，一眨眼已经倒在地上，一身泥，哇哇大哭

罪魁祸首早已踪影全无

这要是在自己农场上，她会抄起斧子追上去，砍下那兔崽子的脑袋，这把斧子是十岁生日爸爸送她的，她拿着砍柴这么些年，练出了

一身力气

她会把那兔崽子扔进猪槽喂猪，猪啃他骨头可是不费吹灰之力，不留一丝痕迹

同时混上几棵胡萝卜和卷心菜（一荤两素家常菜）

内行的杀人狂都知道，把人杀了以后，丢给饿狠了的母猪就行

根本不用费事儿深更半夜到树林里挖坑，更不用大铁桶泡上强酸溶解尸体，像美国犯罪题材纪录片中的那样，看了那些纪录片，她真庆幸这种事儿离自己很远

孩子们回家诉苦，斯利姆倒不像海蒂那样怜惜，孩子讲的那些遭遇，他说是“煽情催泪”，比如，有个孩子掐艾达·梅的胳膊，看会不会起青块儿，要不就拿个圆规刮她，看会不会出血，血是什么颜色的？

男生问桑尼，他皮肤上的黑颜色能不能洗掉，把桑尼摁住，拿硬毛刷子下手去刷刷看

你们不要太当真，斯利姆说，全家人在每天一小时的晚餐时间围坐餐桌前，晚餐后还要做农活

先要去挤奶

人家跟你们闹着玩儿，有什么大不了，斯利姆跟孩子们说，别哭哭啼啼来找我——谁打你了，你打回去，就得了

你们没活在爸爸那个时代，种族隔离，黑人什么权利都没有

爸爸的弟弟桑尼，十五岁，被浸在煤油里，然后吊在密西西比朴树上，活活烧死，几千人看热闹

桑尼被暴徒杀害，围观的人看着他被私刑处死，得意地拍下照片，做成明信片，寄到全国各地

声称被桑尼强奸的那个女人，九个月后生下的孩子，再白不过，她爸爸都来我们家亲自道歉

你们现在没经历过这些吧，哈？

所以，你们这些黑人，算了吧，别吵吵了

海蒂让他别把这些往事讲得那么血腥，吓着孩子，会让孩子们自己瞧不起自己，他说，孩子们就该坚强起来，说她混血肤色浅，住得又那么偏，她知道什么？

你说我混血肤色浅，那是你喜欢的，别又说我这样不好啊，斯利姆

他说，已经四百年了，黑人在美国被奴役，被摧残，受压迫，不能不激愤

那就是个炸药桶，随时爆炸

她说，咱们离美国十万八千里呢，斯利姆，英国这儿不一样，不算尽如人意，但比美国好

他说，弟弟桑尼是孩子们的叔叔，孩子们应该知道叔叔的遭遇，应该知道叔叔被杀的美国那段历史，海蒂，你有责任直面种族问题，因为孩子比你肤色深，境遇会比你难

这样的对话没少进行，直到后来她跟斯利姆的看法一致起来

他们都关注民权运动动态，斯利姆说，黑人需要马尔科姆·艾克斯和马丁·路德·金

三年内这两位黑人领袖相继遭暗杀

斯利姆躲进山里待了好几天

海蒂发现，两个孩子都不喜欢自己肤色，她不知道该怎么办

艾达·梅在画里把自己画成白人小孩，桑尼十二岁起就不愿跟爸爸到村子以外的地方，十几岁时特别不情愿和爸爸去牛市，还央求妈妈不要带着爸爸去参加学校的活动

有一天放学，桑尼同学的爸爸送桑尼回家，斯利姆正赶着羊群出

去放牧，海蒂听到桑尼对同学爸爸说，那是我们家雇的工人

斯利姆为了孩子能豁出命的。

3

那年，艾达 · 梅十六岁，桑尼十七岁，有一天，吃早饭时，他们突然说要离家

我们今天就走，你们拦不住，桑尼说，大人一样两腿叉开，昂首挺胸，看爸妈谁敢拦他

在这鸟不拉屎的地方，捆干草，犁地，挤奶，给牲畜扫粪便，过一辈子，这种日子

我们一天也不能再过下去

海蒂记得清清楚楚

艾达 · 梅穿着她从彼芭直邮新买的橘黄高领小礼服裙，及膝漆皮白靴子，梳一个蜂巢发型，假睫毛，黑眼线把眼睛描得更大

那时她很美，当然她并不觉得

到现在，大家一起看老相片，艾达 · 梅才颇为伤感地感叹，妈妈，你看，当年我挺好看的，是吗?

那时桑尼精瘦，青少年期特有的那种，腿又瘦又长，比例失调，个子已经长到了跟爸爸一样高

他穿着紫色天鹅绒喇叭袖西装，头发剃得极短贴着头皮，她猜是为了不让人看出黑人鬈发

头发侧分，怪里怪气

两个孩子穿的看着都不是要赶远路去伦敦的样子

他们是骑着桑尼的十七岁生日礼物走的——那辆本田摩托车，桑尼求爸妈买给他

说他有了摩托才能走动更方便

爸妈花了两个牛角买来的

艾达·梅坐上后座，桑尼发动摩托，轰一声冲出院子，下山，穿过村子，开往伦敦的鲜亮街道

在那里，艾达·梅会找个明星做人家秘书，桑尼要做个富商

轰隆隆离开父母，身后一溜烟雾弥漫

留下海蒂和斯利姆困在八百亩农田

过了很久才慢慢适应，再听不到艾达·梅在长厅的唱片机上放达斯蒂·斯普林菲尔德、佩屈拉·克拉克、席拉·布莱克的唱片，艾达·梅听着音乐跳起现代舞

谁不小心进去了，她大喝别来烦她

桑尼假装在厅里弹吉他，其实是在听滚石的唱片

他俩从窗户往外偷瞧取乐

海蒂和斯利姆感觉怪不习惯，吃饭只有两个人，不再是四个人，洗床单只洗一套，不再是三套，再不用看着青春期的孩子在家里晃来晃去无所事事时，操心他们的情绪问题

现在还是一样为孩子们操心，虽然他们去了遥远的首都伦敦

还是什么问题都可能会出现啊

他们在伦敦没待多久，三个月都没待满（真没本事！）

桑尼在卡纳比街一家精品店做，工资养不活自己，艾达·梅在摄

政宫饭店洗盘子

找不到住的地方，只能在一个叫诺丁山的贫民区，跟有色人种移民合租一幢破房子

那些移民还鄙视他们，说他们像白人

海蒂想说，她觉得，他们会认为那是夸他们，这俩孩子，从苏格兰边境跑到伦敦，才发现那是个陌生国度

他俩最后在纽卡斯尔安顿下来，她很高兴，纽卡斯尔距农场只有七十英里

而不是三百多英里

艾达 · 梅嫁给了汤米，汤米是第一个跟艾达 · 梅求婚的男人，有人跟她求婚她已经很感动

六十年代的纽卡斯尔，没有什么人排队追求她，他们不会将黑人女朋友自豪地介绍给父母

汤米长得有点丑，海蒂和斯利姆调侃说他脸像花园小矮人，汤米人也不太聪明

海蒂猜，汤米他自己也没多少可选择的女孩

他很早就做了矿工，煤矿关了以后做焊工学徒

他是个好丈夫，也真的爱艾达 · 梅，不管她肤色如何

就像当年他来跟海蒂和斯利姆向艾达 · 梅求婚的时候说的那样

还好斯利姆没当场就

揍扁他

桑尼的经历不大一样，据艾达 · 梅说，女人排着队追他

女人眼里，找他仅次于找约翰尼 · 马西斯

他娶了珍妮特，珍妮特是酒吧女招待，父母都反对她嫁给桑尼

他让她在父母和自己之间选一个。

4

海蒂第一次见斯利姆，想起了小时候在爸爸从美国订的《国家地理》月刊上看到的马赛族战士

周日下午，去过教堂后，海蒂和爸爸一起看那些摄影作品，那些图片和故事中的地方和人，是在自家农场、村子和附近镇子之外的世界

爸爸在部队的时候走过欧洲各地，去过埃及和加里波利，对异国的事很感兴趣

1945 年，在纽卡斯尔，美国黑人部队解散，即将被送回国，在为他们举办的一个下午舞会上，海蒂认识了斯利姆

那是她第一次在这座大城市参加舞会，爸妈在舞会外面，坐在农家卡车里，祈祷她能遇到合适的人

当时她还一直没遇到过

进去一看，已有不少英国黑人女孩在，海蒂吃了一惊，有大老远从卡迪夫、布里斯托、格拉斯哥、利物浦、伦敦赶来的

各种混血的，从她们在化妆间的聊天交流得知，大部分人的妈妈是白人

跟这些女孩在一块儿，海蒂即刻觉得融入和自在，都和自己很像，她从没感到这么受人喜爱

听说她在农场做活，大家都很意外，替她惋惜，一边对着镜子补口红扑粉，选美皇后的派头，一边再看她，没化妆，看着太朴素，这样可不行，有个女孩说道，开始给海蒂化妆，在女孩手下，海蒂一直以为

自己不起眼的五官，亮了起来

她们纷纷赞她美，海蒂，你看你多美啊

她看看镜子里的自己，朱唇粉面，真的是美

其他女孩穿着塔夫绸裙子，明艳动人，勾勒出纤细腰线，白色长手套，细高跟鞋

海蒂穿着妈妈照《女性周刊》里的式样给她做的裙子，土里土气的，很难为情

舞厅里，乐队奏起了摇摆乐，女孩子花蝴蝶般鲜艳的裙子，帅气士兵的绿军装，在舞池中荡漾，大家都配上了舞伴，没一个女孩做壁花，海蒂在本地谷仓舞会上老是做壁花

只有自己爸爸肯带她跳

女孩们一致认为，除了为随便上个床，英国男人是绝不想与她们有瓜葛的，非裔男人和西印度群岛男人则少之又少

这个舞会上，她们每个人都是舞会美人儿，看士兵们的态度就知道，见到她们这样高级的浅肤色女士都被迷住了

女孩们一直习惯了被人看作最低微的，听了大兵的奉承话，被逗得直笑

有的女孩说，士兵就要启程回美国了，这是她们最后的机会了

有的女孩憧憬着有人娶了她，带她一起回美国

海蒂坐的那桌，有三个爱尔兰尼日利亚混血姐妹，安妮、贝蒂娜、朱莉安娜，都在培训做护士，一个个活力十足，她没见过谁比得上她们的，见她们公然与士兵们调情，直看得她笑个不停

她请她们来农场玩

却被嘲笑，去农场？海蒂，你真逗，我们要前进，不能后退啊，亲爱的

等拿到护士资格了，我们就去伦敦，到时候写信给你，你来看我们

到今天，她也不知道她们后来怎么样了

斯利姆上来请她跳狐步舞

她很高兴，开头有点儿腼腆，躲着他的眼神，他毫不掩饰对她奶白肤色的欣赏，姑娘，你脸蛋粉粉的，光是靠这个，你在我们佐治亚老家就不得了了

他瘦瘦高高，皮肤又亮又滑

他是第一个让她感到自己像淑女的人，不再觉得自己是个苦力，成天做活做到指甲缝里都是泥

当年他们就结了婚，爸妈都同意，很欣慰，以后爸妈不在了，有人照顾她

斯利姆很喜欢她爸妈，她爸妈也喜欢斯利姆这个人

爸爸说，斯利姆就像自己一直想要的儿子，有次爸爸把海蒂拉到一边说，看斯利姆没对她呼来喝去的，爸爸放心了

他敢，没门儿，她说

对斯利姆来说，他不喜欢英国的天气，但是喜欢英国人，他说在英国感觉更受尊重，没被人喊过小子，骑着自行车在外面，不会担心有人套上白头罩，焚烧十字架，私刑处死他

所以我绝不会回美国，海蒂

斯利姆老家是佃农分成，他们只种田，地不是自己的

他父亲要把甘蔗一半的收成交给地主，欠商人的债，跟商人买种子、衣服、工具，庄稼收成不好会被驱逐

斯利姆说，奴隶制废除后，很多人都离开了，因为那样种地就像被奴役

政府承诺每家都能有四十亩田加一头骡子

没有兑现，酿成苦果，黑人只能继续做工资奴隶

现在他娶了海蒂，他耕种的田地早晚会是他的

也是她的，她提醒道

大家多数都喜欢上了斯利姆，他自信健谈，跟陌生人也主动打招呼讲话，对那些态度不友善满是敌意的，也不例外，特别是人们听到他讲话的口音，都称赞他恭敬有礼貌，赞他的用词“好的，夫人”“没有，先生”，欣赏他为女士拉门，对男性碰帽边致意，让人感到受尊敬

尤其是在教堂或每逢收获节、唱圣诞颂歌、生日派对、谷仓舞会，他用迷人的男中音唱起歌，弹着吉他或是音乐搓板伴奏时

两人过夫妻生活，在发现他只是简单地进进出出并不能完全满足她之后就顺了，基本都很满意

他脑力衰退了之后，那方面才减退

他们在一起四十多年，他走了已有三十年，她没再接受过爱抚

她还能感到他壮实的农民双手握着她的裸臂，说她屁股肉太少

虽然她身体力量让他赞叹

斯利姆夸口说她能跟男人一样驾好犁

热辣，海蒂，厉害！

5

斯利姆去世后，海蒂开始徒步远足

买了双步行靴，没买工作靴，自己做了根手杖，把手上刻着黑人权力拳头图案——向斯利姆致敬

她冬天穿保暖衣，夏天穿棉衬衫，背包装着雨衣和一瓶斯利姆以前常喝的甜茶

徒步走过自家田地，走到更远的地方

盛夏时，她有时会夜里走到自家一块田，铺上毯子躺下，看夜空中的星星，想象着斯利姆在天上看着她

守望着她

等着她

农场的运作生产，她操持了很多年，直到八十多岁，她一度雇有三十个农场工人

只是最近十年，农田才荒了，被大自然收回，肆虐横行，吞噬了一切

田里野草丛生，庄稼烂在地里，灌木交缠，狐狸、獐鹿、蛇出没，成了

野地——从前这里种着小麦、大麦、燕麦、冬季亚麻，到市场上卖

野地——从前这里徜徉的是海福德牛、埃尔郡乳牛、拉犁和车的壮马、她的切维厄特绵羊，还有她儿时养的冰岛马驹小黑

她与小黑常缓步走过小路，绕湖徐行，穿过树林，眼前一片低矮丘陵，放步疾行

若是从小黑背上摔了下来，她得自己再爬回马背，她没戴头盔也没穿鞋

她如果没回家，爸爸会带上狗狗，骑马出去找她

海蒂记得，那时她身体那么好，像是理所当然的，自己没在意过，脑子想让身体做什么，身体就做什么

她记得，每天早晚两次，她能给三十头奶牛挤奶，慢慢把热乎乎的牛奶挤进罐子，再打扫挤奶间，器具洗干净消毒好，帮乳品厂工人把牛奶装上马车

一点儿不会觉得累

现在，身体不听她的，做个最简单的事儿都难，比如穿上工装裤，从椅子上站起来，上楼梯

海蒂记得，艾达·梅和桑尼还小的时候，她和斯利姆跟爸妈和孩子们住在一起

这种安排非常理想，两个女人，两个男人，一起带孩子，共同经营农场

她和妈妈不像母女，更像朋友，从她记事儿起，她就是什么事都和妈妈一起做，爸爸说，她可是把妈妈玩于股掌之上，爸爸根本插不上嘴，确实是

妈妈总是说，很想念她自己早逝的母亲黛西，妈妈没有一天不想着能找到自己的父亲，那个阿比西尼亚人

他是谁呢，海蒂？他是谁？

后来妈妈病倒了，那时艾达·梅和桑尼还没上学

妈妈过得那么不快乐，没能活着看到外孙外孙女长大，孩子们当时太小，长大后不会记得外婆

爸爸撑着活下去，妈妈去世后什么都不一样了，他说他真想跟着

妈妈走

没有多久，爸爸就跟着走了，心脏衰竭，她和斯利姆都觉得爸爸心是碎了

爸爸走前跟她说过一句话，这个家是你的，哈里特·杰克逊·（原姓）莱登戴尔

你是我女儿，这个家的将来就在你手里

海蒂，这个家不只是我们的，也是你祖辈的，他们拼了命苦干，传给我们这个家

所以到最后，你一定要传给桑尼，让他照样传下去

那是七十年前了

她在这儿住了九十三年了，农场不仅仅是她的家，更是她的骨

她的魂

1806 年，她的祖先林尼厄斯·莱登戴尔上尉给这个家打下地基，到今天，已经历英国王室八个君主

林尼厄斯生在这个区的工人家庭，一生的梦想就是拥有自己的土地，从在船上当服务生做起

终于挣足了钱，梦想成真

林尼厄斯·莱登戴尔上尉

带着年轻妻子欧多拉，从牙买加罗亚尔港回到老家，欧多拉的爸爸和他有生意往来

据家族传奇，传说她是西班牙人，斯利姆第一次在家里图书室看到她的肖像画，就说，她是我们黑人，海蒂

海蒂说他瞎想，他坚持说他对黑人外貌的各种形态变化很了解，我跟你说啊，海蒂，她是黑人

海蒂再通过他的眼睛来看欧多拉，果然看出了另一个欧多拉，她的肤色、脸型、五官、浓密头发

斯利姆可能说对了

约瑟夫死后，家里那个旧书柜，斯利姆找不到钥匙，直接撬开了柜门，他说，他是家里男主人，柜子里放着什么他要知道

他翻到一些老账本，里面记着上尉的奴隶贩子生意利润可观，用非洲的奴隶换西印度群岛的糖

他疯了一样冲进厨房，她正在厨房做饭，斯利姆痛斥，她家族这么可耻的秘密，瞒他瞒到现在

她说这事她也不知道，她是一样震惊，那个柜子一直锁着，爸爸说里面是重要文件，不许接近

她劝着斯利姆冷静下来，跟他谈开了

我和爸爸个人都没有责任啊，斯利姆，她努力安抚丈夫，现在你也和我一起享有这些带来的获益了

她长长的胳膊从他身后抱住他

兜一圈又回到原地了，对不对?

6

海蒂知道秘密这种事儿，她从没跟人说过她没了的那个孩子，十四岁那年生的

那年，她小小的胸脯大了，软了，肚子大起来，早上犯恶心

妈妈注意到了，琢磨出来了

孩子父亲是鲍比，村里学校大家最喜欢的男生，高个子，一头白

发，爸爸是肉贩

男生没人理会海蒂，所以，当鲍比对海蒂表示有意思，她自然不可能拒绝

放了学，跟他在教堂座位间厮混

那时教堂都开着门，不会有人进去偷银器

有那么三十分钟左右，她成了他世界的中心

她记不起做了那事

肯定是做了

事后

他继续无视她

和以前一样

爸爸气得不跟她讲话，她不肯说是谁搞大了她肚子，爸爸更是气得不行

发现她怀孕的错愕过后，妈妈倒不那么在意了，好像挺高兴，爸妈本来就想再要个孩子的，他们没怀上

海蒂对自己身体的变化不知所措

被鲍比迷惑觉得自己真傻

她不想怀孕，她想上学，想和朋友一起玩

妈妈掌控大局，让海蒂躲起来不要见人，他们对外就说海蒂病了

海蒂觉得身体没啥，想在家里四处走，妈妈说，你好好听话，别闪着肚子里孩子

一个周五的晚上，孩子出生了，生得很快，是个女孩，妈妈读了本接生的书，自己给海蒂接生

把孩子抱给海蒂，教海蒂给孩子喂母乳

海蒂入了迷，怀中这个孩子，她一个人就这么生出来了

妈妈跟她说，对孩子必须要当成世上最珍贵的东西，不能瞎来

海蒂，这孩子咱们一定要养活好

因为咱们非常非常爱她

海蒂不清楚自己爱不爱这个小宝宝，不清楚自己知不知道什么是爱，爱这个词太大了

她给宝宝起了个名字，叫芭芭拉，妈妈觉得可以，你的孩子，名字你定，我们把孩子养着

妈妈整天都陪着她和孩子，晚上睡在地板上，孩子一醒，妈妈第一个醒，看着海蒂喂奶的时候别睡着

给孩子换尿布，在室内的浴盆里给孩子洗澡

有一天，爸爸进了卧室，这是芭芭拉出生后爸爸第一次来看外孙女，妈妈正在浴室洗澡

爸爸说孩子必须送走

海蒂说想把孩子留下，爸爸的手力气大，一下子从海蒂怀里抢走了孩子

走出房间之前说，海蒂，这个事儿，你跟谁都不能说，永远都不能说出去，必须彻底忘掉

带着个私生女，你这辈子就完了

男人就更有理由不娶你了

海蒂那时还没想过嫁人，只觉得窝火，因为爸爸说她孩子是坏人，是私生女

她没意识到，她再也见不到芭芭拉了

海蒂还留着包芭芭拉的那条红蓝相间的毯子，妈妈用自家绵羊的毛纺成毛线，染色，织成毯子，当时还不知道会生个男宝宝还是女宝宝

毯子她一直没洗，搁在一个鞋盒子里

后来有好久好久，毯子上都还能闻到芭芭拉的气味，即使她知道那已经不可能

她常想着，芭芭拉是给贵族人家抱走了，长成名媛，嫁给了勋爵，住在城堡里

她信守对爸爸的诺言，没跟任何人说过

包括斯利姆、艾达·梅、桑尼——跟谁都没说过

海蒂醒了，有人戳她胳膊，她费力睁开眼，又回到了圣贪节，屋里一家子人醉得更厉害了，闹哄哄的

艾达·梅紧正瞪眼盯着她，看她还活着没

艾达·梅这辈子都不知道自己曾有个姐姐。

格雷丝

1

格雷丝

来到世上，是因为阿比西尼亚来的那个叫沃尔德的海员，沃尔德是锅炉工

给商船货舱里的锅炉添煤

船上最苦最脏、最吃力的活儿

沃尔德

1895 年跟船进了南希尔兹港，几天后离开，留下格雷丝在她妈妈肚子里

妈妈那时刚十六岁

不知道自己怀了孩子，肚子大到格雷丝快要出生了，妈妈才知道，后来，等格雷丝长大一些，能明白孩子怎么来的了，妈妈黛西告诉了格雷丝

那就是你爸爸，个子非常高，走起路来脚不着地似的，飘在空中一样，就像是从另一个世界来的

确实是的

我觉得他很斯文，不像那些本地男孩，总觉得女孩都归他们，想拿就拿

我们常结伴去码头，看船上卸货

希望能碰到个海员愿带我们去遥远神奇的地方，那种叫什么桑给巴尔、卡萨布兰卡、坦噶尼喀、奥乔里奥斯、南卡罗来纳的地方

你爸爸因为做水手，会说很少一点点英语，所以我们两个人讲话是连猜带蒙，全靠比划

我到码头送他走，他说，我回来找你，一步步倒退着走，我面朝前站着

不想看他走

我会来找你

格雷丝，总有一天，咱们会坐船去阿比西尼亚找他，我会敲敲他小屋子的门，把你推到他跟前，告诉他说，嗨，先生，看看，这是你留下的

黛西

住在廉租公寓，和兄弟姐妹睡在地板上

全家住一个单间，中间拉个帘子一分为二，父母睡在帘子那头

黛西生下这个混血儿

父亲说他决不能为了这个在酒吧被人耻笑

他在地下凿石头炼煤，一干就是十三个小时，下了班直奔酒吧

酒吧出来踉踉跄跄回家，跟妈妈找茬打架

他跟黛西说，把小孩送给教堂，不然你给我从家里滚出去

他以为我会丢下你吗？格雷西，你那么天真纯洁，那么纯粹，上帝赐福的造物

我要负责保护你，照顾你，谁想把我们分开，我就杀了他

黛西

从家里搬出去了，发誓再也不理妈妈，妈妈胆小，不敢对抗父亲，父亲只在乎别人怎么想，不愿帮自己的孩子

她找了一份工作，给帽厂做人造花，和一个年轻人鲁比合租，鲁比有个五岁大的儿子，跟一个海员生的，海员来了又走了

这个海员家乡是一个叫亚丁的地方，在红海边上

你能想象吗，格雷西？红色的海？

黛西

用婴儿背带把格雷丝背着，走哪儿背到哪儿，因为找不到人看格雷丝，交给别人她都信不过

全家跟她断绝了关系

绝对不能交给鲁比，鲁比都不怎么给儿子欧内斯特洗澡

格雷丝，我每天都给你洗澡，从水管上接了水，放在铁锅炖菜的灶台上焐热

给你洗得干干净净的，你额头上的头发卷儿亮晶晶的像露珠

可怜的欧内斯特，头发打结一块块的，鲁比老是在外面很晚也不回家，我得看着欧内斯特，不能让他跑到外面满地垃圾和碎玻璃的脏弄堂里

我看着他，但是这孩子我不能全部接过来带，格雷丝，他不是我的孩子

我不知道后来这孩子怎么样了，因为我们搬到工厂的玛丽那儿住了，玛丽自己有三个孩子，房间有人合租能省点钱

黛西

说会带格雷丝去乡下

我多想看你在柔韧的软草上自由自在地奔跑，太阳照在你焦糖色

漂亮小脸上，听你喊，你抓不到我，妈妈，来抓我啊

她跟格雷丝保证，她一定会找个丈夫养活她们，做木匠的，自己打家里的家具，家里小木屋三个房间，一个卫生间，里面有马桶，餐桌上摆着鲜花，烤箱里烤着面包，空气清新，河水清澈，夏天

每天在河里洗澡

黛西

没料到格雷丝八岁那年，自己得了咳嗽，咳得止不住，加上空气里的煤尘，更是不见好

她生不起病，她跟女儿说，我没钱看医生，就是真看了医生，休病假我就没工资了，工作可能也要丢了

我们吃什么呢，格雷丝，谁来养活我们呢？

我养你，妈妈，我养你

黛西

被诊断为肺结核，她的工友集体向经理投诉，说黛西生病会传染给大家

来了个医生给她检查，她被带去疗养院隔离

当场带走

玛丽暂时收留了格雷丝，等黛西（有望奇迹般地）康复

只可惜，黛西肺部的液体和组织

肆虐自噬，从里烂到外

黛西死了

玛丽小时候在乡下的北方协会女童院长大

女童院院长还是那时的兰利太太，玛丽问兰利太太能不能接收格雷丝，当时恰巧有个女孩要工作了，时机正好

那年冬天，玛丽把格雷丝送到女童院前门，疼惜地搂她一把

再见了，格雷丝，你在这儿好好的，会有人照顾你的，要学什么她们都会教给你

格雷丝望着玛丽离开，玛丽黑靴子两侧裂了口，破裙子拖在泥里，肩上裹着褐色披巾，头发像鸟窝，戴了顶帽子，帽檐插着格雷丝专为她做的橙色玫瑰

再见了，格雷丝，她喊道，声音哽住了，没有回头，打开大门，消失在小道尽头

她是格雷丝最后见过的认识妈妈的人。

2

起先，格雷丝迷迷糊糊在女童院游荡，女孩们围拢过来，碰碰她头发，摸摸她皮肤，盯着她瞧，问她怎么皮肤这么黑

我爸爸是阿比西尼亚的，她骄傲地说，装着认得爸爸

妈妈跟她说过，永远不要为爸爸是哪里人觉得没面子，我们会找到他的，如果他还活着的话，他没回来找我，所以他可能是已经死了

格雷丝告诉女孩们，阿比西尼亚很远很远，是个神奇的地方，那里的人身穿真丝袍子，头戴珍珠皇冠，住在童话般的宫殿里，顿顿吃烤肉和土豆，还有奶酪舒芙蕾

听得大家很是羡慕

但是，她半夜会尖叫着醒来，舍监急忙冲进来，看她出了什么大事，发现并没出事，批评她惹事出洋相

其他女孩都叫她别闹，你慢慢就会习惯，格雷丝，我们都是这样，过阵子就好了，别吵了，我们要睡觉

格雷丝裹紧毯子，全身缩进毯子里，不让别人再听见她想起妈妈时的动静

想妈妈在睡觉的时候把她抱在怀里紧紧的

妈妈不会丢下你的，格雷丝，你是妈妈的

可是，妈妈刚刚还在工厂就在她边上干活，突然间就来了个穿白大褂戴口罩的人把妈妈带走了

妈妈会回来陪你的，格雷丝，妈妈会回来的，妈妈对她喊，妈妈又踢又叫挣扎着，被他们拖走了

每当有人敲响大门上那个光溜溜的黑狮子头，格雷丝都盼着那是妈妈，妈妈张开双臂站在那儿，笑容灿烂，仿佛是跟她玩了场游戏

嗨，格雷丝，想妈妈了吗？亲爱的，快去拿上你的外套，咱们回家啦

过了好久好久，格雷丝才不再盼着妈妈出现

又过了好久，才不再在想起妈妈时身体泛起一股暖流

又过了好久，才开始慢慢记不起妈妈的模样

晚上，格雷丝开始梦到爸爸

梦到爸爸回来救她

带她到天堂

在女童院，格雷丝学会了自己打理自己，打扫屋子，她喜欢打理自己，因为妈妈说那近乎圣洁，但是不喜欢打扫屋子

她学会自己给裙子缝上扣子、缎带，打褶，在为去教堂做的白裙

子领子上加上蕾丝

学会织好冬天穿的羊毛长筒袜、帽子、围巾，她的黑靴子一侧带扣子，她学会了把靴子擦得锃亮，她没穿过鞋，靴子上脚后，开头一直脚痛，后来穿习惯了，穿上靴子神气活现的

她学会了做肉、鱼、家禽，做熟了不至于让人吃了中毒，学会做菜园子里种的菜，学会了烤面包蛋糕，规定她做的时候不许偷吃，不然就会挨批

她经常偷吃

挨批

她学会了洗衣服，在木盆里装上热肥皂水，用一把大木勺捣盆里泡的被单，衣服上有顽渍的，要用搓衣板洗，洗好了用木夹子整整齐齐挂到晾衣绳上，不能乱七八糟的随时会掉下来

她喜欢睡在刚换好被单的床上，闻着被单上的太阳和风雨的味道

她喜欢直接凑到水龙头上，喝井里抽上来的水，不需要烧开了才能喝

马桶每天都消毒

无一例外

她学会了打理菜园子，种黄瓜、生菜、番茄、芹菜、胡萝卜、萝卜、卷心菜，打理的时候也不许吃，她老是趁四下无人偷偷吃，特别是碰到草莓地、树莓灌木、李子树什么的

放开肚皮大吃特吃，接着又后悔了，因为吃得嘴唇染成了紫色，果汁滴到罩衫上一片片红的，还是挨了批

格雷丝学会了心算，木头教室里一排排木头桌子椅子，她在教室

里学读书写字，练习美妙的字母排列，组合成一个个词汇

起初让她坐在教室后排，直到她跟上大家进度

形体仪态课上，她学会头顶一摞书保持平衡，一本都不掉下来，她个子高，想象着自己来自阿比西尼亚，飘飘然

有个老师叫德劳内小姐，夸她有种天生的优雅，掉头就训其他女孩，说她们走路像怀孕的小母牛

让格雷丝觉得自己很特别

她们每周日都去教堂，只有积雪太深，路上结冰太危险，或者倾盆大雨的天气才不去

穿着周日裙子排成一长队，走过乡间小路，手拉着手，唱着圣歌

获准在草地上玩的时候，她采一些花，夹在《圣经》书页里，为每朵花都写了一首诗：《咏玫瑰》《水仙颂》《咏绣球花》

她爱上了刺绣，绣得相当好

低年级宿舍的女生和她成了朋友，有时就寝时间过了她们还在聊天儿，聊得开心放开了嗓门，忘了女童院规矩

莎莉嗓音最动听，贝莎编故事最吓人，艾达琳想当演员，喜欢背诵她在图书馆读到背下来的《鲁拜集》

“遍访乾坤总惘然，天垂日月寂无言/海涛悲涌深蓝色，不答凡夫问太玄”

她声情并茂大段吟诵，大家听厌了，跟她说，闭嘴吧，艾达琳

学兰利太太就属格雷丝学得最像，模仿兰利太太端着架子那姿势，屁股撅着，扮起罗圈腿，穿着奶白睡裙，在两排双层床中间过道上蹦来蹦去，故意夸张拿捏一口做作口音，拽一串没人听得懂的长到离谱的词儿致辞，大家看得笑到肚子疼，跟她说受不了了，求她别继续

了，她看自己这么受大家欢迎，正得意

就在此时，兰利太太突然推开门，打着灯照进来，正撞见格雷丝“像是在扮滑稽表演中的小丑”

早过熄灯时间了，兰利太太训道，怪格雷丝带坏别人了，要格雷丝一大早去她办公室

你太有个性了，兰利太太坐在办公桌后说道，透过她小圆眼镜看着格雷丝，头发别在脑后，坐得笔直，一身黑衣，为丈夫戴孝，人人都知道她丈夫很久以前死于梅富根城战役

女孩太有个性不太合适

格雷丝端端正正坐在桌子对面，腿悬着，两手好好地搁在腿上，心里很怕，到现在为止她在女童院感觉都很安定，调皮捣乱的不止她一个，可是只有她被抓住了

她们都知道，有时候，非常捣蛋的女孩会被“赶走”

你就哭吧，格雷丝，记住这次教训，你不像咱们这儿别的女孩，你时时刻刻都得拿出最好的表现，因为生活对你会很艰难，你会在很多人那儿碰壁，他们没有你在这儿的老师们这样开明

我们相信女性有选举权，想为你们这些弱势女孩提供机会，起码能接受基本教育

我自己从来没参加过那些武装抗议，兰利太太接着讲道，像是在对她自己讲，不以为然地挥挥手，因为武装抗议只会被公众抨击，抗议人士会被政府谴责，甚至因此入狱

我相信通过合理论辩实现争取选举权的目标，你明白吗？

格雷丝点点头，兰利太太说的都是些什么啊？

我这人也是个实用主义者，格雷丝，所以，你仔细听着，我有责

任告知你，为了你自己好，今后你必须克制自己活泼随性的天性，收敛你胡闹放任的态度，那缺乏教养，在女童院，我们恪守礼仪，沉稳含蓄，并且引以为豪，唯愿你们沉静节制，昨晚我亲眼目睹的那种古怪卖弄，我们是不能容忍的

你想我让你收拾东西，把你赶到街上毫无安全保障吗？你可能会沦落南希尔兹区疾病肆虐的街头，到了那儿，像你这样的女孩，会沦为“夜女郎”，那就是你想要的结局吗，格雷丝？

格雷丝下决心要彻底管束自己个性，要稳重，克制内敛

否则你将来找工作，我们不会给你出书面推荐信，也不会担保你的家政技术，持重，勤奋可靠和诚实，格雷丝，没有我们的担保，你永远都找不到像样的工作

做个体面的

女佣

格雷丝本就在掉眼泪，听到这里，控制不住抽泣起来，顾不上淑女仪态

她长大了想在特威德河畔贝里克区的吉林厄姆商场做售货员，兰利太太每年都带她们去那儿看圣诞装饰

女童院出来的最优秀的女孩在那儿工作

她梦想着穿着漂亮的衣服，与购物的顾客礼貌交谈，顾客离店时向经理夸格雷丝多么招人喜爱，希望将来还由格雷丝接待他们

然而美梦没有成真

格雷丝十三岁那年，兰利太太给她找了份工作，在新晋男爵欣德马什家做女佣，男爵在父亲去世后回到了祖传的城堡，离贝里克几英里远

此前几十年都在上阿萨姆地区管理家族茶园

带了随从印度仆人回来，其中有他的印度情妇以及他和情妇的两个儿子，都住在庄园的房子里

用个混血女仆没意见。

3

格雷丝

正在吉林厄姆商场选布料做夏天的裙子

她挣的钱来之不易，再怎么也不想在吉林厄姆花钱买东西，但是镇上只有这家有她想要的东西

几年前，她写信给商场经理，申请面试销售区的职位，决心证明兰利太太的话讲得不对，当时她已长大成人，有了几年的服务经验

但是，当她穿着最鲜亮的衣服见到经理，经理当即说顾客不会喜欢她

都没给她机会开口

我想你肯定能理解，他说

牢牢关上了门

那之后好几个星期，她脑中构想着，趁夜黑偷偷摸进商场，一把火把它烧成平地

经理困在里头，大喊着求她来救

女童院的梅布尔和碧翠斯这周六在女袜柜台当班，格雷丝好久没见她们了，趁她们主管在巴结一个看着很有钱的顾客，找她们聊了一会儿，跟她们说多想也在这儿工作

她们跟格雷丝说，一天站下来，中间没有休息，腿和脚都肿了，

几乎走不动路

她们的住宿、穿的吃的都从工资里扣，剩下能自己花的钱没几个

格雷丝不信，她多想在这种豪华大商场工作，一看就很有品位，认识有意思的人，包括未来的丈夫（就像她们正在交往的那些），住在市中心商场顶楼的房间，参加各种社交活动，比如下午舞会、剧场，还有冬天夏天的游乐场

那你们试试在前不着村后不着店的地方当女佣看看，她说，跟她们讲了个明白

你们试试，赶在公鸡打鸣前就起床，把炉架铲出去，随时应召，一直干到所有人都上床睡觉

这中间，是无休止的擦拭刷洗，擦亮上光，熨烫衣服，叠衣服，跑腿打杂，因为是个粗使女佣，只能穿着难看的制服

尽管我在女童院最后一年的阅读、写作、算术跟大家一样好

梅布尔和碧翠斯真让她心烦

她走了，随便她们吧

还好她找到了做裙子的布料——梅紫色软软的，牛皮纸包着，绳子打结系好

那么珍贵，她抱在胸前，就怕它死了之类的

急着快带它回家，做成女佣们都在传的一款裙子式样，裙摆不是长及脚踝，而是将将过膝盖，这种款式据说是有伤风化，欣德马什男爵的女儿埃斯米夫人周末款待客人，出席某个晚会，在楼梯顶亮相时，对客人们说过，格雷丝听到了

格雷丝躲在仆人走道通到正房的密门后偷窥，看埃斯米夫人在她的富人朋友面前展示自己

她那些朋友，女士着露背长裙，摇曳明艳，男士一身晚礼服，缎

面衣领，小雪茄金烟嘴，薄荷朱利普鸡尾酒

赞赏地望着她缓缓步下楼梯，双腿修长，脚踝纤细

伦敦眼下最时兴的，亲爱的，风靡一时

格雷丝永远不会有那种风光；但起码她很快就会有条新裙子了，有场合需要的时候可以穿，虽然这种情况不多

去教堂不能打扮花哨，但可以穿着参加欣德马什家的工作人员圣诞晚会

直到最后换回制服，和其他女佣一起打扫残局

她在吉林厄姆商场外正要过马路，一帮男人骑着自行车，忽的一下紧贴她身边而过，差点儿把她撞倒，她猜是工厂出来回家吃午饭的工人

她正要再上路，一辆塞满人的公交车又擦身开过

她习惯了城里车来车往，每次进城还是要特别当心，因为她平时都是在乡下，离大路很远，乡间小道上只是偶尔才有车开过，一般都是欣德马什家或他家客人的车

她发现身边多了一个人，有个小伙子悄悄来到她身边

你就是尼罗河女王吧，对，一定是，他说道；她猛地回头，一脸怒意，竟然喊她夜女郎，如此大胆无耻，看她怎么收拾他

他看出她的念头，说道，埃及艳后啊，就是那个，尼罗河女王

和夜女郎完全不是一回事

听了这话，格雷丝才没痛骂他或者拿手里包裹打他

以前她骂过打过

他一头红发鲜亮，梳不平，到处翘翘着；红红的脸很和善，诚恳的蓝眼睛爱慕地看着她，不像街上很多男人那样眼光色眯眯的

她打量他衣着，斜纹软呢外套，裤子也有型，脏乎乎的靴子，没有她高，大部分男人都没她高

我叫约瑟夫·莱登戴尔，他说，坚持要陪她过马路，说是上午在周五家畜市场上收益很不错，刚把一沓簇新的十英镑钞票存进巴克莱银行

她觉得他是想给她好印象，确实奏效（啥时有过男人想给她留下好印象？）

他也像是个有钱人，但有钱人一般不会注意到她，不像那些流氓和废人

她很烦他们，这些人一有机会和她单独在一起就以为自己有戏，说她小妖精，风骚勾人

她绝对不是

在哪儿都有，甚至在城堡里，在仆人用的后门通道，或是她一个人在空房间里做活的时候，一天晚上，男爵家一个客人溜进了她的卧室，隔天她就找庄园的铁匠罗尼给她的门上加了个门闩

迄今为止，所有勾引挑逗她都躲过去了，很厌恶那些不经女人同意占有女人的男人

那些男人，跟女人生了孩子却不娶孩子妈妈，躲到遥远的童话地方去，那地方人天天吃奶酪舒芙蕾

她老早就安于独身到老，既不结婚也不生孩子

没人愿找个杂种，每当街上有人这么叫她，她便回敬一句：你才是杂种！

只是她没想到会遇到一个约瑟夫·莱登戴尔先生，不是吗？

跟她聊了没一会儿，他就请她下周日和他去散步，之后每周日下午都过去看她，再赶回家给牛挤奶

牛不会自己出奶，格雷丝，我又信不过农场工人

约瑟夫从一战战场上回来，身体心理都完好无损，不像他很多战友，活是活下来了，但是有的截肢了，有的在和平时期脑中还听到炸弹爆炸的声音

慢慢发了疯

约瑟夫回到家里农场格林菲尔德，发现农场与父亲都在衰颓，牲畜羸弱，庄稼贫瘠，大批死于疾病，设备老化生锈，工人每周五晚上领了工资就人影不见

父亲老约瑟夫多年前丧偶，近来开始晚上穿着内衣裤在高地上徘徊，喊太太来帮忙给羊羔接生，凯西，你来啊，来接小羊羔

约瑟夫花了好几年，投入全部时间精力，把农场整顿好，现在可以找个妻子做伴了，传续香火

他在埃及沙漠和加里波利打过仗，见识过东方奥斯曼美人（她不敢问他是怎么见识的）

退伍回乡后，本地女孩对他都没有吸引力，直到他在贝里克街上看到了格雷丝

格雷丝看得出约瑟夫一片好意，深深喜欢上了他，每天都盼着到周日，跟他在一起度过的那几个小时，夏日在庄园上他们能去的地方漫步，有时穿着最漂亮的裙子，就为了他，躺在草地上享受阳光，冬日坐在仆人厨房里，和大家一起吃午餐

是厨子威科姆太太允许的，格雷丝一到男爵家，她就很喜欢格雷丝，让其他工作人员都好好对格雷丝

否则我找你们算账，她警告大家

约瑟夫向格雷丝求婚了，仿佛格雷丝是大奖，而且不是末等安慰奖，格雷丝都不敢相信自己如此幸运

他父亲去世后，他们等了三个月才结婚

他第一次带她回格林菲尔德的家

老约瑟夫不管在脑子好还是不好的时候，都不会同意他们结婚的，他是个停留在维多利亚时代的人，还在留声机上听音乐剧院那些老歌

而我在留声机上放爵士

他带她回农场是在一个周六的早上，只有一条路，赶马车穿过熙熙攘攘的村子

经过主街上一家家商店，路过出门买东西的人，人们驻足看她这个怪物

大部分从没见过黑人，能把这儿的黄金单身汉勾走的黑人他们更是没见过，后来她自己单独赶马车进村子时，在众人注视下，对此深有所感

他们的约瑟夫 · 莱登戴尔，本土农民，可敬的退伍军人，家有女儿待嫁的，哪个母亲不想着约瑟夫做女婿

待听到她开口讲话，与大家也没什么两样，就是本地孩子，于是对她也开始有好感

杂货店店主除外，他把找她的零钱往柜台上使劲一扔，她只得趴在地上一个个捡起来

再去跟他买东西时，她把那些硬币原样扔到柜台上，扬长而去，让自己的阿比西尼亚鼻孔朝天

妈妈会为她骄傲的。

4

格林菲尔德农场长而窄，茅草屋顶，比较老旧

格雷丝习惯了欣德马什由众多仆人打理得一尘不染的大宅

新家室内灰暗，一股老物件的味道，这些陈旧东西早该扔掉了

东西摸上去黏糊糊的，地板上都是农场带进来的沙砾，厨房里没一样干净器具能用

约瑟夫

在格雷丝来之前，雇了个很年轻的女孩做他们女佣，叫阿格尼丝，格雷丝觉得怪有意思，因为她自己几天前还是女佣

格雷丝，你不用再做活了，他跟她说，你就读读书，绣绣花，家里有阿格尼丝照料，其他的交给我和工人

别忘了你可是克利奥帕特拉女王，尼罗河女王呢

好吧听你的，她说，也乐得清闲，只是看不出阿格尼丝做过什么家务，跟约瑟夫抱怨，他好像也并不在意，说他确实没发现屋里有灰或者脏乱

我根本想不到会这样，格雷丝说，约瑟夫就照字面意思理解了，他这人说话直来直去不带拐弯

她在长厅扮大宅女主人，照着门廊里那幅画上，1806 年约瑟夫祖先林尼厄斯·莱登戴尔刚建好房子时的外观

开始绣一条挂毯

打算绣好作为礼物送给丈夫

需要什么东西了，就摇铃叫阿格尼丝，这孩子懒散，没气质没脑子，慢慢吞吞，指甲脏脏的，围裙也不熨，白帽子下头发乱蓬蓬，几乎

从不看她的女主人

格雷丝训阿格尼丝不该邋里邋遢，让她回厨房把指甲洗干净，头发理整齐

叫她泡壶茶来，热热的浓茶，结果端上来是温的，也不浓

格雷丝骂了她，我要求你做事要做到最好，格雷丝霸道地讲道，给我再泡一壶茶，严格按我规定的标准泡

格雷丝讲话的语气和用词，与欣德马什家的人以及他们家的客人没什么两样

阿格尼丝来端茶壶，看了格雷丝一眼，那眼神，格雷丝怕她会一壶茶冲她女主人泼过来

可不像她见了约瑟夫那种奴颜婢膝的样儿

好的，莱登戴尔先生，没有，莱登戴尔先生，我来巴结你吧，莱登戴尔先生，看到他进屋，竟然行什么屈膝礼，荒唐

格雷丝算看明白了，这个智商、卫生和能力都低的脏丫头，永远不会听

一个混血黑人的命令，管你是尼罗河女王还是什么

格雷丝跟约瑟夫说把阿格尼丝辞了，她忍够了阿格尼丝的无礼无能

家务她自己来做，是为自己做，说不定会喜欢做，确实很喜欢，把灶具上黑漆漆的油脂全擦洗干净后不知有多得意

跪在地上，把一楼石板擦得如黑冰一般锃亮，给楼上木地板打蜡，日光映射上去都有反光，别提多自豪

家里好多窗子，脏得不行，表面滑腻腻一层污垢，隔着窗子看，屋子前面的院子和谷仓，屋后斜坡伸展出去的农田，什么都看不见

她用上肥皂、水、醋，把玻璃擦得干净到透明

喊约瑟夫进屋看她的劳动成果，连他这样号称看不见灰尘的人，都表扬她把屋子打扫得这么清清爽爽

还不够清爽，约瑟夫，我建议咱们重新装修一下，为要孩子做好准备，家里这些家具都经不住孩子上去蹦，一蹦就散架了，房间刷一下总是好的，咱们村子里找个装修工来粉刷一下吧

他表示反对，她说，列兵莱登戴尔，领命吧

约瑟夫就喜欢她这样放肆对他

旧家具换上了新的，一个瓷器柜，橡木梳妆台和小衣橱，装饰风地毯，她陪约瑟夫去贝里克逛街，给他买了新西装鞋子，给自己买了几尺布料，还去了趟吉林厄姆商场，把他带给梅布尔和碧翠斯看，炫耀她现在有个大农场，自己是女主人

和约瑟夫在新买的留声机上放阿姆斯特朗、格什温、胖子沃勒、杰利 · 罗尔 · 莫顿的唱片，伴音乐跳舞

闷热的夏夜，打开窗子，到屋外跳，只有狗儿看着他们，村子在两英里外的山下，踏着美国新音乐的活力节奏，脑袋、腿、手都舞起来

她爱上了这些音乐

他们也会偎在沙发床上读书聊天，这沙发床也是新买的珍贵物件，格雷丝头搁在约瑟夫腿上，他除去她头发上别针，一头鬈发披散下来舒展开

他喜欢把她的发卷儿绕在他那双农夫的大手上

他那么迷恋她的浓密粗厚头发，她都不敢相信

觉得怪难为情

格雷丝置办的最重要的一件家具，是给主卧四柱架子床买了新的填充棉床垫，换掉了原来那个高低不平浸透了各种分泌物的旧床垫

在旧床垫上根本不可能睡个好觉，尤其是听他说这床上睡过他的父母和祖父母以后

这床上承载了那么多历史，更难接受了

屋子里所有东西她都想清理一遍，包括图书室里塞满老账本的那个旧橱子；约瑟夫说不行，那里面都是重要的契据和记录，他早晚会收拾出来的，然后给橱子上加了把锁

他买了张拉盖书桌，每周一次在桌前做账，做下来结果收入大于支出，分外高兴，决心要保持农场盈利，同时还留意着向附近农田扩张的机会

晚上

把煤气灯调暗，两人做爱

他说，她就是他的非洲之旅，他是利文斯通博士，在非洲泛舟沿河而下，在尼罗河源头找到了她

是阿比西尼亚，她纠正他

你说得对，格雷丝

他让她高潮后，她哭了

发自她自己体内某个地方，她也不懂

他想至少要十个结实健壮的儿子，在农场做活，将来农场传给长子

格雷丝觉得孩子生五个就够，不太想那么多年都要大着肚子生孩子

三个儿子给约瑟夫，两个女儿给自己

头两个孩子都流产了

后来生了个男孩，助产士抱到她怀里，几小时后，婴儿身体开始发凉

慢慢僵硬

不能讲起

床上两人间有了裂隙

睡觉背对背

格雷丝什么都做不进去，只会给自己清洗身子，只吃一点点约瑟夫喂给她的面包和汤，像个生病的小孩

都吃了，格雷丝，都吃了吧

后来怀了莉莉

顺利出生，健康宝宝，醉人的美丽

长到一个月大，两个月大，三个月大

村里的女人给宝宝做了小帽子、小袍子、开衫、针织小袜，格雷丝给宝宝穿戴起来，秀给大家看，人人见了都夸是最漂亮的宝宝，格雷丝在几个孩子夭折后，生了这个宝宝，那种快乐，村里女人走路上山或是坐着马车来看她，一同分享

死亡残留的余恨与阴影，早已消解

她变回了原来的格雷丝，她们的格雷丝，约瑟夫的太太

莉莉也是她们的

四个月大，五个月大，六个月大

莉莉神秘的眼睛深不见底，格雷丝与莉莉对望，如痴如醉，莉

莉，你在想什么？

她长大了准是个地道埃塞俄比亚美人儿

是阿比西尼亚，约瑟夫，格雷丝答道

现在叫埃塞俄比亚了，格雷丝

七个月大，八个月大，九个月大

她营养丰富的母乳喂饱宝宝，喂过奶后，莉莉就在她胸上睡着了，轻轻的，软软的，有时呼气会发出哨声，脸蛋儿压到一边儿扁扁的，小小的嘴唇噘着

此时，格雷丝忆起了自己妈妈的样子，那样鲜活清晰，记忆中被妈妈全身心深爱的感觉

她是妈妈生命中最重要的人

无比安全的感觉

十个月大，十一个月大，十二个月大，一岁了

一岁两个月四天大

格雷丝跟平时一样，很早就醒了，盼望着陪女儿开始新的一天，很开心

莉莉晚上只需要吃一次夜奶了，助产士说接下来宝宝晚上一觉会越来越长

她起床走到床侧莉莉的小床边

抱起她心爱的小宝宝，可是，莉莉身子摸着发硬，凉的，一动不动，格雷丝抚摸她的脸颊，手贴在她额头上

握着她的手

握住她脚趾

摇她，她都不动。

5

约瑟夫不给格雷丝喘气的工夫，要跟她再生一个，一定要有继承人，他说，把农场传给下一代，这是他的责任

到现在

家族拥有这个农场已有一百二十年

到那时，她才意识到，约瑟夫对这片土地是如此依恋，甚至可能超过对她的依恋，他将自己视为农场的守护者，如果没有孩子继承，他的人生就是失败的

他必须信守对祖辈的承诺

约瑟夫在屋里怒气冲冲走来走去，碰翻了东西，对着狗狗吼，骂工人，晚上喝太多啤酒

和她行房时，像个机器进入她身体，不再有以前的爱抚

他只想冷酷播种

她忍受他残暴插入，看着天花板上挂着的灯罩，当时屋子里供上电他们多高兴

为了他，为这片土地，为他的遗产，她有职责生下强壮的继承人，她懂得，到现在她都没做到

他会不会因为她失职把她赶走？让她做回女佣？换个能履行职责给他生孩子的老婆？

她忍耐着，床垫弹动撞得木床架嘎吱作响，床架下面是地毯，地毯下面是木地板

晚上，他们在长厅里，两人坐得远远的，只听到落地大摆钟的滴答声

约瑟夫读他订的农业月刊或《国家地理》

（她丈夫该多希望能找个借口看女人裸胸图片！）

她读《女性周刊》、狄更斯、奥斯汀、勃朗特姐妹的小说，或者书房里随便找本书看，读进去

忘了眼下，忘了他，忘了她自己

忘了这个生出死亡的身体

他上楼睡觉去了，她在楼下再磨蹭一阵儿，但是她一进卧室，他就会醒过来，然后又来了

格雷丝又生了一个孩子

尽管她不同意，约瑟夫还是给孩子起名哈里特，是他奶奶的名字，他说，奶奶活了很大年纪，一天病都没生过，睡梦中去世的

这个孩子会活下来，格雷丝，我有感觉，她是个斗士，虽然她是女孩

对这个恶魔孩子她很漠然，生产过程她差点没死掉，生了三天，最后孩子肩膀横着硬从她伤透的身体里挤出来，掉到助产士手中

挥舞着小拳头，无牙的脸蛋拧成一团，被打了一巴掌，马上放开嗓门大哭，肺功能强大，眼见要把房子震倒

格雷丝打了吗啡，缝合伤口，小宝宝她不抱，最初是由于身体太弱，后来是由于极不情愿，因为经历过前面几个孩子连着夭折

她不肯给孩子喂母乳

约瑟夫不跟她讲话了

莉莉是很柔弱安静的孩子，哈里特却很不消停，闹得全家上下不得安宁

这个小恶魔跟奶妈睡，睡在格雷丝卧室隔壁房间的小床，能哭一晚上不带停，搅得她妈妈没有好日子过

后来，从贝里克请了个住家保姆，叫弗洛西

有好几个月，格雷丝几乎讲不了话，起不来床，没法自己洗澡刷牙，头发打结，因照不到日光皮肤苍白，穿着睡衣，人家把恶魔抱给她时，她掉脸不看，一想起那恶魔就觉得恶心

梦到割断恶魔的动脉，把她了结，格雷丝看到过约瑟夫这样处理农场上动物

她研究厨房的刀具，看用哪一把下手最利落干脆

一天半夜，她把刀挨个拿起来，对着光看，被约瑟夫发现了，夺了过去

你敢，格雷丝·莱登戴尔，我看你敢

她也想过走出房子，走过屋后的田地，走进湖里，直到湖水淹没她头顶

约瑟夫吓唬她要把她送进精神病院，在那儿，你会被脱光衣服，用铁链子拴在墙上，你就在自己的卫生间里蹲一辈子

她不怕，她已经在地狱了，她睡到另外一个卧室去了，我们再也不要同房了，她跟他说

不用担心，他愤愤然答道，以前我不过是尽责任，现在你的责任你没尽到

格雷丝记得，从前他对她那样爱意浓浓，她只能回他以爱，现在他不要了，就像她不要碰她自己生的那个东西

约瑟夫把孩子塞到她鼻子下，她一把推开，侧身过去

你敢不要你自己的女儿，格雷丝·莱登戴尔，你这女人太邪恶

这恶魔来到世上，是来嘲弄她的，给她这种希望，做上母亲，完成在世上的责任，拥有一样东西完全属于她，却又把这东西拿走

格雷丝记得这种感觉，自己小时候被留在世上孤零零一人那种苦

她想念妈妈了，妈妈会知道该怎么做，会抱着她拍拍，跟她说，格雷丝，你能过去的，能挺过来，咱们一块儿扛

一年来了又去了　　　哈里特长得又壮又结实

两年来了又去了　　　哈里特会爬/走/爬高了

三十个月来了又去了　哈里特讲话讲个不停

一天早上，格雷丝醒了，这是哈里特出生后她第一次没有满心恐惧地醒来，屋外蓝天明媚，浅灰色的云朵分外好看

她有很长时间没看过天空了，别的也没看过，只感到内心的沉重压得她抬不起头

也没看过约瑟夫，没正经看过这个奉她为尼罗河女王的男人，他正在外头挤牛奶

她起床洗澡，梳头，打结的头发要梳开，先用手指解开才行

没再继续穿着睡衣，换上了正经衣服

格雷丝走进厨房

哈里特正吃早饭，弗洛西给哈里特做的煮鸡蛋和面包条，先带她去小鸡那里选了自己的鸡蛋，这是她俩每早都要走的程序

格雷丝一般是等她们从厨房出去了才自己吃早饭，整天都躲着孩

子，成了这方面高手，孩子在屋里屋外具体哪个地方，她清清楚楚，将遇见孩子的机会控制在最小

遇见的时候，弗洛西不满地瞪她，她视而不见

她一出现，哈里特和弗洛西都不响了，哈里特抬头看她，好像她不一样了似的

她想她是不一样了——头发梳起来拢到了头顶，不是女儿看惯了的散着的一头乱发，身上是一条有黄色花朵图案的白裙子，不是她那条洗得褪色的便袍

格雷丝看着哈里特，像是第一次见一样，哈里特胖嘟嘟的很健康，脸蛋光洁明亮

头发梳成一根辫子垂在脑后，眼睛近乎金色，可能带点儿绿，亮晶晶的，带着好奇，对格雷丝笑着

像是在说，嗨，妈妈，现在你喜欢我了吧?

弗洛西灰白头发，圆润身材，驼背，穿着条另一世纪的老式及地裙子，她有孩子，孙辈人数也不少，听哈里特呜哩哇啦讲一通不知什么，她都鼓励地作声应答

孩子习惯了格雷丝在以后，又哇哩哇啦讲了起来

哈里特把面包条放到稀稀的蛋黄里蘸过了再吃，小心不让蛋黄流到自己下巴上

下巴不小心沾了蛋黄的，弗洛西就拿块布给她擦掉

她们相处看着那么舒服自在

很亲近，那么亲密

太亲密了

格雷丝

自己泡了杯茶坐下，离哈里特更近了一些，哈里特停下，又盯着她，她说，你们继续

我想给哈里特做个生日蛋糕，弗洛西，还有，以后你叫她海蒂吧，不要叫哈里特，我觉得海蒂这名字更适合她

弗洛西勉强点点头，还不算太抵触

格雷丝对海蒂招招手，宝贝儿来，坐到妈妈腿上来，海蒂看向弗洛西求助，叫格雷丝心下作痛

去跟妈妈坐吧，弗洛西催海蒂，嘟哝一句，早就该找妈妈了，声音不小，正好能叫格雷丝听见

格雷丝带海蒂到屋外，坐在院里长凳上晒太阳，把她抱在自己腿上，给她读《童话书》里的故事

故事读完了，海蒂已窝在格雷丝怀里睡着了

格雷丝抬起头，看到弗洛西已把约瑟夫找来了，约瑟夫正站在通往前院外田地的大门边上

袖子卷着，裤脚塞进靴子里，靴子上一层泥巴，手扶铁锹

望着她们

仿佛他又身处埃及沙漠

望着一片海市蜃楼。

6

妈妈，我和海蒂彼此对上了，然后一切都不一样了，我像是走出了黑暗，拥抱光明，真正做妈妈那样去爱她

妈妈，你没看到我有多宠她，随着她性子来，什么都随她，她想要什么我都没法拒绝，约瑟夫会过问，说我把她宠坏了

真希望你能看到，约瑟夫和海蒂父女俩多友爱，约瑟夫不会因为她是女孩就打折扣让步，约瑟夫到哪儿海蒂就跟到哪儿，爸爸做什么她都学着

真希望你能看到，海蒂长大了，又高又结实，学会了犁田、播种、打谷，还会开拖拉机把干草堆从田里运到谷仓

真希望你还在，给外孙女讲讲你怎么长大的，讲讲我小时候的事儿，那时我太小都不记得了

妈妈，真希望你没有年纪轻轻就去世，真希望你能看看我在女童院多受照顾，我学会了穿鞋子走路，有干净的水和新鲜的食物，学了好多东西

真希望你能看到，我在女童院外面草地上撒欢儿，妈妈，你能猜到，我把花儿夹在书里，为它们写下小诗

妈妈，真希望你能如愿学会认字写字，上学读书，你肯定会喜欢读书，妈妈，尤其是查尔斯·狄更斯的著名小说

真希望你能看到，我学会了沉稳端庄的仪态，妈妈，我不是那么好说话的人，和你一样，必要的时候我会为自己争取权利

真希望你能看到，我多不愿做用人，妈妈，一分一秒我都不乐意，后来我终于有了自己的家，我就特别喜欢收拾家，把家里拾掇得干净清爽

真希望你能看到，我回头以后，约瑟夫又爱我了，我们一起决定，不再要孩子了，他用体外排精来避孕

妈妈，真希望你能认识约瑟夫，我的男人，在我身边陪我一辈子，保护我，陪伴我，是女儿最棒的爸爸

真希望你能看到，没人给海蒂个性留下不良影响，妈妈，海蒂她把工人支使得团团转，把我和约瑟夫给笑的啊，还想对我和约瑟夫发号施令

真希望你能看到，我也学着帮忙做农场的活儿
冬天从结冰的湖里挖出冰块，放进冰窖
果园里采果子，做成果酱
喂牛、羊、猪、马、鸡、火鸡、鸭、孔雀
把没了妈妈的小羊羔装进纸箱，放在长厅炉火前
打扫马厩，清除一整个冬天攒下来的马粪
用猪肉做熏肉咸肉
果园里的果子采摘了做成果酱
修剪树篱，做栅栏，做篮子，做黄油奶酪
除草，断奶，养蜂，做果酒、啤酒、姜汁汽水

妈妈，真希望你能认识斯利姆，他是美国人，娶了海蒂，我们不在了以后有他照料海蒂，我们别提多放心

妈妈，真希望你能见到你的重孙桑尼和艾达·梅，我和他们接触也不多

终于有个男孩将来继承农场了，约瑟夫可欣慰了。

第五章
酒　会

1

罗兰

出席了《达荷美最后一位女战士》首演结束后的酒会，酒会在剧院前厅举办，阿玛华丽亮相，罗兰第一个上前给了阿玛三个贴面吻

酒会上，本是觥筹交错，人声鼎沸

阿玛一出现，全场登时鸦雀无声

随后掌声雷动

众人喝彩

精彩！阿玛，太棒了！

阿玛身着一条让曲线毕露的裹身裙，两臂线条紧致，腰身纤细，臀部最近几年愈发迷人，艳光四射

然而尽毁于脚上一双银色跑鞋

她始终是那个叛逆的少年，在心底——或者该用法语说“au coeur”

这部剧太精彩了，精——彩，罗兰盛赞

她就要听这句话

他就要听这句话

每个人都要听这句话

网上已挂出一篇五星剧评，这个剧评人一向下笔辛辣锐利，毫不留情，这次却一反常态，全是溢美之辞：震撼心灵，感人，极具争议性，富有新意

所言极是，该剧得到最高赞誉实属实至名归，比阿玛早期刚入行时那些政治宣传鼓动作品高出太多

虽然，这位作家兼导演，他独生女儿的妈妈，他的挚友，当年如果采纳他的建议，导上几部多元文化莎士比亚剧、希腊悲剧以及其他经典剧，早就在主流戏剧界成名了，她却去写一些关于黑人女性的剧，那永远不会广受大众关注欢迎，因为大多数黑人女性，在大多数人中的多数人看来，与他们是不相干的，体现的是他者

很久以前，罗兰就已决定与主流建制派保持一致，因此得以功成名就，闻名于世

而且是在知识分子阶层

重要的主流圈层

反观阿玛，等了三十年，才获许迈进大门

当然了，那些年她也并没有去不懈反复敲打城堡围墙

实际情况是，她早年大部分时间花在了对它的严厉抨击上

他开溜了，把阿玛留给那些激进女同，她们如同上了年纪的脑残粉，追随阿玛，争相拥上来祝贺她

其中一位穿着牛仔背带裤，把他看愣住了

不会吧，背带裤又流行起来了？

他正思考性别与服装的关系，被西维斯特拦住了，他跟西维斯特的关系最多算是

友好客气吧

当年，在阿玛国王十字的宫殿式废屋中的某场派对上，阿玛介绍他俩认识

那时的他们，正值青春年华，容颜俊美，周末嗑催情剂和摇头丸，浑身上下只穿皮短裤牛仔靴，在天堂夜总会七彩灯球下，踏着迪斯科强劲节拍飙舞，又隐入地窖酒吧幽暗角落，解决一下，欲念瘾头上来压不住

对彼此也有欲望

虽然来了一次就够了，因为西维斯特射精时大喊一声“给我接着，撒切尔！”，实在扫兴

艾滋魔鬼袭来，这帮纵情声色的，死了那么多人，罗兰运气好，幸免于难

亡故者众，难以怀旧，回忆过往就等于

忆起

已逝的

牢骚满腹的老西维斯特也是幸运活下来的

愤愤承认，这部剧确是阿玛迄今最优秀的作品，她跟这些人沆瀣一气，太不应该，就他们，他愤懑对酒会各个角落的人一指，这类人他称之为无趣的衣冠楚楚人士，来自给剧院提供资金赞助的各跨国公司，个个都站得远远的，一脸尬笑，又巴望着能融入这演艺圈的热闹

西维斯特说，这些人大学毕业后，收下过高的起薪，加入那些道德很成问题的企业工作，就已出卖了他们学生时期的左翼原则理念，借着职业发展利润可观，年度奖金丰厚，很快就变身富得流油的托利党，对社会保障体系深恶痛绝，拒不出资，逃税避税，同时还道貌岸然将

底层人民贬为社会之祸，其实他们才是社会最大的不劳而获者，没有一丝社会责任感，只做这种自吹自擂可退税的时髦慈善，号称慈善事业！

西维斯特在跟罗兰打过招呼后一分钟之内，即长篇大论对资本主义企业文化展开批判，罗兰着实佩服

可算是破纪录

现在该罗兰上了

罗兰说，《达荷美最后一位女战士》是一部杰作，杰作这词儿太俗套，明天我上电视四台新闻节目和BBC《前排》节目肯定不会用这词，你懂的，他就是要提这些，就是要让西维斯特不好受，因为西维斯特从没认可过罗兰事业多成功

罗兰出的书他可能一本也没读过，从没跟罗兰说在电视上看到了罗兰，而平时常有人跟罗兰说在电视里看到他了

西维斯特这是故意回避

相当轻视打击他的权威

这部剧确实颇具开创性，罗兰接着讲道，西维斯特此时的关注焦点，却只在及时取过服务生穿梭人群端来的装在优雅的细长香槟杯里的免费普罗塞克汽酒，到手先一饮而尽，才歇上一歇

但是，罗兰说，阿玛在剧中其实可以考虑致敬最初的亚马孙女战士，据希腊神话记载，她们是古希腊人的要敌，西方探险家到过非洲后，写下她们一百五十年间的骁勇凶悍，将她们与贝宁，也就是达荷美亚马孙女战士相提并论

该剧的制作也许可以使用一些更技术化的戏剧装置，比如可设置一些希腊神话中亚马孙女战士的全息影像，如幽灵游荡四周，呼应主线剧情，由此使主题更具古典意义？神话传说中，亚马孙女战士为方便拉弓射箭与希腊人作战，会割掉乳房，虽然无法证实，但是，我们明

确知道的是，这些女战士确实存在过，近年的DNA测试已有证明，对游牧民族斯基泰人的古冢（平民的坟）进行的一些其他形式的生物考古学分析也发现，历史上自黑海至蒙古一带，均有女骑士以小部落形式生活，但并没有发现有人割除乳房

此外，据希罗多德记载，神话中亚马孙女战士收集草本致醉物，篝火上燃烧后产生烟雾，吸入后兴奋到断片儿，这么好的原始材料，阿玛都没好好调动起来，你说她是不是错过了大好机会？不过话说回来，投影到舞台上的一波波图像，制造了舞台上有成千上万已逝贝宁亚马孙女战士的效果，她们挥舞兵器，呐喊彻响，向观众呼号而来

逼真得可怖，将气氛推向高潮，手法高超，毋庸置疑

罗兰顿了一顿，观剧前他做足了功课，就为观剧后能发表一番高谈阔论

未等他长篇大论圆满收尾，西维斯特伸手按住他胳膊，说道，罗兰，我可不是你的粉丝学生，即扬长而去，由手中空酒杯带路，直奔服务生方向，服务生可能已得领班授意，专门绕过他们这儿走

罗兰真想冲西维斯特喊，他该好好感谢他罗兰·夸提教授，不仅费神奉上自己精辟见解，而且还是免费，西维斯特你知不知道啊？是谁在美国大学讲一小时课就收入一万美元，你呢，靠你那个只有1%的人听说过的，过时的，97%不值一提的剧团，做两年也没有我那一小时赚得多

你就守着你的社会良知吧，同志，我这看家本领才叫厉害，那就是

文化资本!!!

不过，罗兰圆滑世故，是断不会闹这出的，他环顾四周，众人普罗塞克已喝得酒酣耳热，喧嚷欢腾好不热闹

厨房右侧，一个个迷人小伙如壮男歌舞团鱼贯而入，高举镀金

盘，送出开胃小菜

他看到了雪莉在屋子那头，还穿着（亲爱的）1984 年前后妇女协会时期风格的衣服

多米尼克也来了，多少年没见过她了，她五十多岁的年纪，还是那种女同派头的至上性感，身边一帮爱慕的女粉丝围着忙不过来（依旧如初）

肯尼正盘桓在门口那个帅到不可思议的保安身边，保安可能是尼日利亚猛男，对肯尼的关注似乎很是受用

罗兰更喜欢白种人，肯尼喜欢黑人，就这么简单

平时工作日他俩基本分开行动，周末一起去逛农贸市场，和朋友聚会，有时去乡下聚

每年找几个长周末去他们喜爱的城市：巴塞罗那、巴黎、罗马、阿姆斯特丹、哥本哈根、奥斯陆、维尔纽斯、布达佩斯、卢布尔雅那

夏天去冈比亚或佛罗里达

在一起二十四年，两人奉行的是“斟酌行事，切勿欺骗”，在此范围内，想做什么都可以

欲望驱动时，见机行事就是，只要不把外面的人带回他们神圣的家

罗兰信步走出剧院，到了外面俯瞰泰晤士河的步道

城市空气污染遮蔽下，夜空中仍有繁星点点

夜已深，河面望去如黏滞的浮油一起一伏

对岸的建筑杂烩只见轮廓剪影

他实在喜爱伦敦，很久以来，在他那些日益阳春白雪的小圈子内，这城市也是爱他的

至于目前对所谓“都市精英”的鄙视，他费了老大劲才爬到事业

顶峰，竟被归为都市精英，被一众政客和蛊惑人心的右翼分子散布为社会之恶，令人气愤，英国48%的人投票选择不脱欧，仅此而已，就被那帮政客谴责，荒唐至极

脱欧派却被描绘为勤奋努力的普通人，好像其他人就都不是似的

罗兰参加了BBC的脱欧辩论，声张自己立场，一个脱欧倡导者抨击罗兰是“都市精英傻帽”

罗兰反唇相讥道，六十年代他们家从冈比亚来到英国大乡村，不到六个月，就被当年的激进种族分子赶出了村子

也就是说，他对对方说，黑人（罗兰在公共场合一般都尽量避免使用“黑人”这个词——太不敬）最后都留在了大都市，是因为你们不让我们接近你们草木葱茏的田园和脸蛋红润的姑娘

成为精英他也不觉得有什么可羞愧的，罗兰补充道，他自己，罗兰·夸提教授，非洲劳动阶层移民的孩子，公立学校出身，就无权实现阶层上升了吗？

你们难道认为，黑人只能在生产流水线上干活，或者打扫厕所、扫大街？

观众鼓掌喝彩

对方哑口无言，还未想好如何回击，主席已宣布辩论结束

罗兰做了最后陈述，他该感觉扬眉吐气才对

但是，他恼火的是，他不得不涉及种族论题，而且，辩论在网上火了以后（这种辩论当然会火），他被视为文化多元性的代言人

他绝对不是

一只手臂侧面伸过来，轻柔环在他腰上，是亚兹，体贴地知会一声她来了，挺好的，因为他一直搞不清她会给他一个拥抱，还是一顿斥责

爸爸，她喊一声，依偎过来，已有几分醉意，他看着是，虽然她号称滴酒不沾

亲爱的你好啊，他答道，亲她额头一下

我担心着呢，特怕这剧不像样，让妈妈丢脸，妈妈的事儿都说不好的，咱们过去都碰到过是不是？现在好了，她成功了，对吗，爸爸？

对啊，咱们为她自豪吧？

绝对自豪

你跟妈妈讲了吗？你得跟她讲

我跟她讲过好几遍了，讲的时候还凝视她眼睛，让她知道我是认真的，妈妈心底是很依赖人很需要支持的，虽然你我都知道，这次成功会冲昏她头脑，她会忘乎所以很不好搞，爸爸，不好搞

他把亚兹又拉近一些

喜欢亚兹让他拥着

感受到亚兹的温软入心

亚兹是他奋发的动力，他的人生分为亚兹前与亚兹后两个时期

在没有亚兹前，他是个普普通通的大学讲师，中学读的伊普斯维奇很乱的一所综合学校，青春期逃离家乡朴次茅斯，在学校勤学苦读，休息时间迷恋偶像

可爱的小个子马克·波伦，超现实太空时代之大卫·鲍伊，妩媚动人的甜乐队主唱布莱恩·康诺利

喜好度顺序如上

进了伦敦的大学后，第一天就加入同性恋社团，混迹同性恋俱乐部，补回错过的光阴

毕业时还拿到了一等学位

历时十八个月，找到第一份讲师工作，然后发现，从一名无名大

学教师进化为受人尊重的公众人物，需投入数千小时，独自埋头伏案，写出那些破书，这势必要牺牲掉他来之不易的社交生活，他可做不到

亚兹出生前，他经评估反思后决定，为了亚兹这个他自觉决定与朋友阿玛一起带到世上的孩子，他必须有所建树，阿玛才智过人，有创造力，人又风趣，做他们孩子的母亲再合适不过

阿玛同意接受他的精子捐献，他甚为感动

他搞出精子后不久，阿玛怀上了，亚兹出生前，他已动笔写第一部作品，立意扎根知识性但不过于学术化，为大众所接受但不流于大众主义，写的都是自己感兴趣的主题——哲学、建筑、音乐、运动、政治、互联网、社会的形成：过去、现在与未来

处女作一举成名，写到第三部作品，已是功成名就

但是，与阿玛不同的是，他的事业从来不取决于外界对他身份的认定，不是社会为黑人知识分子设定的道路（单是“黑人知识分子”这个词就让他不舒服）

他觉得很可悲，英国黑人仍旧被肤色所界定，没有其他切实可行的选择

他自己也不能说是真正的冈比亚人，因为两岁就离开了

总之，他身为黑人和同性恋者，都不是出于自觉的政治决定，前者是遗传基因决定的，后者是生理心理先天倾向

都不是他在知识智性或政治活动方面的追求

而是作为注脚那样的补充说明一直存在

他除了写书有预付稿酬，中间再去大学做做讲座，经济上就不成问题，间或给成人学生上课他可以考虑，但正式课程他不肯再教了，现在他已成名，电视上露脸，没人能逼他教课

学生们不满那又怎样，这个体制又不是他发明的（他只是钻体制

空子而已！），邮件一概不回，除非是他老板直接发过来的，那个他见了立时热诚回信

他这一套相当奏效，因为系里其他人都不再找他做任何事了

他知道“同事们”都恨他，他走过系里长刀走廊，这些人对他简直就是痛骂

管他呢

他几乎从不去系里

罗兰开始写他三部曲代表作的第一部时，已经决定，他不要去求建制派接纳，他自己就要做建制派

至于他的兄弟姐妹们，让他们自己发声支持自己吧

为什么他就该背着代表黑人发言的担子呢？这只会拖累他

白人就只需要代表自己，不用代表整个种族

亚兹从与他的踏实拥抱中抽身，他对亚兹的爱超过对任何人，甚至包括肯尼

亚兹出生后，人家把亚兹放到他怀里，那一瞬间，他心都化了，那以后就没变过，对亚兹的爱不可遏止，即使亚兹有时十分难缠，放肆起来还相当刻薄

他担心，亚兹进入社会，如果不按游戏规则想要成为胜者，会吃大亏

她需要圆滑处事，懂得变通，但是她完全相反

这方面随她妈妈

夜色下伦敦这一片，特别不一般，是吗爸爸？她有点儿迷离恍惚，圣保罗大教堂是不是，很宏伟？

绝对的，是很壮观，亲爱的，我认为它是伦敦的建筑中心，几百年来，独领伦敦天际线，是宗教至上地位的恢弘象征，后来才出现代表经济繁荣的摩天大厦与之抗衡

虽然，这点也很少有人知道：摩天大厦其实脱胎于历史上各类高层建筑，比如埃及十一世纪的高楼，佛罗伦萨和博洛尼亚文艺复兴时期的塔屋，也门希巴姆五百年历史的泥砖结构建筑

亚兹，这并不是什么新鲜概念，二十世纪中叶，人口增长导致城市人口密集，因此出现高楼

眼看着要展开宏大论述，没等他讲完，亚兹就开溜了

她走向一个有文身的男人（还是女人？），那人一个人站着抽烟，凝望河面

爸爸，今天见了你真开心，亚兹心不在焉回头说一声，我刚瞧见那边有个我认识的人

过几天我就去看你和肯尼，说好了

亚兹不会知道，刚刚她依偎在他身上的那个地方，她走了，那儿留下一个空洞，感觉那么空落落的，她小时候特别爱爸爸，一直黏着他，哪怕是该上床睡觉了，或者该回妈妈家了，也不肯放手，他得把她绕着爸爸的小胳膊掰开才行

小小的人儿，爱他，就是爱他原本的样子

无条件的爱

绝大多数人都觉得他很了不起，那么他自己心爱的孩子亚兹，为什么就不能这么看他呢？

她只需说一句，就说那么一次，能有多难呢？说一句

爸爸，你真厉害。

2

酒会人声嘈杂热闹非常，卡罗尔安安静静远远立在一旁角落，跟其他银行基金人士一起，都是商务正装打扮，衬着满屋子奇装异服文艺范儿打得火热的人，显得格格不入

这完全不是她的圈子，所以她没跟着弗雷迪去“打一圈儿招呼，结识一下女同戏剧圈”

弗雷迪一头扎进人群，领带摘了，衬衫也解开了，头发飞舞，见人就套瓷，她远远看着，他把人家逗得咯咯笑

又接着去忽悠下一个人

弗雷迪没有上层阶级那种保守拘谨，他处处流露的是上层阶级那股自信，还带着些腼腆的少年气息，不管什么背景的人，都喜欢他

她真希望自己也有他这种挥洒自如的社交技巧

卡罗尔对这部以贝宁为背景的戏，看得很是入迷，虽然她对自己父母的祖国尼日利亚所知甚少，从来没去过，对尼日利亚的邻国知道得就更少了

这不怪她，听妈妈说，近亲都不在了，妈妈自己的父母去世得早，所以妈妈不太可能回去了

妈妈不会是那种人们在机场看到的西非妇女，她们往往推着满满一车超重行李，在办理登机的柜台跟人吵，明明行李秤没问题，非说行李秤不准

卡罗尔挺想去尼日利亚看看，还没去那儿出过差，目前暂时还不会付诸行动，将来会带妈妈一起回去，可能也带上科菲，还有弗雷迪

卡罗尔很喜欢科菲，他非常适合妈妈

今晚看到舞台上都是黑人女性，这是前所未有的，她感觉很怪，这些黑人女性和她一样的肤色，有的比她肤色还黑，她应该感到获得肯定和认可，但是并没有，反倒觉得有点儿不是滋味

如果演的是英国第一位黑人女首相，或者诺贝尔科学奖得主，白手起家的亿万富豪，那种真正取得最高成就的人，而不是女同战士在舞台上昂首阔步互相爱恋，就好了

中场休息时，在酒吧，她注意到，有一些白人观众看她的眼神，与开场前他们在大堂时的不一样了，现在他们的态度友善多了，仿佛他们正在观赏的剧中也体现了她，他们对这部剧是赞赏的，因此，对她也是赞赏的

此外，现场的黑人女性观众，也比她以前在国家剧院其他戏剧演出看到的黑人女性观众都要多

借中场休息的机会，她得以细细观赏她们华丽的头巾，耳饰大如非洲雕塑，巫毒珠子骨头项链，（很可能）装着符咒的皮袋子，金属手镯厚如绑手沙包，大大的银戒指跨过几根手指

一直有黑人姐妹对她点头，像是这部剧将她们连在了一起

她脑中一闪念，这也许是女同黑人姐妹，她再仔细端详，推测有很多可能真是女同，即使戴着头巾的那些，穿的也是那种舒服的鞋

这个聚会，难道主要都是同性恋？

她不再跟人眼神交流，抓住弗雷迪的胳膊

弗雷迪过于配合，鼻子来蹭她脖颈

她正暗中预备挤进人群，拖着弗雷迪离开酒会，只见有个女人朝她走来，她有多少年没见过这女人了——多久了？

哎呀糟糕！

见鬼！

是金太太

卡罗尔十八岁毕业后就没见过金太太

她在这儿干什么?

与此同时

雪莉看到屋子那头自己当年的门生，也大为错愕，认不大出来了，但那分明正是卡罗尔·威廉姆斯

想都不想，她就直奔卡罗尔而去，丢下伦诺克斯和拉克希米在那儿继续大谈拉克希米的爵士，伦诺克斯非常喜欢，去看拉克希米的音乐会，真叫雪莉受不了

挤过人群时，她惊讶地发现，卡罗尔不是当年那个胖乎乎的孩子了，现在的卡罗尔优雅美丽精致，隔着那么远也能看出来

那么

卡罗尔一定是很成功了

雪莉感到一股压抑已久的怒气涌上来，如胆汁直冲气管

"卡罗尔，多联系，老师想知道你发展如何，你随时都可以找我，我会支持你"——这个不知感恩的孩子，从来没联系过她

卡罗尔一身蜜桃色套装裙，戴着雅致的珍珠首饰，看着都是价格不菲的真品，头发是拉直的，扎成一个芭蕾发髻，妆容素净，比少女时期苗条多了，穿着高跟鞋显得也更高了

雪莉感觉自己比平日更老土（得有多土吧），虽然她穿着从约翰刘易斯百货店新买的波点裙子，腰带松松（非常松）系着，脖子那里打了个蝴蝶结挺不错

金太太，卡罗尔喊道，高贵风范伸出一只手

卡罗尔，叫我雪莉吧，雪莉

卡罗尔讲话几乎听不出口音，透着贵族气质，香水芬芳四溢，周身精致高雅

雪莉得知卡罗尔在金融城做银行家，雪莉看她一定会前途无量，今晚她与先生弗雷迪一起来的，弗雷迪在屋子那头，他们家是国家剧院某赞助公司的股东，不过，私下跟您说，这部剧真不是我喜欢的那种，卡罗尔说

我也不喜欢，雪莉说，感觉对阿玛是种背叛，没有和屋里其他所有人一起大赞这部剧

（除非其他人都是装出来的，演员常这样）

她自己是很想能在教工休息室里吹一吹朋友的剧作在国家剧院上演，但是她不能，因为这剧写的是女同

您也都好吗？卡罗尔问道，一定退休了吧，我想

没有没有，我还没那么老，还在教书，罪过罪过，还在那个精神病院，学校多少次都该关门了，到现在还没关门，还在产出下一代妓女、毒贩、吸毒者

雪莉仰头大笑，以为卡罗尔会一起会意大笑，然而卡罗尔一脸惊骇，雪莉连忙换上一个欢快的微笑，显示自己并没有满腹怨气

随即机智说道，我还在辅导最优秀的学生，帮助那些有潜力的学生（因为她就是不由自主），我需要持续多年的专注投入，才能帮助他们踏上成功之路

两人一时冷场，气氛有点尴尬，雪莉感到霎时满脸潮红汗如雨下，更年期的反应，该死，不该喝那杯酒的，都是酒害的，如果拿纸巾去擦脸，会把妆擦得满脸都是，像个疯子

那会叫卡罗尔怎么想？

对金太太这种以退为进的被动攻击方式，卡罗尔很不舒服，但尽量不表现出来，就希望弗雷迪来把她一阵风似带走，那女人满头大汗，不大正常，是不是紧张的？

金太太当年对卡罗尔施加了多少压力，简直是摧残人

现在，她就在卡罗尔眼前，年老了一点，头发灰白，胖了，不过也说不准，因为小孩子看大人都是又老又胖

随后两人无话很长一段时间，无比尴尬，彼此作个怪脸

雪莉打破沉默，嗯，过了这么久，又见到你了，卡罗尔，真是很好

对，我也很高兴再见到你，卡罗尔说，看着金太太眼睛，以为会看到闪过什么阴险的眼神，但是没有，她眼睛湿湿的，她难过了吗？像是难受、伤心的样子，金太太竟然有感情的？

卡罗尔突然意识到，自己对金太太的看法，一直笼罩在青春期的怒气下，其实金太太也许是在尽她的力，只不过采用的方式不好而已

卡罗尔不想惹她难过，现在不想，然而，似乎还是叫她难过了，卡罗尔要赔个不是

金太太，哦雪莉，我知道现在再说为时太晚，当年在学校的时候您那么帮我，我还没谢过您，现在说虽然晚了点，希望还来得及，哈！

这个哈不是故意的，卡罗尔脱口而出的

哪里话，雪莉答道，根本不需要谢我，我就是尽我所能帮帮你，从来没想过也没要你感谢我，能帮到你我很欢喜，不只是开心，作为老师我尽心尽责，这是我的工作职责，你取得了成功，我很欣慰，对我已经是感谢了

卡罗尔看到雪莉眼里的湿润化成了泪花，此时方醒悟到，当年没人能够也没人愿意帮自己，金太太的确帮了她，她怎么会到现在才明白过来？

金太太后退了一步，卡罗尔猜她可能是为自己动情感到不好意思

我得去找我先生一块儿走了，不然赶不上最后一班车了，明天还要上课，九年级，最可怕的年级，再见了，卡罗尔，遇见你很开心。

3

雪莉折身打人群中穿过，步伐轻盈

急着告诉伦诺克斯她遇到了卡罗尔，伦诺克斯总说她怨气郁结过久，是负面损耗精力

生活对男人简单得多，女人就是比男人复杂太多

伦诺克斯好像什么事都不会紧张

她把他从拉克希米那儿拽走，拉他一起去取大衣，等服务生去拿时，回望酒会

超大的空间，满室人声喧哗，让她想起学校餐厅里几百个学生的嘈杂喧嚷

叽喳刺耳的人声，金属刮在餐具上的声音，在四周墙壁和天花板间回旋震荡

在她的概念里，惬意的夜生活，是在派对的角落，伴着情人摇滚，与伦诺克斯轻舞，派对上的人和他们是一类，在幽暗中静悄悄接吻

厨房灶上炖着米饭豆子和咖喱羊肉

她看到罗兰从外面步道进来了，举手投足那股自命不凡的劲儿，她见了只觉好笑，不像从前那样反感

罗兰生了她的教女亚兹之后，她才算跟罗兰有了点接触，在那之前，他和阿玛那些朋友一样，没空和她打交道

到亚兹上小学时，他已经成名，有段时间，雪莉对他有点畏惧，

挺傻的

她怕跟他接触，因为他一张嘴讲话，就让她自惭形秽

有一次，她正把小亚兹放进她车上婴儿座椅，绑好安全带，罗兰在边上侃侃而谈皮亚杰关于儿童发展阶段的研究，但在这方面，他可远没有她了解得多

她没有卖弄学问的自信，在他面前从来没有

然后，他接到一个电话，得知他多年前回到冈比亚的母亲去世了

上一秒钟，他还在那儿自以为是高谈阔论，下一秒已瘫坐在路上

雪莉把亚兹和罗兰带回屋里，让罗兰在她怀里放声痛哭

从此以后，再看他放言高论，她只当他是表演，内心深处他与每个人一样脆弱

现在，她与罗兰处得相当不错，虽然还没好到她需要专门过去跟他打过招呼再走的程度

随后，她看到拉克希米在焦急地四处走动，肯定是在找卡洛琳，卡洛琳二十多岁，阿玛打趣说卡洛琳是拉克希米新找的童妻

雪莉几分钟前看到这位童妻正跟一个年纪大不少的女人混在一起，那女人像是很喜欢她的样子

拉克希米得当心了

雪莉正想着找到阿玛道个别，眼见得阿玛和女神多米尼克一起往洗手间去了，一边心照不宣地笑着

她忆起了早年阿玛和多米尼克共同管理剧团，只想和对方在一起，连各自的爱人都比不上

直到恩津加出现，带走了多米尼克，去美国开启了令人神往的新生活

虽然据阿玛说不是这样，阿玛说恩津加挫了多米尼克的傲气（早该有人挫挫了）

阿玛非说她和多米尼克之间没有性吸引，这种友谊雪莉就搞不懂了，两人二十多岁的时候一起去洗手间就已经说明问题，更何况五十多岁了还一起去

今晚雪莉一直避着多米尼克，多米尼克这么前卫的人，自己这种无趣的异性恋郊区中学教师不配跟人家来往

不巧的是，中场休息时，她俩在吧台正好站到了一起，雪莉无法不惹人注意地逃开了

多米尼克还是老样子，人很纤瘦，紧身白 T 恤展现平坦小腹（真刺激人），机车夹克，指节戒，耳环如一串银针眼爬上耳朵，黑牛仔裤，机车靴，男生气质发型，没有白发

多姆外表看不出有五十二岁，这身装扮也算符合年龄

黑人女性都不见老，雪莉除外

运气实在不好

多年未见，果不其然，多米尼克对雪莉呲牙一笑，似是雪莉乏味的小日子引她发笑

嗨，雪莉，你过得怎么样？她问道，口音基本美国化了

一如往常，雪莉没一点儿新鲜事儿可讲，雪莉问回去，多米尼克当即是，哇！事儿太多了，从哪儿说起呢？这时，调酒师给她上酒，打了岔，调酒师先给多米尼克上的酒

再正常不过

多米尼克一手一杯酒走开了，雪儿，再见到你我很高兴，说完即不见了

给女神上完酒后，调酒师接了雪莉另外一边那个人的单子，那人

是后到的

雪莉一反常态大声说道，怎么搞的，我先到的啊

全吧台的人都掉头瞪她

多米尼克出现后，阿玛和多米尼克好了，雪莉没有什么不满，因为那时她和阿玛之间的分歧已经很大了

她与阿玛的友谊，是建立在长期的忠诚相守与相互熟悉自在的基础之上，而不是靠志趣和观点相投，她俩会一起看电影，雪莉认为看电影就应该是令人兴奋的那种娱乐（叫雪莉说，这世界上几十亿人都是这么看的）

阿玛喜欢看那种节奏非常慢的电影，没有情节可言，全是气氛，因为“最优秀的电影增进人们对人性的理解，不断突破艺术形式的边界，超越商业电影的窠臼，表现人类深层意识”

对此，雪莉怎么看，可以想象

她们相互折衷一下，阿玛陪雪莉看《爱乐之城》，不承认其实很喜欢这电影（雪莉看得出来她喜欢），雪莉陪阿玛看了《月光男孩》（看睡着了），阿玛说是她看过的最好的电影之一

雪莉看着阿玛和多米尼克进了洗手间——都那么自信，爱玩，有活力，亮眼

她想跟阿玛道个别，阿玛整晚都被仰慕者围着，她俩没机会讲话，雪莉不想跟进洗手间，打扰阿玛和多米尼克叙旧八卦，多米尼克会瞅雪莉一眼，那意思是，没劲的雪莉，又有什么事儿？

雪莉跟亚兹简短聊过了，亚兹似乎也染上了不伦不类的非洲风，整得一头粗硬鬈毛

七十年代的时候，大家都留整齐对称的自然非洲鬈发，就是在那时雪莉也没留那种头，十二岁那年，妈妈用直发梳给她拉直头发，之后她就没见过也没感受过自己头发原来的样子了

亚兹没把教母介绍给身边两个朋友，真不懂礼貌

亚兹那两个朋友看着架子都不小，雪莉习惯了年轻人见到自己就畏畏缩缩，而不是跟自己平起平坐的架势

一个戴着头巾，上面饰有亮片，非常没有宗教性，另一个肉快从低胸上衣漫出来了

亚兹营造一种自信到自我膨胀的形象，更像她爸爸，不像妈妈，近来，她与雪莉讲话，感觉像仅是出于责任罢了

以前亚兹常跟雪莉说，你是我最喜欢的教母，她有无数教父教母，也许对所有教父教母都这么说

雪莉猜测，亚兹觉得雪莉不够有趣

伦诺克斯叫她别瞎想

她和伦诺克斯溜出前厅，到了外面步道上，那儿亚兹正靠在对着河的墙上跟一个男人聊天，那人胳膊上有粗俗文身，也很有可能是个女人，现在这种“怎么都行”的环境，真说不准

雪莉就想赶紧回家，泡一杯热巧克力，靠着伦诺克斯窝在沙发里

补看今晚错过的《烘焙大赛》决赛。

4

阿玛

靠在国家剧院女士洗手间走道尽头墙边，望风，两侧各有一排厕所门

多米尼克把白粉放在随身化妆镜上刮成小条，手法熟练

像回到了从前，两人对坐马桶上，互相看得一清二楚，续上前面的话题接着聊

无论已有多久未曾见面，横跨美洲有三千英里，中间还隔着四千英里的海，都烟消云散

跟从前一样自然，一点不生分，这才是真正一辈子的友谊

多米尼克把镜子小心递给阿玛，给你，接着，痛快吸上一鼻子

阿玛鼻子凑上去，一下吸进去两条，顿时上头，她闭上眼睛，尽情享用，感受它进入血液流动全身，飘飘欲仙

你还记得吗，咱们每部剧的首演夜，这是咱们必做的？多米尼克说，把剩下的白粉一吸而尽

药效发作起来，快感喷涌而来，多米尼克的时差反应不见了，代之以一波波兴奋

怎么可能忘记？阿玛答道，回忆她俩的往昔岁月往往是喻指这个操作，咱们这么好的一个戏剧传统，你给复兴了，很有价值啊，多米尼克，说到这儿，我这部剧，还有剧的制作，你真喜欢吗？真的喜欢？

多米尼克已经说了很多遍喜欢，阿玛还觉得不够，极其渴望受到肯定

太精彩了，阿玛，酷毙了，戏剧界泰斗宗师都被你比下去了，他们会在坟墓里暴跳如雷的，姑娘

那你是喜欢的喽？

多米尼克

没打招呼，直接出现在后台入口，为给阿玛这个惊喜，十个小时的红眼航班飞越大洋，飞机降落希思罗后，坐上优步直奔国家剧院，正

好赶在暗灯前落座，赶上了咱们友谊史上不可错过的大事件

你赶来了真好，阿玛说，身子后仰，享受药劲儿带来的快意

赶过来了我也高兴，不过我只能待一晚，明天就启程回美国了，四十八小时内打个来回，只有为你，换了别人我绝对不会，阿姆

多米尼克有很久没出席过任何朋友的首演夜了，外面酒会上的人，好多是她多年未见的，一直不见这些人是有道理的

她跟罗兰聊了几句，就聊这一会儿工夫，罗兰就拽了若干名人显要的名字，说他最近跟两个知名政客、一个摇滚明星、一个作品以数百万英镑价格出售的艺术家，吃了午饭/晚饭/喝了酒/做了种种破事儿

她说从来没听说过这人（她听说过的）

剧终她离开观众席时，西维斯特看到了她，像只信鸽飞过人群直扑向她，跟她说，他与她一样，是为数不多的昔日反建制斗士，坚持原则没被腐化

他挥手指指阿玛那边，不是巧合，是故意的

多米尼克正要说她自己也办了个资本主义艺术节，这时，琳达出现，给她解了围，八十年代她和琳达合作过，琳达是舞台监督，以前是流浪儿装扮，现在身形体格如古拉格狱警

由随从簇拥着，一阵风般卷过来，将西维斯特挤开了

琳达现在自己有家电影电视道具公司，来往的朋友都是原初女子剧团的死忠粉，有汽车修理工，有电工、建筑工

这些女人，早在女权主义流行起来之前就摈弃女性气质，多米尼克非常喜欢她们

与她们重逢，真好

与雪莉再次相遇，就没那么有劲了，雪莉是阿玛交情最久的朋友，全世界最无趣乏味的女人，在吧台边刚好站在了多米尼克边上，满

脸惶恐，硬挤出一个所谓笑容

有一次，在一个派对上，阿玛吻女朋友，被雪莉看到了，雪莉脸上那个表情，她以为没人注意她，但是多米尼克看到了雪莉这个反应

雪莉是隐藏的恐同，虽然阿玛不同意，说如果雪莉是恐同，就不会是她朋友了

多米尼克热情洋溢跟雪莉打个招呼，热情洋溢道了再见，中间就没说别的话，这是她的那套“你好再见夹心做法”

专门对付那些她不得不敷衍应酬一下的人

罗兰，西维斯特，雪莉

这几个人，她曾经都很熟悉，现在很少见他们，发现他们身上最不好的特质都加剧了

罗兰更狂妄自大，西维斯特更满腹怨恨，雪莉更古板顽固

只有拉克希米不一样，她还是很好的朋友，常在巡回推广她最新专辑时，来洛杉矶看多米尼克

最开心还是见到亚兹，亚兹得意地将多米尼克介绍给她两个大学朋友，都是能说会道很自信那种，一个戴着有亮片的头巾，等于扎眼宣告“穆斯林在此，就这么独特，我骄傲！”

两个朋友你一言我一语争相表示，一直听亚兹说多米尼克的传奇，没事儿，你放心，说的都是好话，没有多少抹黑的

亚兹提出明年夏天到洛杉矶过一个月，多米尼克出钱，不带那个谁，你知道的，这样亚兹就能多亲近多米尼克，因为你是我的第一号教母呀，我小时候你都不在，我生活长大很不容易的，跟着那个谁

还有那个全知全能的某教授

有人帮我一点儿就好了，多姆妈妈

我不用头等舱，经济舱就行

再包

我每天食宿

亚兹很敢主动争取，多米尼克就喜欢她这点，当然会给她出钱

多米尼克从她搁在厕所间地上的背包里翻出一张黑白照片，递给阿玛

这个还记得吗？我想着带给你看看，今非昔比了啊

当然记得，阿玛说，怎么可能会忘？看看咱们当年，又A又飒啊，现在是叫又A又飒吗？要问亚兹

照片中，她们就站在这个剧院的外挑阳台上，多米尼克戴一顶破破的窄边特里比帽，老人外套，T恤带洞，牛仔裤，背带

阿玛穿一件飞行员夹克，荷叶边短裙，条纹紧身裤袜，马丁靴

两人横眉怒目，对头顶高高在上的国家剧院几个黑色大字竖起两根手指

那时咱们多年轻啊，多姆，感觉是好久好久以前的事儿了

那是因为确实已经过去很久了，一去不复返，给你嗅盐，亲，你看看你现在，阿姆，多么辉煌，姑娘，你如日中天势不可挡啊，今晚最后结尾那部分，非洲女本位主义引起了一场女权地震

溢美的话句句入耳入心，阿玛感觉自己融化了

夫复何求

一切圆满

十全

十美。

5

她俩回到阿玛家，聊到深夜

阿玛没请她现在那些女友一起回家，多米尼克很高兴，她们只得怏怏不乐道别，恶狠狠瞪多米尼克，就因为多米尼克，她们不能和阿玛上床庆祝了

之前阿玛承认，现在喜欢三人行

阿姆你这个荡妇

希望我是喽，我反正尽力了

亚兹也带了她的“帮众”回家，早就睡下了

她们跟五岁孩子似的打着哈欠离开房间，准备去睡觉时，多米尼克冲她们喊，现在年轻人都怎么回事儿?

在这儿海喝的应该是你们啊，不该是我们，快回来，你们这帮小家伙，来喝个烂醉啊

她们嗵嗵地上木楼梯，亚兹回头说道，家里孩子那么皮，总有人要像个大人负责任吧

我可没说是谁啊，听好了

今晚不像从前

她和阿玛只消灭了两瓶红酒，剩下的白粉也干掉了，倒是抵消了红酒下肚后的醉酒反应

好处都占了，既喝了个痛快，又不至于醉到语无伦次，还能头脑清楚地侃大山

阿玛斜倚在旧沙发上，靠着垫子，姿态华丽

宛若当代莎拉·伯恩哈特或莉莉·兰特里

多米尼克坐在地板上哈比塔地毯发旧的几何图案上

盘腿而坐

阿玛这房子，让多米尼克想起她逃离的那个生活方式，对面一模一样的排屋离得太近，感觉逼仄

屋前院子一米见方，被几个黑垃圾箱占满了，后院也不比前院大

房子室内小得让人幽闭恐惧，深紫色的墙更是雪上加霜，阿玛没听她的建议，她让阿玛把墙刷成白色，那样会显空间大

被烟熏黄的那些剧院海报，还好用玻璃框保护起来了

壁炉台上一排非洲雕像，落满了灰，是阿玛多年来搜集的，不是家里祖传的

墙角线破旧斑驳，地板该好好上个漆了，壁炉的位置现在摆着灰扑扑的圣坛蜡烛，结满陈年熔化后凝固的蜡，变得奇形怪状

阿玛说她家是破旧别致风，精心设计成这个效果的，多米尼克同为不爱做家务的人，调侃她说，她家只有“破旧”，没有“别致”这回事

多米尼克自己有钟点工每周来两次，给她做家务

她家是亮堂的平房，室内空间不算大，但透过落地玻璃窗延展出去，俯瞰下面山丘松树成林

远眺城市灯光闪烁

多姆，《达荷美最后一位女战士》可能是我事业的顶峰了，阿玛说道，已不是庆祝的语气，夜已深，她也进入多愁善感模式，对此多米尼克不陌生

到顶了，超越不了了，这部剧如果得了大奖，他们可能会请我回

去再做一部，也不一定，我还有一身本领呢，但工作机会怕是还得四处苦寻，去参加各种座谈会，会更受欢迎，探讨戏剧界多元化

我成了社会变革教堂专司职业生涯的女祭司，布道坛是专为政治上的透明人而设，向台下边缘化人群组成的会众，宣讲他们已经明白和认同的内容

所以我一定要帮你逃走啊，阿玛，你看看英国那些黑人演员，在英国找不到工作，跑到美国，混成了好莱坞明星，你再看看我过的日子？看看我办的女性艺术节？你想想，美国那边观众群体多么庞大，还有一整套体系提供支持，种种对话交流，社会各个层面都有位高权重的黑人

美国广阔天地，任你开拓扩展，阿姆，你会声音更响亮，更大胆激进，更能激发调动智力创造力，你会再创高峰，肯定的，美国的社会和政治问题确实很多，纵然如此，与英国相比，还用我说吗？我是老早就跑去美国了

我暂时还得在英国，要等亚兹能独立生活

咱们说的是那个全宇宙最狂傲的姑娘吗？多米尼克说，你女儿可不是一般人，她能照顾好自己

但是我不想她独立出去住，永远别搬出去，真的

分离心理问题？

她是个混球没错，但她是我的小混球，还有，我其实挺喜欢这儿的，尽管这儿很给我添堵，但让我跑到别的地方做个外国人，那可不成

你就试试呗，就当试件新衣服，合适也好，不合适也罢，人生总要冒险的，不能头埋在沙子里

谢谢

不用谢

叫你说得我像个狭隘的英格兰本土主义者

因为你不知道哪条道对你最好啊，我不管你怎么哭闹，我连拉带拖也得把你弄到美国去

阿玛从沙发上起身，打开窗户，点上烟，烟雾喷到黑沉沉的寂静街道上

多米尼克不敢相信，阿玛竟然还抽烟，竟然有人过了二十岁还抽烟

我也喜欢英国，阿姆，虽然每回来一次，喜欢就少那么一点，英国对我是活在记忆中了，即便我人在当下的英国，也还是觉得英国已是过往

看来这事儿你跟你心理咨询师聊了

我掏钱每个星期找她坐那儿，听我一口气不带停地吐槽一个小时，和恩津加分手后，我一直是找这个咨询师，很好的，你应该试试

问题是，我不像你，我没什么烦心的心理问题，多姆

你觉得没有，是因为你没有深挖

好吧

心理治疗对我是提升意识的一种方式，多姆

提升意识，这词儿太老套了，多姆

你没听说吗？老套的又流行回来了，现在，做个女权主义者又是时髦的事儿了：博客、游行、众筹活动，真受不了

阿玛关上窗户，走回沙发，往上头一瘫，多米尼克，你倒跟我说说，女权主义焕发新生有什么不好的呢？那不正中下怀吗？

问题是女权主义成了商品，我就烦这个，阿玛，曾几何时，女权主义者被媒体大肆诋毁，导致几代女性放弃女性解放，因为没人想被指为女权主义者，现在呢？又跟风贴上来了，你看到过那些照片吗？

照片里年轻美艳新一代女权主义者，衣着新潮，摆着谱儿——啥时候女权主义又不流行了，你再看她们什么态度

女权主义需要的是地球构造板块级的迁移变革，不是什么赶潮流重新包装一下

这么显而易见的道理，多米尼克希望阿玛同意自己的看法，但是阿玛就爱唱反调，就是不赞同，多姆，你太偏激了，过分宣扬宿命论

我是看得太透彻了，任何严肃的政治运动，如果需要依赖美丽皮相才能让人接受，注定会失败

算了吧，媒体一向钟爱漂亮女人，年轻时的格洛丽亚、杰梅茵、安吉拉，都是优秀女性没错，但是长相上跟丑小鸭也完全不沾边儿，女人如果年轻漂亮又性感，就会备受关注，管她是音乐家还是儿科专家

儿科专家，哪儿跟哪儿啊，阿姆？

押韵，多姆，这俩词儿押韵

还有一个我很难接受，就是那些不省事儿的跨性别的，当时我宣布我的艺术节是为生理女性办的，不包括跨性别女性，你没看见啊，我被批得多厉害，痛批我是恐跨性，我才不是，压根儿就不是，我有跨性朋友，但是那不一样，以男性身份长大的人，自己可能觉得自己不是男性，但是外界一直当他是男性，他怎么可能和我们一模一样呢？

有人发起运动反对我这个艺术节，领头的那个人，推特粉丝一百万，叫摩根·马伦加，网上锲而不舍攻击我几个月，我声誉遭到重创，最后只得让步

多姆，你真有意思，什么不省事儿的？是组织抗议吧？你没觉着这像谁吗？咱们年轻的时候如果有推特，那还不得在推特上对人开炮大轰特轰啊，那场景你想想？跨性别群体有权为自己争取权利，这点上你思想要开通一些，不然你极有可能会被淘汰，我因为有个“警醒”的女儿，她最喜欢的就是教育我，所以我早被教育得洗心革面，思想全

面大革新了，话说回来，那些新生代女权主义英杰肯定很崇拜你的，你一定是那种女生杀手吧

她们眼里我可不是什么宝贝儿，阿姆，我是个老派的过气的人，我是个麻烦，她们要对付我解决我，她们不尊重我

那你要跟她们对话，阿姆，咱们应该感到欣慰，现在参与的女性越来越多，重新建构女权主义，草根运动流传开来，有燎原之势，几百万女性开始觉醒，认识到自己拥有完整的权利，能够主导这个世界，担负起责任

这多好嘛，咱们还有什么好抱怨的?

尾 声

佩内洛普

乘坐城际列车一路向北，还有两天就是她八十岁生日

她正翻阅《每日电讯报》文化版，看到一篇五星剧评，评的是一部关于非洲亚马孙女战士的剧，在国家剧院上演，那是她最喜欢的伦敦剧院

但不管这剧被吹捧得多厉害，她是不会去看那种东西的

她坐在头等车厢，想着可以好好享用金汤力，再配上咸零食，尽管自己血压高，更何况车厢里这帮人闹哄哄的，她血压兴许已经飙升到爆表了，这类人花了几个钱升级到一等车厢，把本来是给买得起票的乘客提供的舒适安静的环境，搅到叫人不堪忍受，有熊孩子吱哇乱叫，也有海饮啤酒酩酊大醉的，最让人受不了的，是手机打着电话，毫不避讳当众大谈私密事务的人

她想冲他们大喝一声，**给——我——住——嘴!!!**

但是，如果她真这么做了，即便她是个领养老金的老人，保不齐还是会被某个粗汉痛扁，那明天报纸头条将是

老人被醉酒恶棍扔下行驶中火车

佩内洛普发现，现在她对一般人都容不下，只对杰里米例外，杰里米是她的另一半，救她脱离了单身生活，遇到杰里米时，她已单身太久

多年来，不得已自己一个人过，她只想和一个爱她的好男人一起过，这个男人爱她

本来的样子

她在太极课上认识的杰里米，她六十多快七十的时候开始学太

极，拉维尼娅·肖医生（可惜已经退休了，换了一个尼日利亚……男医生）推荐她练太极，改善她的平衡感，因为她老是跌倒

最近一次摔倒是在维特罗斯超市，肩膀伤得很厉害，打了很多针类固醇，还是过了好几年才好

你不能老摔倒，肖医生提醒她，佩内洛普，这样下去，总会有一次摔到你走不了路，那就只能在轮椅上度过余生

她明白

佩内洛普先是在坎伯韦尔上太极课，同班都是些异常苗条的年轻女孩，还有扎着怪异武士头的年轻男人——他们上课是去泡妞的

她换到更适合自己的达利奇本部（不是东达利奇）上太极课，那儿有不少某特定类型的年长男士

其中就有一个叫杰里米的，上课时她喜欢站到他边上，杰里米一头银发，登山家那种面部轮廓，有贵族气质（非常有雷诺夫·费因斯的感觉）

比她年长几岁，离异（很快确认了，最好是），上课时，她挨着他站定，随老师指令一招一式做起来，野马分鬃，揽雀尾，抱虎归山

佩内洛普调动已有些生疏的，她早年少女时期诱捕贾尔斯的手段，赶跑了所有竞争对手

给杰里米带自家花园种的梨子，带了插枝给他种在他家花园（同样很快确认他有花园）——蜀葵、茶花、紫藤

他对她似乎也有好感，于是她将野心升级再进一步，给他带了极其稀有的78转玛丽亚·卡拉斯黑胶唱片，那是他的偶像

她在伦敦西区唱片店淘了很久才找到，跟杰里米说是一直就在她自己的古典音乐唱片收藏里（怕他到她家，匆忙拼凑了一套收藏），偶然才发现

陪他在皇家歌剧院、英国国家歌剧院、格林德伯恩、奥尔德堡、加斯顿挨过无数场可怖的歌剧

仿佛很是如痴如醉于台上猫叫春般的声音

陪他去罗德板球场看板球比赛，做出非常感兴趣的模样，靠着冰桶里的调制皮姆鸡尾酒，熬过了不知多少场长到看不到尽头的板球赛

（她有责任弘扬传统）

佩内洛普把自己变成了一个很会玩、很有趣的人，但凡是涉及杰里米的，都不会嫌烦，其实，没认识杰里米之前，她做什么都嫌麻烦

跟杰里米在一起，她细心倾听，温言宽慰，特别是他说起与前妻安妮的婚姻生活时

五六十年代安妮原是个贤妻良母，八十年代成了仇视男人的女权主义者，和他吵架，跟一堆费劲让自己看着不像女人的女人，泡在格林汉康蒙

安妮把这些女人带回他们在肯宁顿的房子，说是她的朋友，有一天，他撞见安妮在他们卧室，跟人做只应由男人对女人做的那种事

离婚后他也与人交往过，但是不会再结婚了

是啊，女权主义害了不少人，佩内洛普深表同情，为了追求个人幸福，女权主义大业她随时可以背弃

杰里米·桑德斯（大英帝国勋章员佐勋衔）

于西敏宫任文官，事业成就卓著，负责内部出版物，不管哪个党派毁国，哦说错了，是治国，他常开玩笑这么说（很幽默啊，杰里米！）

他俩政治倾向比较一致（中偏右），喜欢就当下重大议题展开辩

论：法律与秩序，经济，小政府与保姆式政府，民粹主义，移民，社会福利的消极作用，人权，鼓励小企业发展，为大企业和创收大户减税，保护个人财产——她在坎伯韦尔的宅子，六十年代以极低的价格买下来的，现在价值七位数

认识杰里米十八个月后，佩内洛普才愿进入亲昵关系，本来她也不急着与他上床，已有太长时间没在别人面前裸露身体，玛莎百货帮她试穿胸衣的中年售货员不算

如今她大腿粗壮，有痘痕坑洞，没有了从前的紧致线条，胸部也不是年轻时鼓鼓的气球，许多个无眠夜里纠结要不要为了他把下面的毛染色

终于发生关系那晚，事情发生得也很突然，两人像少男少女在他家客厅沙发上做了

在那之前，她在皇家歌剧院熬过了三个半小时的《茶花女》

到家后，一瓶年份波尔多匆忙下肚，方才缓过劲来

他则喝了几杯他最爱的迈夏尔干邑

之后一来二去，不多会儿，她七十多岁的男朋友已给她破了苞

佩内洛普发现，杰里米因着对她的感情，看不到她身材的缺点，他爱的就是她这样子，他说，没什么可挑剔的，有一天早上，她裸身躺在床上，阳光透过窗户流泻在她身上，他看到了她的裸臀

在我想象中，波提切利笔下的维纳斯到了中年，就是你的样子

中年？那时她七十岁

他真是太会体谅人了

她当然也是爱他当下的样子，他既没有胖成米其林轮胎人，也并不是上了年纪的阿多尼斯美男，他身材最好的部位是两条腿，一辈子都爱徒步，她也跟着养成了徒步的习惯，堪称奇迹，因为在遇到他之

前，她走不上五分钟路就气喘吁吁

上车下车，商店里面走走，就这么几步路

后来把体力练出来了，住在他苏塞克斯海边的房子，或在她普罗旺斯的房子时，她也能步行往返十英里了

步行成了人生一大乐趣

两人方方面面磨合得差不多了，她搬去他家住也是顺理成章的事儿，他家的摆设她都保持原样一动未动，他那些灰与绿的色调，他推崇的爱德华时代真品老家具，铺满房间的米白地毯，大量的裱框十九世纪《旁观者》杂志封面，她心下都不喜欢，但不明说

她自己家完全不同，走的混搭风，巴厘岛皮影戏偶，玻璃雕塑，舒适的白沙发上摊了颜色各异的贵格罩毯，羊皮地毯，打磨过的浅色木地板

两人安安心心过起了日子，隔三岔五出去吃饭（都不乐意做饭），经常去国家信托的古迹景点，看戏，看西区音乐剧（她爱看的），当然，还看歌剧

他们都酷爱读书，她的阅读品味是乔安娜·特洛普、吉利·库伯、安妮塔·布鲁克纳、杰弗里·阿彻这一类，他则是读詹姆斯·派特森、塞巴斯蒂安·福克斯、肯·福莱特、罗伯特·哈里斯的人，他自己这么定义

杰里米有一次说，他这辈子从来没读过女作家写的小说，因为都是第一章没读完就读不下去了，他也不懂是为什么，肯定是先天的，他做沮丧状说道

她什么也没说，不去唠叨他，这是她给自己定的规矩，他们关系融洽，靠的就是这个诀窍

每早在他家阳光房一起打太极，夏天在花园里打，虽然现在他八十好几了，行动没那么灵便了

她有一次被误诊为癌症，虽是虚惊一场，但备感凡人肉身终有一死（万幸不用切除乳房）

面对死亡时，她才发现，辗转难眠，萦绕心头想的还是生身父母是谁，早年得知爱德温和玛格丽特与自己没有任何血缘关系，从震惊中缓过来后，她以为当下已经释然了

把她带到世上，又将她遗弃的那两个人，是什么人？

她跟莎拉每周通一次 Skype 电话，一头在英国，另一头在澳大利亚，电话中说起这事，莎拉听了很是诧异

怎么想起这事儿来了，妈妈？

莎拉也人到中年了，不常回英国，两个孩子马蒂和莫利都大了，不折不扣的澳大利亚人

亚当在达拉斯生活多年，成了第二修正案持枪派拥趸，可怕，他们当地沃尔玛就有枪支出售，跟再制奶酪和儿童玩具摆在一起，买枪如此容易，为此她还跟他吵过一次

佩内洛普认为，两个孩子都是为了逃开她才住到那么远，他们肯定不会承认，她也算是个好妈妈，却无法与外孙女一起乐享天伦，想起来难免难过

她想每周都帮着看外孙女

成为外孙女生命中第二重要的女人

她和莎拉还很亲，莎拉跟她说，现在有做祖源基因检测的，莎拉那儿很流行做这个检测，因为澳大利亚很多人祖籍在英国和其他地方，他们对自己祖籍知之甚少

妈妈，既然你老放不下这事儿，那去做个检测吧，她说，起码能测出来你亲生父母是英国哪个地方的

佩内洛普很想试试，她在约克长大的，所以想着祖先可能是约克人，说不定可追溯到石器时代

从前的人不怎么搬迁，除了从农村搬到市里工作，那是在工业革命期间才开始的

在那之前，都很闭塞，与世隔绝，山区尤甚，所以，她的祖籍可能就在约克郡，兰开夏郡，柴郡，林肯郡，杜伦也有可能，祖先也许是维京人，说不定是维京女王战士的后代

那倒合情合理

测试包寄到了，佩内洛普照着使用说明，用试管收集了唾液，寄回去，预备收到测试结果后给杰里米看，叫他惊叹一下

只是，结果出来，没能如她所愿

眼下佩内洛普出现了创伤后应激障碍，因为，昨天，与一个离异女友照常吃过斜管面配皮诺酒的周五午餐后，她上网收邮件

“喜讯！您的祖源基因检测结果已出。期盼已久的揭晓时刻……”

在她来说，是期盼了一辈子的

佩内洛普当即点开链接，还好杰里米不在家，他和弟弟雨果去萨里了，打一天高尔夫

这个结果，她一时无法接受，竟有如此之多的族群基因

她最深层最隐秘的自我，已然揭示，她以为的她自己，与实际的她，并不相符

欧洲

斯堪的纳维亚　　　　22％

爱尔兰	25%
英国	17%
欧洲犹太人	16%
伊比利亚半岛	3%
芬兰/俄罗斯西北部	2%
西欧	2%

非洲	
埃塞俄比亚	4%
南苏丹	1%
肯尼亚	1%
厄立特里亚	1%
苏丹	1%
埃及	1%
尼日利亚	1%
象牙海岸/加纳	1%
喀麦隆/刚果	1%
非洲中南部	
狩猎采集者	1%

佩内洛普直奔酒柜；几小时后，摸索到卧室躺下了

有犹太血统倒也罢了，她无论如何也不会料到自己竟有非洲基因，这最令她目瞪口呆，基因测试并没给她答案，反提出了更多问题

她躺那儿，想象着她的祖先，围一块缠腰布，奔跑于非洲大草原，猎杀狮子，同时，头戴犹太圆顶小帽，吃单面三明治和海鲜饭，安息日不狩猎

她也许该弄个脏辫假发戴，与新身份保持一致，做个拉斯特法里教徒，贩毒

她一晒就黑这事儿倒是找到原因了

她只有17%的英国基因，着实叫她失望，她其实爱尔兰血统多于英国血统，也就是说，她的祖先很有可能是种土豆的农民

斯堪的纳维亚那部分基因问题不大，只要她是维京人就行，但是怎么能确定就是呢？有可能也是种土豆的农民啊，她看美丽的普罗旺斯总觉倍感亲切，一定是因为她的西欧基因了

她的非洲祖先大约是游牧民族，在非洲大陆流浪，自相残杀，后来英国人将非洲各个区域划分为国家，加强制约与控制

她如果有13%非洲血统，那她父母是不是有一个是26%非洲血统？还是父亲母亲每人各有13%？

她不知道亲生父母是谁，所以根本无法捋顺哪一条线归哪一方

佩内洛普打Skype电话给莎拉，告诉她这个消息，澳大利亚时间是清晨，但这是大事儿，莎拉激动不已

问她要链接地址，因为，妈妈，你说得颠三倒四的，你喜不喜欢北欧黑色犯罪小说没什么相干

你是不是又喝上酒了？

(就喝了一点儿)

不出几分钟，莎拉就回到Skype上说，网站上不仅能看到佩内洛普的族群基因明细，还能看到有哪些亲属也做过这个测试，妈妈，你怎么会没注意到这个？好吧，深呼吸一下，准备好了吗？你这个页面上显示你有一百多个遗传亲属，从跟你隔五代的堂表亲到隔八代的堂表亲

都有，没显示你有兄弟姐妹，也没有祖父母，没有双胞胎姐妹，但是，有一个，妈妈，这儿显示你有一个父母——你知道这是什么意思吧?

你的生母或生父肯定做过这个检测了，检测结果显示他们是你的血亲父母

他们登记的名字是“匿名 25”，上次登录时间是两周前，在约克郡，等等，这儿还有个电子邮件链接，你可以直接联系他们

妈妈，你在听吗? 你脸色煞白，天啊，让你难过了，别哭啊，妈妈，也难怪的，人之常情，我能理解，真的，我就是希望现在就能抱抱你，这样，我来处理吧，你去醒醒酒，咱们回头再聊

莎拉给一个叫摩根的人写了邮件，摩根秒回，说他/她（?）为曾外祖母海蒂 · 杰克逊办基因检测，是想多了解一些海蒂母亲格雷丝的血统组成，ta 以为格雷丝有一半埃塞俄比亚血统，结果发现她有非洲多地血统，出乎意料

摩根更没想到会收到来自据称是海蒂女儿的邮件，因为海蒂只生过一个女儿，叫艾达 · 梅，住在纽卡斯尔

摩根跟莎拉说，她会马上给海蒂打电话，然后联系莎拉

海蒂得知后大为错愕，待回过神来，告诉摩根，她十四岁时生下一个女宝宝，起名叫芭芭拉，宝宝出生几天后，就被海蒂的父亲抱走了，这事儿海蒂做不了主，一直不知道孩子去了哪里，父母是唯一知道她有这个孩子的人，他们早就去世了

这个秘密海蒂守了一辈子，每天都想起芭芭拉，不敢相信芭芭拉竟然还活着

摩根邮件中告诉佩内洛普，曾外祖母太过震惊，年事已高，您如要来，宜早不宜迟

佩内洛普回复，第二天她就坐火车过来

火车到站，佩内洛普叫了辆黑色出租车，她坐出租一般会很关注计价器显示金额，这趟跑下来可能要上千镑，但都无所谓了

出租车司机说全程要开两个多小时，司机是非裔，在这么靠北边的地方，都快到苏格兰了，她没想到会碰上个非裔司机

感觉像回到了南伦敦，转念一想不对，现在不比从前事事都很确定，这司机保不准和她就是亲戚，经过过去四十八小时，她学会了一件事，那就是，指不定谁和谁有血缘关系

她早上四点就醒了，去国王十字车站赶七点的火车，按理说，她该在出租车上睡着了，但是她没有，神经绷得紧紧的

车子驶入诺森伯兰乡村深处

人们常常忘记，英格兰，是由许多个英格兰组成

一路田野苍茫，林场葱茏，羊儿成群，山峦绵延起伏，村庄仍在沉睡

她感觉在走向地球的尽头，又像在回到她的起点

回到她开始的地方，在妈妈的子宫里

出租车又开过一个无人的村子，眼前是座山丘，山势陡峭蜿蜒，她都怕车子爬不上去

到了山顶，只见一个高高的金属拱门，门顶有个牌子，上书

格林菲尔德

由

林尼厄斯·莱登戴尔上尉

与爱妻欧多拉

建于 1906 年

院里泥泞不堪，车子只能缓速蹚过泥浆，车窗上甩满泥点

像回到了史前

右侧望去是一座残旧农舍，房顶由拉杂斑驳的瓦片砖块拼凑而成，藤蔓虬曲盘绕，爬上屋顶，蔓延到屋外，远远望去，仿佛用力推一下即会轰然倒塌

院子四周有谷仓环绕，风一吹，谷仓门一开一合哐哐作响

几只小鸡跟着母鸡，咯咯咯地四处溜达，牛圈里探出一个母牛的脑袋，桩子上拴着一只山羊，远远的角落里有一副犁，锈迹斑斑，生出了藤萝

满目残垣断壁，破败不堪，杂乱横生

佩内洛普下了车，把打表的三百镑付给司机，想想他也算自己隔六代之类的远房表亲，又给他加了小费

屋子门开了，走出来一个人，一头粗厚灰发扎煞着

破旧的工装裤上套了件开衫，赤着脚，在这种地方赤脚？在这满地泥浆里？这种天气下？

向佩内洛普走来，此人上了年纪，极为瘦削，看上去很硬朗，个子很高，身形挺拔一点儿不驼背，气势凌厉，佩内洛普这点就是随她吧？佩内洛普过去一直被人说专横霸道

老妇人的肤色明显是浅棕色，讲不清具体是什么色，说她是哪个国家的都像

这个顶着一头金属党长发，野性不羁，目光锐利狂野的女人

是她的母亲

就是她

就是她了

管她是什么肤色？佩内洛普从前为何会看重肤色？

此刻，一种纯粹而原始的东西涌上心头，感慨万千

母女相认，两人的自我认知都在重设

母亲近在眼前，触手可及

佩内洛普担心过，怕见了面自己会麻木无感，怕母亲对她没有爱意，不感动，不亲近她

大错特错，因为母女相见后，都真情流露，热泪纵横，时光疾速倒流，隔开她们的那些岁月已隐没不见

不需要感受什么，说什么

只要在

一起。

后 记

与哈米什·汉密尔顿出版社出版总监西蒙·普罗瑟合作，已近廿年，六部作品由他编辑出版，非常感谢他，得遇这样出色的编辑，我很是感激，不胜荣幸。还要感谢企鹅出版社的团队，赫敏·汤普森、萨菲·里斯、汉娜·丘库、安妮·李、唐娜·波比、莱斯利·列文、艾米莉亚·费尔尼，他们不辞辛苦，完成出版发行，同时也感谢幕后的工作人员。特别感谢我的经纪人，柯蒂斯·布朗的卡罗利娜·萨顿。感谢本书写作过程中审阅文稿的朋友：莎米拉·比兹莫亨、克劳迪亚·克鲁特维尔、玛吉·吉、林恩·英尼斯、罗杰·罗宾逊。感谢克里斯·阿巴尼、杰基·霍尔德、迈克尔·艾琳、克奇·诺姆，感谢他们复核书中混合语和皮钦语用词。2018 年我有幸在美国惠德比岛参加了赫奇布鲁克女性作家写作营，在此一并致谢。

最后，但也是首要的，要感谢我的先生大卫，我在创作领域探奇寻幽时，他无不鼎力支持，他是我归家后的温暖港湾。

图字：09－2020－405 号

图书在版编目(CIP)数据

女孩，女人，其他／(英)伯娜丁·埃瓦里斯托(Bernardine Evaristo)著；魏立红译．—上海：上海译文出版社，2022.8
书名原文：Girl，Woman，Other
ISBN 978－7－5327－8962－7

Ⅰ.①女… Ⅱ.①伯… ②魏… Ⅲ.①短篇小说－小说集－英国－现代 Ⅳ.①I561.45

中国版本图书馆 CIP 数据核字(2022)第 121366 号

女孩，女人，其他
[英] 伯娜丁·埃瓦里斯托　著　魏立红　译
责任编辑/吴洁静　装帧设计/柴昊洲

上海译文出版社有限公司出版、发行
网址：www.yiwen.com.cn
201101　上海市闵行区号景路 159 弄 B 座
上海普顺印刷包装有限公司印刷

开本 890×1240　1/32　印张 12.75　插页 2　字数 185，000
2022 年10月第 1 版　2022 年10月第 1 次印刷
印数：00，001—10，000 册

ISBN 978－7－5327－8962－7/I·5559
定价：78.00 元